文春文庫

駒場の七つの迷宮

小森健太朗

文藝春秋

駒場の七つの迷宮

目次

contents

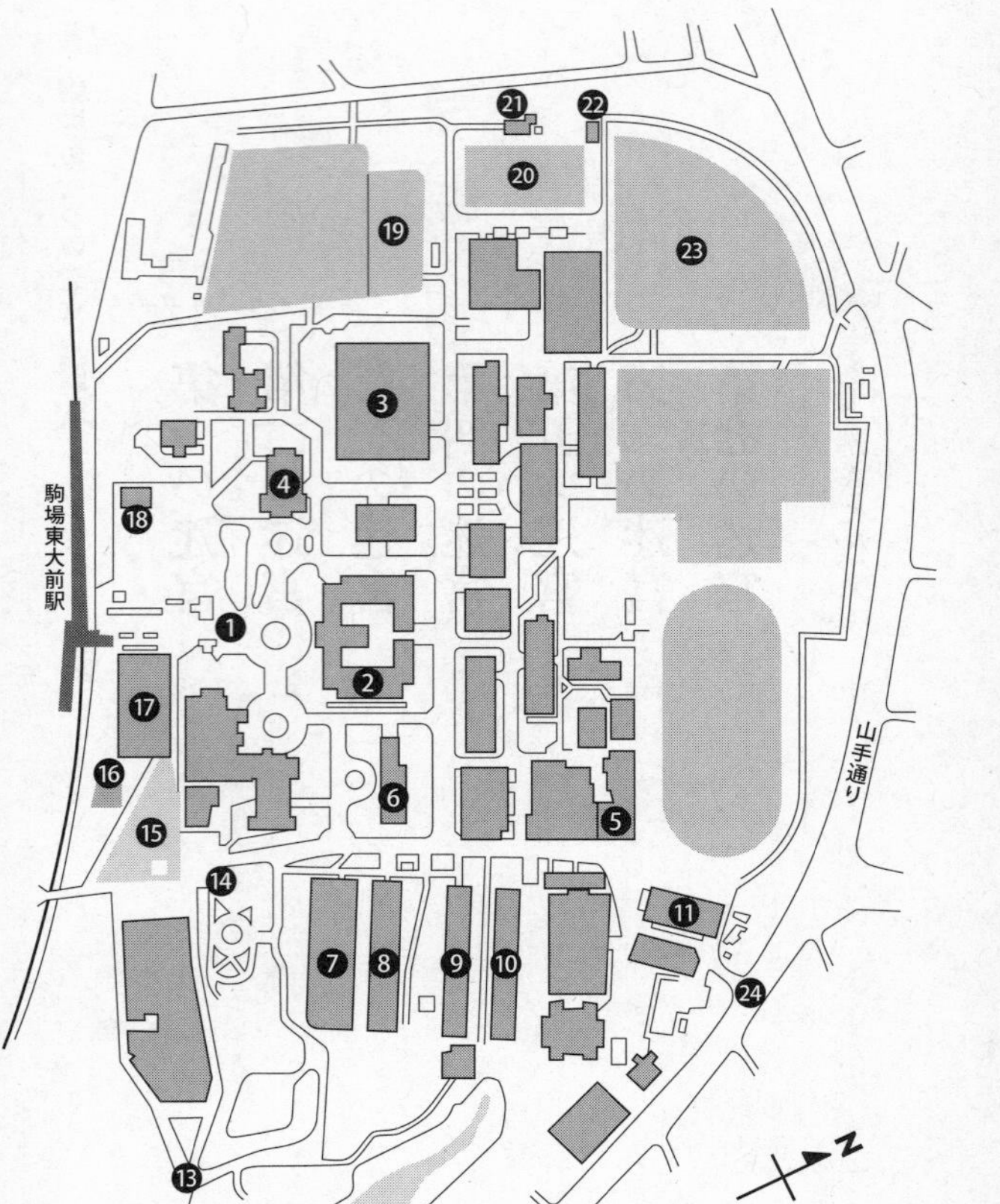

❶ 正門
❷ 一号館
❸ 二号館
❹ 900番教室
❺ 学生会館
❻ 101（収納課）
❼ 南寮
❽ 中寮
❾ 北寮
❿ 明寮
⓫ レーニン体育館
⓬ 一二浪池
⓭ 炊事門
⓮ 矢内原門
⓯ 梅林
⓰ 墓
⓱ 図書館
⓲ 104号館
⓳ テニスコート
⓴ テニスコート
㉑ 三昧堂
㉒ 隠寮
㉓ 野球場
㉔ 裏門

駒場の七つの迷宮

「主よ。あなたはいつまでなのですか。主よ、いつまでなのですか。終わりの日まで怒りたもうのですか。どうか、昔犯した私たちの不義を想い出さないでください」

じっさい、私はまだ自分が、それらの不義にとらえられているのを感じたのです。私はあわれな声をはりあげていいました。

「いったい、いつまで、いつまで、あした、また、あしたなのでしょう。どうして、いま、でないのでしょう。なぜ、いまこのときに、醜い私が終わらないのでしょう」

私はこういいながら、心を打ち砕かれ、ひどく苦い悔恨の涙にくれて泣いていました。すると、どうでしょう。隣の家から、くりかえしうたうような調子で、少年か少女か知りませんが、「とりてよめ。とりてよめ」という声が聞こえてきたのです。

瞬間、私は顔色を変えて、子どもたちがふつう何か遊戯をするさいに、そういった文句をうたうものであろうかと、一心に考えはじめました。けれどもどこかでそんな歌を聞いたおぼえは全然ないのです。私はどっとあふれでる涙をおさえて立ちあがりました。これは聖書をひらいて、最初に目にとまった章を読めとの神の命令にちがいないと解釈したのです。

（アウグスティヌス『告白』第八巻十二章）

第一の迷宮

1

　四月になり、東京大学教養学部はまた新入生を迎え入れる時期がやって来た。さまざまなサークルの勧誘活動や、新入生歓迎のオリエンテーションや、他の色々なイベントで、教養学部のある駒場キャンパスが、最も活気づく時期である。

　ぼくたち、宗教系のサークル員にとっては、この時期が新入生を勧誘する正念場だから、もっとも忙しい時期といってよい。ぼくら以外の各種の新興宗教団体も、大学の新入生を標的にした信者獲得に力をいれてくるところが多い。資金力のある大規模な団体は、ここぞとばかり、大量の女性勧誘員を駒場キャンパスへと送り込んでくる。この時期の駒場キャンパスが、やたらに人口密度が高くなるのは、多くのサークルが、新入生を自分のところに引き入れようと、学内生のみならず、学外の人間まで動員して、駒場キャンパスに多くの勧誘員を派遣するためである。

京王井《けいおうい》の頭《かしら》線の駒場東大前駅の改札を出て、駅の階段を降り立った瞬間から、東大生と目される学生は――特に新入生は――猛烈な各種の勧誘攻勢にさらされる。法律学校や英会話スクールの勧誘や、学生用住居の斡旋《あっせん》業者などがいる一方、学生運動や政党組織への加入の勧誘もある。中でも特に、一部の新宗教団体のやりかたは、ふんだんに金と人を使って露骨なまでに強引である。

この時期、駒場キャンパスの門に着くまでのほんの数十メートルほどの路上と、正門をくぐってからのキャンパス内道路には、ずらりと各団体が設置したテントが並んでいる。蟻の這い出る隙間もない、と形容するのは大袈裟にせよ、人の抜け出る隙間がないほどぎっしりと、びら等を配ろうと勧誘員たちが待ち構えている。大学に行こうとする駒場生が、駒場東大前駅から出て、渡されるものを全部受け取っていたら、一号館に到着するまでに、電話帳より分厚い紙の束を手にすることになる。

キャンパス内の道路には、一角を陣取って拡声器を使って演説をしている者が何人もいて、喧《やかま》しいことこの上ない。そういう街頭での演説を行なうのは、いわゆる左翼系学生が多く、その内容は大体が、政府の政策に反対し、反戦・反核・平和などを呼びかけるものだ。国政批判以外に、教養学部当局の行なった施政や措置の不当性を指弾したり、学生の生活保護を訴えるのが主な内容である。質のよくない、ひび割れた音のする拡声器が使われることが多い上に、演説に怒りがこめられているという効果を狙いたいのだろうか、ガーガーと大声でがなりたてるものだから、とても耳障りである。駒場のキャンパスの路上を占拠する、赤と黒のペンキで、踊るような文字で派手派手しく書かれた立て看板も、目立ちはするが、見栄えのよくないものばかりである。東大の新入生が、この喧騒を避けようと思ったら、耳を塞ぎ、眼を瞑《つむ》って、急ぎ足に、この領域《エリア》を走り去るしかなかった。

もう一つ、拡声器による演説でよくあるのは、特定の一部新興宗教団体の危険性とか反社会性を非難したり告発する内容のものである。その際、主に標的にされるのは、一部の右翼との結びつきが強いとされる〈救済・栄光教団〉であった。この教団は、駒場キャンパスでもっとも大規模に、勧誘活動を展開しているので、その反対運動をしている側と信者とが小競り合いになったり、場合によっては暴力沙汰になることも珍しくなかった。

駒場キャンパスに長く勤めている人から聞いたところでは、十数年前までは、反体制運動につながる学生運動に身を入れる現役学生が、かなりの比率でいたそうだが、今は、学生運動をやる学生の数はかなり減ってきているという。たしかに、ぼくの見たところでも、キャンパス内での、左翼系サークル・団体による演説やアジテーションは、声だけは大きいが、それに興味や共感を寄せる学生は、ごくわずかしかいなさそうである。

左翼系の団体や学生運動がだんだんと衰退してきているのとは逆に、大学での宗教団体の活動の比率は、むしろ上昇してきているという。その傾向は特に一九八〇年代に入ってから強まったそうだ。そうは言っても、むろん、宗教関係のサークルに興味を寄せる学生は、全体から見ればごく少数でしかない。その少ない学生をいかに多く獲得するかに、各種の宗教系サークルが血眼《ちまなこ》になっている中に、ぼくたちのような弱小教団も割って入らなければならないので、これはなかなかに困難な事業であった。

2

しかし、受験勉強での苦労を経てようやく大学に入ったはいいが、学業もサークル活動も二の次にしてまで、どうしてぼくは、自分の所属する宗教の布教に励まなければならないのか。これが平均的な学生生活でないことくらいは、自分でも自覚している。ぼくが布教している〈天霊会〉という教団の教祖が、ぼくの伯父なのだ。伯父、というだけでは、なにも布教活動をするまで義理立てる筋合いはなさそうに思える。しかし、わが家族は全員こぞってその〈天霊会〉の信者となっている。これは、五年前まではそうではなかった。

群馬県に住む伯父は、もともと浄土宗の寺の住職をしていたが、若い頃から霊能力があると自称し、宗義からかなり逸脱することを色々とやって稼いでいたそうだ。住職をやっている特権を利用して、寺を訪れる信者に、有料で特別の先祖供養をやったりしていた。とうとうどこかの休眠中の宗教法人の資格を買い取ってきて、浄土宗の看板を外し、《天道無著《てんどうむじゃく》》を名乗り、自ら一宗派を起こしたのが今から十二年ほど前のことだ。早い話が、自分で新興宗教を興して、その教祖を自称したというわけだ。

その頃までは、伯父は親族たちからも変わり者として、どちらかというと白眼視される立場にいたのだが、富と力を獲得していくようになると、徐々に親族一同の対応ぶりも変化していった。奇蹟を起こす教祖だという評判が、次第に広まり、伯父の教団は、ある時期を境に急速に信者数を増大させ始めた。その間の詳しい事情は知らないが、そのきっかけの一つは、長年持病に苦しめられていた地方の名士が、伯父の霊療を授かることで急に快癒したという一件である。この話がどの程度信用できるのか知らないが、それ以降伯父の教団は勢力を拡大し——と言っても、まだ当時は群馬の一地方にのみ限られるローカルな教団にすぎなかったが——、数年前の時点で教団は、教祖の伯父と教団の幹部たちが、信者からの寄附金だけで裕福に暮らしていけるくらいの規模にまで膨れ上がっていた。

信仰心などというものにとんと理解も興味もなかったぼくの父は、その時期までは伯父の教団の勢力伸張を苦々しく見守っていただけなのだが、ある事件をきっかけに、根本的な宗旨変えを迫られることになる。その契機となったのは、父の経営する会社の財政破綻による倒産である。もともと父は、中堅の製造業種の会社に勤務する一介のサラリーマンであったが、その会社から命じられ、子会社として設立された、独自のインテリアコーディネートの会社に出向して、その社長におさまることになった。

社長の椅子を与えられて、最初は身分不相応なまでの出世を遂げたと喜んでいたのも束の間、実はその子会社が、とんでもない尻拭いをさせられる、とかげの尻尾的存在であったと気づかされるのにさして時間はかからなかった。元々親会社は、業績が悪化していた部門のつけを、その子会社に一手に負わせ、初めから切り捨てる算段でいたらしい。その人身御供として、大して有能でなく鈍感なうちの父が供されたというのがことの真相のようだった。しかしそれは後から振り返ったからこそわかることであって、当時渦中にいた父もぼくたちもそれどころではなく、日々生じる予想外の難事に追われ、あたふたと金策やトラブル処理に翻弄されていた。その頃の父の奔走ぶりは、あまり父と家庭で会話をしたこともない子どものぼくにも、割合はっきりと記憶に残っている。

半年後に倒産という事態になったとき、父は職を失い、借金の山を背負わされるという事態にあいなった。このままでは、住む家も失い、一家四人も路頭に迷う羽目になる――その窮地に手をさしのべてくれたのが、教祖の伯父だったのである。

偶然の巡り合わせなのか、それとも伯父が手を回した結果なのかわからないが、父の借金の大口債権者の一人が伯父の教団の信者となっていた。伯父が言うには、父が自分の教団に入るなら、その債権者は教祖の弟様からお金は取り立てられないとして、父の債権を放棄すると約束してくれたという。進退窮まっていた当時の父にとって、そんなありがたい申し出を、拒めようはずもなかった。父は伯父の教団に入信することを約束し、かわりに借金を棒引きにしてもらったのである。かなりの額は、伯父が立て替えたのではないかとも思えるが、どの程度伯父がその額を負担したのか、はっきりとは知らない。

そういうわけで、父は伯父の宗教の信者となり、形式的にせよ、母と兄とぼくの四人とも〈天霊会〉の信者となった。

要するに、父が伯父の信者になったのが経済的事情ゆえであるのと同様、ぼくがこうして布教に励むことになったのもまた、経済的事情によるところが大きい。

職を失って以降、父は小さな会社の事務職を得て、現在も仕事は続けている。しかし、伯父に立て替えてもらったとは言え、ローンをかかえて、給与は前の勤めのときの三分の一にも満たない低額で、とてもではないが、息子を大学にやる余裕はなかった。兄は父の会社が倒産したときに、大学の二年生だったが、学費の援助がもはや望めないことを悟って、すぐに大学を中途退学し、小さな会社に就職していた。

その後、父は伯父があてがってくれた〈天霊会〉の東京・渋谷《しぶや》支部長におさまり、最近は自宅よりも渋谷支部にいる時間の方が長くなっているくらいだ。この支部長としての収入も入ってくるようになったので、わが家の家計は少しは好転したが、それでも息子を大学にやる余裕はなかなかないのが実情だった。

しかし、ぼくは自分の希望としては大学に行きたかった。勉強は割合得意で学校の成績もよかったし、受験勉強を頑張って、東京大学に入学したいと思っていた。

そこでまたしても、伯父に頼る羽目となった。伯父は、もしぼくが東大の受験にパスできるなら、学費を出してやろうと約束してくれた。

ただし——

このただしが曲者《くせもの》である。

既にその頃、伯父の教団は、東京にも勢力を拡張していて、都内の大学にも信者がぽつりぽつりと得られるようになっていた。東大の学生にも既に何人か信者ができていたらしい。

伯父自身、東大法学部を卒業していて、同期の卒業生の中には政界・財界で名を成している者がかなりいるらしい。そのせいかわからないが、伯父は、母校の東大に、自分の宗教を布教することに大変な熱意をもっていた。

だから、もしぼくが東大の受験に合格して入学ができれば、布教活動をして、信者をあらたに獲得するよう努めること。これが、学費負担の代わりに教祖の伯父がぼくに示した条件だった。

その条件をぼくは受け入れた。

それが、この現状につながっているというわけである。

しかしながら、以上は単なる外面的な説明にすぎない。

それだけなら、経済的事情でやむなく、伯父の始めた教団の布教に従事しているだけということになってしまいそうである。高校三年生の、受験勉強にかなり四苦八苦させられた時期から、息抜きも兼ねて、ぼくは伯父の教団に出入りするようになっていた。

そこで講話を聞き、いくつかのエクササイズをして、信者とまじわることは、当時のぼくにとって、大いなる救いであり励みになった。その間にぼくはすっかり伯父の教えに心酔し、熱心な信者になっていた。この素晴らしい伯父の教義を一人でも多くの人に伝えようという熱意が、ぼくが布教活動をする純粋な動機になっていたのである。

3

一九八五年四月二十二日、月曜日。

ぼくが彼女の存在に気づいたのは、その日の朝のことだった。

東大駒場に学生たちがやって来るのは、午前十時過ぎの、第二時限が始まる時刻以降からが多い。とは言え数は少ないながら、それより早い時間帯でも、一時限の授業に出る少数の学生たちがぽつぽつと姿を見せ始める。

毎朝、駒場キャンパスでぼくたち宗教系サークルの陣取り競争が開始されるのは、大体午前八時頃からだ。

四月のこの時期は、とにかく、各団体とも、一人でも多くの新入生に接触し歓心を惹《ひ》こうと必死である。そのために、駒場東大前駅から、駒場の正門、一号館までの路上や、他のキャンパス内の道路の、なるべくよい位置を確保しようと、朝早くやって来て陣取り競争をするわけである。

ふんだんに金を使って布教に力を入れている、〈救済・栄光教団〉は、やはり動員力があるので、一番いい位置をそこにとられてしまうのは仕方がない。その他の、ぼくたち弱小宗教系サークルにとっては、いかに残りの限られた場所の中から、よい位置を確保し、いかに多くの新入生にアプローチできるかが、勝負どころとなる。

いまだキャンパスの勧誘活動は盛んとは言え、新入生が入学式と一連の手続きを済ませ、サークル紹介とオリエンテーションが終わった四月の下旬になると、駒場のキャンパスは、ほんの少しだけ落ちつきを取り戻してくる。そろそろ正規の授業が開始される頃合であるし、勧誘活動は続けられるとは言え、四月上旬までの派手な客引きやパフォーマンスは鳴りをひそめる。ぼく自身も、二回生に進学して、一回生のときにとりそこねた単位がかなり残っているので、そろそろ学業の方にもかなり力をいれないといけない時期にさしかかっていた。しかしながら、他のサークルの勧誘活動が沈静化したのに比べて、宗教系サークルの勧誘攻勢は、まだかなり活発だった。競合相手の活動熱心さを目の当たりにしては、ぼくらの団体も手を拱《こまね》いているわけにはいかない。ぼくたちの団体も、少なくとも四月中は、これまで通りの熱心な勧誘攻勢をかけるということで、サークル内で合意がなされていた。

毎朝の布教位置の確保は、順番に交代で週に一回ほど担当がまわってくることになっていたが、その日はぼくの担当だった。担当日には朝早く駒場キャンパスの正門近辺に赴いて、勧誘のためのできるだけ有利な位置を確保するのが任務だった。

前日に学生会館の輪転機で深夜までかけて印刷した、大量の配布用びらをかかえて、ぼくは、その日の朝八時頃、東大駒場の正門付近に赴いた。朝早いのはちょっと辛いが、同じ駒場キャンパス内の駒場寮に住んでいるので、登校に時間がかからないだけ恵まれた立場にいた。既に、〈救済・栄光教団〉の女性勧誘員たちは、新入生を勧誘するために、布陣をほぼ敷き終わっていた。駅からの改札口をおりたところの両脇に四人、そこから正門までの間に数人、門の近辺、一号館前広場、９００番教室前、教務課前、等々、要所を押さえた布陣をしている。

ぼくたち弱小宗教系サークルは、その団体の合間を縫って、布教場所を確保しなければならない。うちのような団体は、そんなに大勢の勧誘人員がいるわけではないから、布陣もなにもなく、各人がゲリラ的に、あたりを徘徊し、新入生にアタックをかけるのみである。

既に季節は春なのだが、まだ朝の早い時刻は少しうすら寒い。〈救済・栄光教団〉の早朝からの用意周到な布陣のせいで、駒場生の通学路の最前列に割り込めず、仕方なく、ちらしを小脇にかかえて駒場の正門付近をうろうろしていると、

「やあ、今日も勧誘活動？」とぼくに声をかけてきた者がいる。

見ると、眼鏡をかけた木村《きむら》という小太りの学生だ。

仏教系の学生青年会の一員で、やはりぼくと同じように、勧誘用のびらを小脇に抱えている。弱小宗教系サークルの勧誘をやっている点では、ぼくと共通していて、毎朝同

じ場所でよく、新入生を相手の勧誘をしているものだから、いつの間にか顔見知りになった間柄である。

「ああ、君か——今朝もいい場所、とられちゃったみたいだね」

「お互い大変だねえ」

などと、毎度のおきまりの会話をかわした。

「この時期になると、釣れる学生もぐっと少なくなるね。誘ってみたら、ニセ学生だったりしてガッカリすることもよくあるし」

「ああ、あるある」と木村も頷いた。

東大駒場キャンパスには、東大生ではないのに、東大生のふりをしているニセ学生も大勢跋扈《ばっこ》している。いざ勧誘してみて、ニセ学生だとわかったときには、われわれ勧誘員としてはがっくりすることが多い。

ときどき、最近部室や生協で、学生証の盗難事件が発生していると聞くが、そういった犯行は、学生証ほしさのニセ学生の犯行であることが少なくないらしい。

「勧誘員も慣れてくると、そういうのは見分けて声をかけないようになるものだけどね」

「まあ、慣れてくればね。でも、最初のうちはなかなかそうはうまく見分けられないだろう」

「やっぱり何事も初めが大事だねえ。年度初めは最初の二週間が勝負だね。釣れる学生はそこでかかる。この時期を逃したら、確率はぐっと減る。まあ次の狙い目の時期が、いわゆる五月病が起きる頃にあるかもしれないけどな」

「そのとおりかもしれないな——でも、おいしそうな学生は、たいてい大きいところにもってかれてるからなあ」

「ところで葛城《かつらぎ》君、最近の〈勧誘女王《バーカー・クイーン》〉の活躍はご存じ？」

そう、木村が訊いてきたので、

「勧誘女王？」とぼくは訊きかえした。「何だい、それは？」

「知らないか？　ほら、今、そこで勧誘している女性だよ」

そう言って彼が顎で示した先には、ぼくたちと同じく、多量のびらを小脇にかかえて、新入生に声をかけている、スレンダーな女性の姿があった。ベージュのブラウスに、青みがかったキュロットスカートを着ていて、女性勧誘員が多いこのキャンパスの中で、特に際立って目立つ服装ではなかった。しかし、そのきびきびした足取りと、敏捷《びんしょう》そうな身のこなしは、どこか人の視線をひきつけるものがあった。

その女性とは面識もなく名前も知らなかったが、今月に入ってずっと、このあたりで勧誘活動をしているのを何度か目撃したことがある。

「最近、この駒場で熱心に勧誘活動をしている女性だね。直接の知り合いではないけれど、存在は知っている。君のお知り合いかい？」

「いや、ぼくも話したことはないんだが——」

「どうして〈勧誘女王〉なんだい？」

「異常に勧誘成功率が高いからだよ。君は気づかなかったかい？」

「勧誘成功率が高い？」

そう訊き返してぼくは、眼を細めて彼女の動きを追った。話しているそばから、彼女は、新入生の勧誘に成功したらしく、話しかけられた新入生らしき学生は、くるりと向きを変え、彼女とともに、線路を越えて、駒場商店街の方に歩きだしていた。

たしかに、ぼく自身の漠然とした記憶を掘り返しても、彼女がうまく勧誘を成功させて学生を連れだしている場面を何度か目撃したことがある。勧誘に乗ってくる学生がそうそう多くない中で、ぼくが見ただけで複数回も勧誘を成功させているとは、かなり優秀な勧誘員であるのは間違いなかった。ただ、〈勧誘女王〉というようなあだ名で呼ばれるほどに、あの女性の勧誘成功率が高いとは、今まで気づかなかった。この場合の「成功」とは、信者になったかどうかでなく、とにかく教団施設にまで、勧誘して連れて行けたかどうかを基準にした話なのだが。

「言われてみればたしかに、結構あの女性が勧誘に成功しているのは見たことがある」

とぼくは言った。

「でも、そんなに異常なほどなのかい？」

「とにかく、見ててごらん。百発百中とまではいかなくても、桁外れに成功率が高いから」

そう指摘されたので、ぼくは、朝の駒場キャンパスで、新入生をターゲットにした、ちらし配りと勧誘活動をするかたわら、ちらりちらりと、横目で、勧誘に戻ってきた彼女の動向を注視した。

木村が言ったとおり、彼女の勧誘成功率が高いのは本当だった。

ぼくが八時過ぎにキャンパスに着いて勧誘活動を開始してから、二限が始まる十時半までの間は、ずっと彼女から眼を離さずにいたのだが、その間だけで、三人もの学生をつかまえて、井の頭線の線路の向こう側にあるらしい、宗教施設に誘導していくのが目撃された。百人に声をかけて一人が振り向いてくれればいい方という、宗教勧誘員たちの活動の中にあって、こんな短期間に三人もの勧誘に成功するというのは、たしかに尋常ならぬ好成績である。

そうやって午前中、勧誘活動をしながらさらに一時間半ほど彼女を観察した後、正午近くの時間になって、再び正門のそばでぼくは木村に遭遇した。

「本当だな、彼女」彼の姿を見つけるなり、ぼくはそう声をかけた。「異常なまでに勧誘成功率が高い。〈勧誘女王〉と呼ばれるのももっともだ」

「君もそう思うだろう？　最近、ぼくらの団体だけでなく、勧誘員全体の間で、もっぱらの評判なんだ――あの成功率の高さの秘訣は何だろうって」

「彼女、どの団体に所属しているんだ？」

「それがぼくもよく知らない団体なんだ。さっき一枚、彼女が配っていたちらしをもらってきた」

そう言って木村が見せてくれたちらしには、〈霊言キリスト教会・イグナチオ〉という大きな字が印刷されていた。

「イエス・キリストはあなたたちの救い主です。キリストは、神の言をつかわされました。キリストはすべての罪からの解放者です」などと書き連ねられている。キリスト教系の新興宗教にはありがちな、客寄せ文句だ。しかし、その教団名は、今まで聞いたことがなかった。

「こんな教団、知らないなあ」とぼくは言った。「キリスト教系の新宗教らしいのはわかるが」

「ぼくも知らない」

「かなり小さいところのようなのに、あれだけ勧誘を成功させているのは、凄いね」

「まったく……。もっと大きな団体で勧誘に金がかけられるのなら、まだわかるのだがな——。後ろ楯もなさそうな弱小団体の勧誘なのに、たった一人で、大きな教団が一日に勧誘するのと同じくらいの人数の新入生を誘うのに成功しているからなあ」

つくづく感心した様子で木村が、賛嘆の念をこめた口調で言った。

「どうしてあんなに勧誘がうまくいくんだろう？　かわいい女性だから、男性がつられてしまうのだろうか？」

「うーん、どうかなあ。たしかに見た感じ、かなりきれいな女性だとは思うけど、それだけで勧誘がうまくいくわけじゃ必ずしもないし、それに、彼女、女性を相手にしても、相当勧誘を成功させているぜ——」

「そうだよな。〈救済・栄光教団〉にも、きれいで若い女性勧誘員がいっぱいいるけど、そんなに成功率が高いってわけではないものなあ」

「気になるだろう、彼女の成功の秘訣が？」

「気になる、気になる」ぼくは大きく頷いた。「勧誘員としてはまさに一騎当千の逸材だからな。うちの教団にあんな子がいれば、どれだけ勧誘活動の効率がよくなることか」

「それはこちらも同じ思いだ。なにか秘密があると思うか？」

「さあ、それはわからないが、もし成功の秘訣のようなものがあるなら、是非とも伝授いただきたいな――」とぼくは言ったが、それは本心だった。「そうだ。ここは一つ、ものは試し、自分で彼女に勧誘されてみたらどうだろう？　そうすれば、彼女の勧誘方法の秘密が少しはわかるかもしれない」

「やってみるか、葛城君？」

「うむ。非番になる午後も彼女がここで勧誘しているなら、ノッてみようかな」

と、そのときは半分冗談のつもりで口にしたのだが、十二時になって勧誘業務から解放され、生協食堂で少し早めの昼食を一人でとりながら考えているうちに、それは名案に思えてきた。

　その日の午後、ぼくは、実際に、〈勧誘女王〉の彼女に勧誘されてみることにした。

ぼくがちょっと懸念したのは、同じ時期に近くの場所で、ぼく自身も彼女と同じくかなり長い時間勧誘活動をやっていたことだ。そのせいで彼女に、勧誘員としての自分の顔を覚えられているかもしれない。

4

宗教の勧誘員が狙うのは、主に〝さら〟の学生である。別の宗教に既に入っている人間の勧誘は、通常は、優先順位は低くなる。そういう人間を勧誘するとなると、いま入っている宗教を脱退させる説得と、自分の団体に入れる説得の両方が必要で、二度手間になってしまう。もちろん、中には、精神的に不安定で、誘えばすぐのりそうな人間もいるので、一概には言えないが、他宗教の信者を勧誘するのは避けるのが原則だ。宗教信者の中には、渡り鳥のように、各種の教団を渡り歩いたり、同時に複数の団体に入信するタイプの人間がかなり大勢いることは事実だが、そういう種類の人間は、結局のところ腰の据わった信者にはならないことが多いので、勧誘してきてもあまり歓迎はされない。

そういう背景があるから、毎日の駒場キャンパスでの、各団体の勧誘攻勢の並立には、お互いに相手の領域《テリトリー》は侵犯しないという暗黙の協定のようなものが確立していたので、多くの団体の勧誘が乱立していても、大した諍《いさか》いもなく共存していられたのである。ただし、左翼系サークルは別で、彼らが敵視する〈救済・栄光教団〉の活動は、実力で妨害行為に出てくるから、この両者の間には、揉め事がずっと絶えなかった。

　だから、もし、彼女が勧誘員としてのぼくの顔を覚えていたら、近づいてみても、他教団の信者なので、勧誘対象としては回避するであろう。しかし、今朝見たかぎり、彼女は、勧誘することに熱心で、他団体の勧誘員の顔をよく観察していた様子はあまり見受けられなかった。だからたぶん、ぼくのことも、記憶してはいないだろうと楽観的に考えることにした。

　それでも慎重を期して、駒場寮にある自室に戻り、上着を換えて、普段はかぶらない帽子をかぶり、少しだけ派手な服装に着替えてから外に戻った。派手な色の服装は、勧誘員としては絶対に着ないので、そういう服を着ていれば、一般人らしく見えると思ったからである。宗教の勧誘員は、相手に警戒されないよう、派手な服装を避けるのが鉄則である。

　駒場キャンパスに午後からやってきた風を装う方がいいかと思って、ぼくは、駒場寮から直接正門付近に赴くのではなく、一旦駒場キャンパスの外に出て、迂回して正門から入り直すことにした。駒場寮から南下して矢《や》内原《ないはら》門を出て、キャンパスとは逆側の南口から駒場東大前駅の階段をのぼって、改札の前を通って再び階段をおり、駒場の正門に近づいた。

　もう一つ懸念されたことは、その時刻もはたして彼女が勧誘活動をしているかどうかである。

既に午前中にあれだけ八面六臂《はちめんろっぴ》の活躍をしていたから、午後は勧誘を休んでいるかもしれない。もし彼女が学内生なら、午後から授業に出ているかもしれない。

正門を入った一号館の前の広場から、教務課の前や９００番教室の前を探したが、彼女の姿は見当たらなかった。

（午後は勧誘をやっていないのか）

そう思って半ばあきらめかけていたが、学生課の掲示板を越えた木立の中を、同窓会館の方へ近づいていくと、今は使われていない１０４号館の建物の前あたりで、勧誘活動をしている彼女の姿を見つけることができた。

（……いた！）

そのあたりは、キャンパス内でも、ちょっとした森のようになっている区域で、風が梢《こずえ》をそよがせると、落ち葉の積もった地面にまき散らされた飛沫《しぶき》のような日光が、揺れたり踊ったりしていた。

ちょうど彼女は、眼鏡をかけた、法律書を抱えた文科一類生らしい学生に声をかけているところであった。１０４号館前の道を、北側の二号館方面に歩きながら、さかんにその学生に話しかけている。

その学生の次の勧誘対象になることを期待して、ぼくはゆっくりと、歩調を合わせて、彼らの後を歩いていった。

さしもの〈勧誘女王〉も、その身持ちの固そうな文科一類生を口説き落とすことには成功しなかったようだ。

駒場キャンパスにある学舎の中では、現時点で一番新しい建物である十一号館の前で、文科一類生は手をふって別れの仕種をして、その建物に入っていった。

ぼくは、彼女が一人になったので、はっとして、歩く速度を緩めた。

その瞬間、彼女と初めて視線が合った。

ぼくの身体にちょっとした緊張感が走ったが、さりげなく、ぼくは、銀杏《いちょう》並木の方に向かって、歩行を続けた。

彼女は、ちょっと警戒心を含んだ眼つきで、少しの間ぼくを見つめていたが、やがて決心したように、つかつかとぼくの方に近づいてきた。

そして、ぼくに向かって、涼しげな瞳をぱちぱちと瞬かせながら、のびのあるソプラノボイスで、

「新入生の方ですか？」と訊ねてきた。

（うまくいった……）

内心、そう思ったが、表情にはおくびにも出さず、

「いえ、今度二回生になりました」と正直にこたえた。

「ご出身はどちらですか？」

まだあどけなさの残る顔だちで、そう訊いてくる。年の頃は、二十歳前後で、ぼくと

ほぼ同世代に思える。睫毛《まつげ》が長く、少し面長で、髪の毛は栗色がかったセミロングで、ふわっとウェーブがかかっている。多くの男子学生を魅きつけるだけのことはある、端正で綺麗な容姿をしているが、あれだけ多くの勧誘を成功させる秘訣が、その容姿のみにあるとは思えなかった。

「実家は元々は群馬だけど、今は東京かな」

「そうなんですか。ところで、人生の意味とか、思想に興味がありますか？」

そう訊かれたので、ぼくはちょっと力をこめて、「あります」とこたえた。

少し力んだ返答に、ちょっと彼女は驚いたように眼をしばたたかせていたが、脇にかかえていたちらしをぼくに渡して、

「そういう問題を一緒に考えようというサークルがこの近くにあるんです。もし興味がおありでしたら、一度一緒に行ってみませんか？」と言う。

渡されたちらしは、今朝木村がぼくに見せてくれたのと同じもので、〈霊言キリスト教会・イグナチオ〉と印刷されている。

「そうだな、どうしようかな……」

適当に会話をして様子を探ろうともくろんでいたのに、単刀直入に勧誘を受けてしまったので、どう応えようかぼくは少し迷った。

「これから授業ですか？」

「うん、まあそうだけど、特に出なくてもいいやつなんだ」

「なら、一緒にきませんか？」

　そう言って彼女は、ぼくの腕を自分の胸に引き寄せて微笑みながら、意味ありげなながしめをぼくに送った。

　ぼくの腕に密着した、彼女の胸のふんわりした感触が、薄いシルクの上着ごしに伝わってくる。女性にあまり免疫のないぼくは、どぎまぎして息苦しくなった。

（……こ、このスキンシップ……）

（これが、〈勧誘女王〉の秘訣か……！）

　とも考えかけたが、それだけでは、キャバレーやクラブの客引きとなんら変わらないではないか。しかし、これもまた、彼女が勧誘を数多く成功させている秘訣の一つではあるかもしれない。

「ちょ、ちょっと待って」とぼくは彼女の身体を引き離した。

　あっさり彼女の誘いに乗りかけたが、これでは、彼女の勧誘成功の秘訣はさっぱりつかめないままである。もう少しは抵抗してみせなければならない。

「そんな急に誘われても、どんなところかもわからないし……」

「危ないところとか、そんなんじゃないんですよ」

「いや、でも、危ないところなら自分らが危ないなんて絶対言わないし——」

「そんなことないですよ。私が危ない人に見えますか？」

　そう言って彼女が大きく眼を開けてぼくの眼を覗き込んできた。つられてぼくも彼女の眼を覗き込む。

邪心のなさそうな、澄んだ大きな瞳である。濡れたように長い睫毛が、その円らな瞳を縁取っていた。

その眼に覗かれると、なぜか、ぼくは、身体の奥深いところを射抜かれたような気がした。

ぐんっと、彼女の存在がぼくの中に入ってきたような感じだ。

(これ……!?)

(この感じ……何だろう?)

催眠術、という言葉が一瞬頭をよぎったが、こんな短時間では、そんな術をかけられる余裕はないだろう。ぼくの属する〈天霊会〉にも、催眠術をかけられる能力者は何人もいて、ぼくも何回か実地に催眠術を施す現場に立ち会ったことがある。だから、ある程度は、催眠術がどんなもので、どんな条件でかけられるかはわきまえている。いま自分に催眠術めいたことがなされたとは思えないが、彼女には、催眠術師に共通する雰囲気のようなものがあるのは感じられる。もしかしたら、彼女も術師かもしれないとぼくは思った。いや、術師といった技能的なものではなく、なにか天賦の才みたいなものかもしれない。

(人をあやつれる力のようなもの……?)

(いや、むしろ、人を魅きつける力か……?)

彼女がもっているのは、後から培《つちか》われたものではなく、一種の超能力に近い先天的な才能なのかもしれない。一部のアイドルや教祖や政治家がもつカリスマのようなもの。人の心をとらえる資質のようなもの——それを彼女も持ち合わせているのかもしれなかった。

しばらくの間、彼女は、張りつくようにじっと、ぼくの眼のなかを覗き込んでいた。

それから、急ににこっと、人の良さそうな笑みを泛《うか》べて、

「さっ、行きましょうか」と再びぼくの手をとった。

「あ、ああ……」

今度はぼくは頷き、おとなしく彼女の後にしたがった。

ちょっと眩暈《めまい》がして、足下がふらついた。

彼女が横からぼくを支え、ぼくたちは、恋人同士のように密着して、駒場の門を一緒に歩き出た。寄り添ったままぼくたちは改札の階段を乗り越えて、線路向こうの商店街の方に入っていった。

5

(……この教団みたいに、駒場キャンパスの近くに支部があれば、勧誘には便利だな)

(でも、うちの渋谷支部も、ここから徒歩で約十五分だから、割合近い方だけれどな)

などと思いながら、ぼくは黙って彼女と一緒に歩いて行った。商店街へ続く階段をおり、南側の住宅街の方へと進んでいく。

その住宅街の、特に変哲もない、一軒の家の前に止まって、彼女は門のそばにあるベルを押した。

「はい？」と応えて出てきたのは、エプロン姿の女性だった。

年の頃は三十代前半くらいだろうか、外見は普通の主婦という印象だ。

彼女は、すぐにぼくを連れてきた女性を認め、

「ああ、ソアラちゃん。御苦労さん。東大生さん？」と訊ねてきた。

「ええ」とこたえ、彼女は門を開け、ぼくを中へと押し入れた。

ソアラ、と呼ばれたのが彼女の名前だろうか。日本人の名前にしては、珍しい聞き慣れない名前だ。

「じゃ、私はこれで――」と言いながら、彼女はぼくをその家の女性に任せて出ていこうとしている。

「あ、え、でも――？」当惑して、ぼくは彼女の方を向いて、「一緒に付いてきてくれるんじゃ――？」

「後は、そこの小久保《こくぼ》さんに聞いてちょうだい」

そう言い残して、彼女は、すたすたと歩き去ってしまった。

ぼくは、ちょっと唖然《あぜん》とした。

勧誘員をしている経験からいうと、こういう場合、普通は勧誘をしてきた人間が、勧誘された人間を置き去りにしたりはしないものだ。

一般的に言って、勧誘された人間は、知らないところに誘われて、不安な心理状態にいる。そういう人間が同行するのに同意したということは、ようやくほんの少しだけ心を開いて、信頼の一端を預けたということだ。その少しだけ開いた心を徐々にもっと開かせるために、勧誘された人間が安心し、完全な信頼を獲得するまで、勧誘者はずっとその人間のそばを離れてはいけない——これは、勧誘員の基本であり鉄則だ。うちに限らず、他のどの宗教でも、それは同じだと思う。

しかし、考えてみれば、今朝から観察していた、彼女——いまソアラと呼ばれた女性——の勧誘の仕方にはどこかしら奇妙なところがあった。次々と勧誘を成功させている割に、少し時間がたつと、またすぐ駒場キャンパスに復帰して、新しい勧誘活動に励んでいる。普通、一人の勧誘に成功したら、その人物にずっと付き添い、施設にまで連れていった場合は、その宗教の入門的指導や説明をも、その勧誘員が受け持つか、そうでなくても、通常はずっと付き添っているものだ。一人の勧誘に成功したら、その人物の世話や面倒だけで、たいてい半日はかかってしまう。だから、普通の勧誘員が一日に面倒をみられるのは、せいぜい二、三人までが限度のはずだ。

ところが彼女ときたら、〈勧誘女王〉の異名よろしく、次々と駒場の学生に声をかけては、自分の宗教の施設に連れていき、またキャンパスに舞い戻っては、勧誘行為を繰り返している。これは、勧誘員のやりかたとしては、常道を踏み外した、異常な行動形態と言える。

これではまるで、キャバレーとか何とかクラブの、路上での客引きみたいではないか。

そんなことを考えていたぼくに、エプロン姿の女性が、「どうぞ中にお入りください」と促し、

「〈霊言キリスト教会・イグナチオ〉の名前を聞いたことがありますか?」と訊いてきたので、ぼくは、

「いえ、よく知りません」とこたえ、「すみません、また後で来ます」と言って、その場から走り去った。

「あっ、ちょっと——」と後ろから呼びかける声が聞こえたが、興味のない宗教団体の勧誘に付き合っている暇はない。

(でも、あの女性のことは、気になるな……)

駒場寮の自室に走って帰りながら、ぼくは漠然とそんなことを考えていた。

6

その勧誘を体験して以降、駒場キャンパスで〈勧誘女王〉と、勧誘員の間ではもっぱら評判の、ソアラと呼ばれる女性の存在がますます気になるようになった。

うちの勧誘員で、ぼくの他にも、彼女の存在に気づいた者もいるらしい。

その日の午後、駒場キャンパスの近くで、部会を開き、勧誘対策を話し合っていたときにも、彼女のことが話題にのぼった。

「先輩、ご存じですか？　最近、駒場キャンパスで、途方もないほど大勢の学生を勧誘している女性勧誘員がいるようですよ」

そうぼくに話しかけてきたのは、奥元三津子《おくもとみつこ》、文京区にある短期大学の英文科に所属している女子大生だ。髪は短く、全体にやわらかくパーマをかけている。そばかすがちらばった、愛嬌のある顔をしている。

彼女は、なぜかぼくのことを「先輩」と呼び、妙によくなついてくる。英語の文章で分からないものがあるとよく質問してくることがあるのだが、その度《たび》に親身に相談にのってやっていたせいかもしれない。そのときもぼくに話しかけながら、ぼくの方に身体ごとよりかかってきた。

「そうそう、こないだ、勧誘していて、あと一押しで、施設に来てくれそうになっていた学生がいたのに、あの女性が横から来て、私が誘っていた学生をさらっていったのよ。鳶《とんび》に油揚げとはこのことだと思ったわ」

そう応えたのは、墨田《すみだ》という文科三類の女子学生だった。彼女は、うちのサークルの女性勧誘員の中では、唯一人の、東大の学内生だった。度の強い眼鏡をかけ、いつも黒ずくめの、一見すると性別不詳の服装をしている。彼女がスカートをはいているのを見たためしがない。外見はいかにも勉強ばかりしているガリ勉タイプの女性だ。

「あ、ああ」あまり気がはいっていない声でぼくは頷いた。「ぼくも少しは耳にしているよ」

「どうしてあんなに勧誘できるのか、皆あれこれ噂しているみたいですよ」と奥元が甲高い声で言った。「何か媚薬かフェロモンのようなものを使っているんじゃないかって……」

「媚薬かフェロモンか……」ぼくは苦笑した。

今日ぼく自身が勧誘されたときに、彼女から、そういう手段を用いられた覚えはなかった。もし何かの媚薬かその類が用いられたのなら、被勧誘者の願望対象は、宗教ではなく、彼女自身になるはずである。しかし、彼女の勧誘の仕方は、決して、そんなものではなかった。もっとも、性的刺激も一部はあったかもしれないが。

「たぶん、その説は違うと思うよ」

簡単に、ぼくはそうこたえたが、自分が半ば好奇心から、ソアラという女性の勧誘を受けてみたことは告げなかった。

その翌日は、勧誘活動の当番でないにもかかわらず、早めに駒場の正門そばに出向いていった。

朝九時頃のことである。

するとやはり、栗色がかった髪をたなびかせた、彼女が熱心に勧誘をしている姿が目に入ってきた。

（……やはり）

（……今日もいる）

下手に彼女に見つかると、気まずいので、ぼくは、遠巻きに彼女を眺めながら、その付近をうろうろした。

驚異の成功率を誇るだけのことはあり、観察を始めてものの数分もしないうちに、新入生と思われる男子学生をつかまえて、口説くのに成功した様子である。

ぼくが遠巻きにじっと彼女の様子を見守っていたら、

「あの子、あなたのお知り合い？」と話しかけてくる女性がいた。

「え、いや……？」と言いながら振り向くと、水色のスーツを着て、宗教のパンフレットをもった女性がいた。

外見からすると、どうやら、例の勧誘攻勢では一番金を使っている〈救済・栄光教団〉の勧誘員の女性のようだった。もっている宗教パンフからどの団体かは一目瞭然だし、このあたりでは割合古顔に属する勧誘員なので、ぼくも見覚えがあった。向こうも、ぼくが別の宗教の勧誘員をしていることを覚えていて、話しかけてきたようだった。

「ただ、勧誘成功率が高いってもっぱらの評判なので、気になって……」ぼくはちょっと曖昧な口調で言った。

「そうよ。そちらさんも、それで困ってる？」

「いや、まあ、うちはおたくらほど大きなところじゃないから……」

「うちらにとっては、相当深刻なのよ。あの子が来てから、うちのシマが荒らされて客をとられるし、心理的にも相当ダメージがきてるわ。こっちは、数十人がかりで、毎日二人か三人をつかまえるのがやっとなのに、あの子ときたら、一人でひょいひょい動き回って、おいしそうな新入生を次々とつかんで行くでしょう。あまりに成功率が高いから、うちらの間でも動揺が広がっているのよ」

「自分たちの客をとられて困る、と？」

「いえ、うちらだけが必ずしも所有権や領有権が主張できるわけじゃないけど、他の団体だって似たような感想をもっているところ、多いんじゃないかしら。

ここのところよく、うちの女の子の勧誘員と、あの子が勧誘で、かちあっているのよ。歩いている一人の学生を右と左から、あの子とうちの子で張り合って、勧誘合戦になったりするのよ。それが皆ことごとく全敗で、誘われた学生は、皆あの子の方に付いて行ってるって。そのせいで、寮に帰って泣きだす子もいてね。私たちの教えが、正しい神の霊がついているなら、どうして、邪法を説く勧誘員に負けるのか、と言いだす子もいるくらいで――」

「勧誘段階で、神の教えの正しさを張り合っても仕方ないでしょう」

「それはそのとおりなんだけど――。でも、あの子があまりに勧誘を成功させるのだから、あの子にこそ聖霊が憑《つ》いているんじゃないか、って言いだすのも出てきて、うちの内部じゃ、ゆゆしき事態になっているのよ。去年までうちの寮に住み込んでいた子で、一人すごく勧誘の成功率の高い子がいてね、一ヵ月で八十七人の学生を施設に連れてきて、そのうち十七人が信者になったという、前人未到の記録を打ち立てた女の子がいるのよ。その子は、どうしてそんなに人を魅《ひ》きよせられるのかって訊かれたときに、『みな神の霊が私についているせいです』ってこたえてたから、その子の霊の力を信奉するようになった会員も多く出たりしたわ。その子が書いた『勧誘のための心得』という小冊子なんて、うちの寮では、バイブルみたいに読まれていたのよ。

ところが、あの女性ときたら――彼女の成功率って、その子と比べても桁外れでしょう。一日で二桁の人数の勧誘に成功するなんて、化け物じみている」

「たしかに、桁外れですね、彼女は」

「でも、あの子、見てるとちょっと妙なのよ」

「妙？」

「あの子がどの宗教の勧誘をしているか、あなた、知ってる？」

「よく知りません――。なにかキリスト教系の新興宗教だと思いましたが」

「あの子、勧誘員としては一匹狼で、他の勧誘員と連携している様子が見られないでしょう。ある程度以上の勧誘員がいる宗教だったら、どの勧誘員がどの教団に所属しているか、見ていれば大体わかるでしょう。だけど、あの子は、そういう大きめな教団に属している風はないし――」

「ぼくらの〈天霊会〉も、そんなに大きくないですよ」

「でも、あなたたちのグループだってある程度人数が固まっているのは、こちらにもわかるわ」

「そうですね」

「それで、気になって、あの子の勧誘している宗教を調べたのよ。そしたら、あの子、日によって連れていく教団の施設が違うのよ」

「えっ？　教団の施設が違う？　そんな、まさか——？」

「だから、あの子、本当はどの教団の信者でもなくって、単に勧誘のために雇われている女性じゃないかって、そういう説も出てるのよ。その真偽はあなたも知らない？」

「いや、それは知りませんが、でも、まさか、そんなことがあるなんて——。宗教の勧誘は、店の客引きとは違うんですよ。信者でもない人間を雇って勧誘するなんて、そんなことをするはずは——」

信じられず、ぼくは首を振った。

しかし、思い当たる節がないではない。昨日、ぼくを勧誘したときも、施設の前にまで連れて行っただけで、彼女は中に入ることなく、去って行った。ちょっと奇妙な対応だと思ったが、あれも彼女が本当の信者ではなく雇われ勧誘員だとしたら、納得できる行動だ。

「でも、そんな——」

「ちゃんと、それを見たって人がいるわ」

ちょうどそのとき、当の話題の主、ソアラが、勧誘した学生を連れて、銀杏並木の方へと消えて行こうとしているのが、視界の隅に見えた。

「この眼で調べてみます」

そう言ってぼくは、彼女の姿を見失わないように、駆けだした。

彼女の後を追って、本当に、彼女が、複数の宗教の勧誘をかけ持ちしてるかどうか、確かめようと思ったためである。

7

ソアラと呼ばれていた女性は、説得に成功したらしい男子学生をつれて、銀杏並木の通りを、二号館や三昧堂《ざんまいどう》がある、西側の方へと歩んでいく。昨日彼女がぼくを案内した施設は、京王井の頭線を挟んで南側の住宅街の中にあったから、昨日とは案内している方角がまったく違う。

連れて行く先が違うということは、やはり、いま彼女は、別の宗教施設に案内しようとしているのだろうか。それとも、何らかの事情があって、駒場キャンパスの西側に行こうとしているのか。

二号館を越え、両側にテニスコートのあるところにまで来ると、その先は、まだ大学キャンパスの敷地内とは言え、大学の校舎がないため、そこを歩いたりしている学生の数はめっきりと減り、閑散としてくる。

銀杏並木の西の突き当たりには、通用門のような小さな西門がある。

その門を出ると、すぐ向こうには、まるで森のように、こんもりと緑の繁る一帯がある。そこは、日本近代文学館と都近代文学博物館のある、《駒場の森》である。その博物館に以前、明治から昭和初期の文豪の直筆《じきひつ》原稿が展示されているのを見に行ったことがある。その近辺は、東京の二十三区内の中にいるとは思えない、森閑とした緑あふれる区域である。

彼女ら二人は、その《駒場の森》には足を踏み入れず、日本民芸館のある角を曲がり、池ノ上《いけのうえ》駅の近くの住宅街の方へと歩いていく。そのあたりで、目黒区の境界を越え、電信柱の示す番地表示が、世田谷《せたがや》区のものに変わっていた。

彼女たちはすたすたとそこの一角にある、住居へと近づいていった。

見ると、表札のところに、大きな木の看板が立ち、〈天孫オーラ協会〉と太く黒い字で書かれている。

これが、どうやら今日彼女が勧誘した宗教団体の名前らしい。

昨日、ぼくが連れて行かれた教団――〈霊言キリスト教会・イグナチオ〉とは、名前からして、また建物の雰囲気や看板からしても、まったく別物である。

昨日のぼくへの対応と同じく、〈ソアラ〉は、そこのベルを鳴らして、中から出てきた人に説明して、男子学生を預け、くるりと踵《きびす》を返した。

その瞬間、立ち止まって観察していたぼくと、目が合った。

彼女は、ぼくを見るなり、にっと笑った。

まるで、ぼくがそこにいるのを予期していたかのような、余裕ありげな笑みであった。

8

「ずっとつけてたの？」

ゆっくりとぼくの方に歩み寄りながら、彼女はそう訊いた。

「え、いや、その、……」

どう答えてよいかわからず、ぼくはちょっと口籠もった。

「わかってたわよ。昨日から──あなたが私を試しているんだって」

「試すって……」

「あなたもあそこで勧誘活動しているでしょ？　気づいていないとでも思ってるの？」

やはり覚えられていたのか──そう言われてぼくは軽く唇を噛んだ。彼女の観察力というか記憶力を侮《あなど》っていたようだ。「新入生の方ですか？」という昨日の問いかけも、こちらの意図を見透かした上でのことだったのだ。

しかし、そんなことで、怯《ひる》むことはない。ぼくは彼女に、嘘偽りを述べたわけでも、騙したわけでもない――こちらに疚《やま》しいところがあるわけではないのだ。

勇を鼓して、ぼくは訊ねた。

「どうしてこんなことをするんだ？」

「こんなことって？」

とぼけ顔で彼女は訊きかえしてくる。

「なんで、昨日とは違う宗教を勧誘しているのかってことだよ」

「ああ――だって、私は、どちらの宗教も信じているから。曜日を分けて両方の勧誘の仕事をしているのよ」

平然とそんなことを言ってのける彼女に、ぼくはいささか呆然とした。

「そんな……そんなのって、おかしいよ」

「どうして？」

ぼくの方に歩み寄ってきた彼女は、そう訊ねて、ぼくの目の前で立ち止まった。

正面からぼくの顔を覗き込む彼女に対して、ぼくはちょっと目を逸らし、

「君、名前はなんていうの？」と訊いた。

「私？　ソアラ。スズヨシソアラ」

「どういう字を書くの？」

「リングの鈴に、くさかんむりの葦。想像するの想に、亜鉛の亜、羅刹の羅――鈴葦想亜羅」

「ふうん。変わった名前だな」

「あなたは？」

「葛城陵治《りょうじ》——東大の文科三類の二回生だ」

「私は、文科二類」

「文二か——」

　道理で暇なわけだという言葉が喉から出かかったのを、あわてて押しとどめた。文科二類というと、経済学部に進学する科類だ。駒場キャンパスには、「文一・文三・ネコ・文二」という言い回しが伝わっている。駒場寮に住む生き物を忙しい順に並べてみたらこうなるというのである。それだけ暇であると揶揄《やゆ》される文科二類生であるが、ぼく自身は文科二類ではないので実態はよく知らない。しかし、文科三類とて、ほとんど授業に出なくても、単位をとるだけなら、たいてい何とかなってしまう——それより忙しくないなら、実態は推して知るべしである。

「一回生よ」

　そう彼女が付け加えたので、ぼくは少し驚いて、

「一回生？　東大に入学したばかりで、もうこんなに勧誘活動を？」と訊きかえした。

「勧誘なら、高校生のときからやってたわ。この駒場キャンパスにだって、去年も何度も勧誘に来たわ——」

　そう聞いて内心ぼくは、驚くというより呆れてしまった。年の若い勧誘員も大勢いる

が、高校生以下で勧誘員をやっているのは、ごく珍しい。特異な性格をしているのだろうか。もしかしたら、勧誘魔とでも言うべき嗜好の持ち主なのかもしれない。

「どうして毎日駒場キャンパスで勧誘活動をしているの?」

「そんなの人の好き好きでしょう。あなただって、よくあそこで勧誘活動をしているじゃないの」

「ぼくは、〈天霊会〉という団体に入っているから、その勧誘をしているだけだ。自分たちが正しいと信じる教義や団体のことを、人に伝えたい、世間に広めたいと思うのは当たり前の気持ちだろう」

「そうかしら」

素っ気なく彼女がそう言ったので、ぼくはちょっとむきになって、

「そうに決まってる!」と語気を荒らげた。「勧誘をかけもちするなんて、信じられない。自分が信じてもいない宗教を人に勧めるなんて、相手を見下しているし、宗教全般を侮辱している。なんで、そんなことをやっているんだ?」

「偉そうに言わないでもらいたいわね」ちょっとむっとしたように頬をふくらませて、彼女はこたえた。

「サークル活動をかけ持ちしている学生なんていくらもいるでしょう。テニス部とオーケストラ部とか茶道部とか――あたしが、勧誘員をかけ持ちしたって、どこが悪いって言うのよ」

「サークルのかけ持ちとは、話が違うよ。なにかの宗教を信じるってことは、その教えを尊重し、崇《あが》めるってことだ。言ってみれば、宗教はその人にとっての主《あるじ》になるんだ。サークル活動なら趣味にすぎないから、二つでも三つでも同時にやって一向に構わない。しかし、宗教は話が違う。二つも三つもの主人に同時に仕えることはできないはずだよ」

「どうしてサークルと違って、宗教は主人になっちゃうの？」

鋭く問いかえされて、ぼくは一瞬言葉に詰まった。

「それは、つまり、その、宗教というのが、真実とか正しさにかかわるからだ——」

「でも、その真実って一体なに？」さらに声を鋭くして彼女が反論してきた。「科学的な、唯一絶対の客観的な真実とでもいうの？　宗教の分野で、そんな真理の存在を本気で主張できると思って？」

「いや、そうは言わないが——」

「じゃあ、人それぞれ、宗教ごとにそれぞれ真実があるってこと？」

「いや、そうとも言えないな——」

「いろんな宗教がそれぞれに主張している真実って、同じものだと思う？〈万教帰一《ばんきょうきいつ》〉なんてこじつけをする人もいるみたいだけど、素直にみれば、千差万別な教えが、百家争鳴状態にあるんじゃない？」

「そうだね——」

「でも、各宗教ごとに違ってくる真実って、一体なに？　そんなのそもそも真実の名に値するの？　たとえば、水が沸騰する温度が、この大気圧のもとでは常に百度であるということなら、真実だと言えるでしょう。所が変わって時代が変わっても、沸騰する温度は変わらないわけだから。そういう科学的な真実なら、国が違っても、宗教や信条が違っても変わらないはずでしょう。でも、宗教の説く〈真実〉は、一体どうなっているの？　皆てんでばらばら、それぞれに好き勝手なことを主張しあっているだけじゃない」

「いや、でも、自然科学とは違う仕方で、やはりなんらかの真実があると信じられるからこそ――」

「あなたも、信じている宗教があるなら、そこに〈真実〉があるはずだと思っているのでしょう？」

「そりゃまあそうだが――」

「でも、たくさんある宗教がそれぞれに主張している〈真実〉を全部真に受けてごらんなさい――どうなると思って？

唯一であるはずの真理をもつと主張している宗教が、世の中にはごまんとあるでしょう。もし真理が一つしかないなら、宗教も一つでいいはず。こんなにもたくさん宗教があるわけがないでしょう。それなのに実際は、数えきれないほどの宗教が乱立して、みな自分たちが真実だと主張し合っている。教えは皆千差万別で、互いに矛盾し合っているし、互いに共存しがたいものばかり。それを見て、どう思うの？　それでも真実は一つで、すべての宗教は、形が違うだけで、同じ真実を説いていると思うの？」

「いや、そうは思わないが——」

「なら、その乱立している宗教の中に、一つだけ真実の宗教があるの？　もしそうだとしたら、それはどうやって見分けるの？」

「それは——」

「そのたった一つの宗教が、いまあなたが入っているものだと主張するの？」

「いや、うちの教団だけが真実であると主張できるほど、ぼくたちは偏狭ではないし、傲慢でもない」

「じゃあ、他の宗教が全部間違っているとは言えないわけでしょう。なら、そういった宗教は、絶対的とは言えないが、相対的に正しさをもつということ？　でも、宗教っていうのは、〈相対〉ではなく、〈絶対〉であるはずでしょう。相対的に正しいなんて言いぐさは、哲学とか思想としてならいいけれど、宗教の教えじゃないわ。それとも、マハトマ・ガンジーみたいに、すべての宗教が結局は一つのもので、同じ真理を説いているとおっしゃる？」

「いや、そうも言えないね——いくつかの偉大な宗教に関しては、根本はかなり一致しているとは思う。でも、怪しげな新興宗教も多いから。到底ぜんぶの宗教が正しいと認めるなんてできないね」

「なら、要するに、たくさんある宗教の中のいくつかは真実だけれど、そうでない宗教もたくさんあるということかしら？」

「そうだね、それが実情に近いと思う」

「そうするとあなたの見るところでは、世の中にたくさんある宗教の、全部が正しいとは言えないけれど、正しいと言える宗教がその中にいくつかはあるってことでしょう」

「正しい宗教の勧誘をすることは、あなたの価値観からしても、望ましいこと、よいことになるわけでしょう?」

「そうだね」

「とすると、いま私がやっていることが、正しくないとは言えないでしょう。私が勧誘している宗教が複数あったところで、その複数の宗教がみなそれぞれに正しいかもしれないわけなんだから――」

「でも、君は本当に、いま自分が勧誘している宗教の教えや中身を確かめたのか? 宗教に勧誘するからには、その宗教に対して責任をもたなくちゃいけない――それは、勧誘員としての最低限のモラルだと思う。君はもしかしたら、実態も知らずに勧誘だけしているんじゃないのか?」

「そんなこと、ないわよ。私が勧誘している宗教は、みな自分で入ってみて正しいと共感できるものばかりよ」

「本当に? ぼくなんか、宗教に関しては〈天霊会〉一筋だけれど、教えやら修行やら、学ばなくてはいけないことが山積していて、いくら時間があっても足りないほどなのに、君は、そんなにいくつもの宗教をかけ持ちして、どれもその教えを会得《えとく》しているというのか？」

「私はね、もの分かりがいい方なの。普通の信者が五年かかってようやく理解するようなことも、一時間講義を聞くだけでたいていわかっちゃうもの」

「やれやれ。大した自信だな」

「自信と理解に裏打ちされているからこそ、他の勧誘員より、信頼をかちとりやすいのよ」

そういう風にいわれると、たしかに彼女は、こと勧誘に関しては実績があるだけに、あながち大言壮語とも否定できない。勧誘する教えに自信をもっている勧誘員ほど、勧誘に成功しやすいというのは、これまでのぼくの経験則から言っても、裏付けられる事柄である。その命題をあてはめるなら、彼女がこれだけ勧誘を成功させているのは、それだけ彼女が、自分が勧誘している教団の教義に自信をもち深い理解をもっていることになる——はずである。

しかし、いくつもの宗教をかけもちして勧誘しているとなると——

一体どういうことになるのか。それがモラルに反することだと、説教できるような立場にぼくはいるのか。少なくとも、陳腐な一般論で判断されるべき事柄ではないだろう。つくづく変わった女性だと、半ば呆れ、半ば感心してぼくは彼女の顔をまじまじと眺めた。

「いや、でも、そんなのは、やっぱりおかしいよ」ぼくは息を吸い込んで、ひと呼吸おいてから、そう語った。

「どこがよ?」

「君が勧誘していた宗教は、昨日はキリスト教系の新宗教のようだったが、今日のは神道系みたいじゃないか。まだ、君がかけ持つ宗教が、すべてキリスト教系とか、近い系統のものならわからなくはない。でも、キリスト教と神道では、よって立つところが、まったく違う。どうしてそんなかけ離れた宗教を、同時に信奉することができる?」

「キリストもアマテラスも、同じ〈天の理〉を説いたとみなせば、少なくとも私の中では矛盾なく両立するものよ」

「それは屁理屈だよ。いくらなんでも、そんな風にして宗教の教えは、学べないよ」

「そんなこと、ないわよ」

「いや、それは違うと思うな。そもそもの初めから君が真剣にその宗教を学ぼうとしていないからこそ、ぱっぱっといろんな宗教をつまみ食いできるんだ。そんなつまみ食いを許すのは、まがいものの見かけ倒しのえせ宗教だけだと思うけれど――」

「なにを言うのよ。私が参加している宗教がどうしてまがいものだと判別できるのよ?あなたに正しい宗教を判別する能力があって、どうして私にその判別能力がないと言えるの?」

「いや、たしかにぼくが偉そうに正しい宗教を見極められるとは、君に言う資格はないかもしれない。でも、たとえ、君が言うとおり、真実を説いている宗教がいくつもあったところで、それを同時にかけもちするのは、やはりよくないことだと思う。何かを学びたいときに、同時に何人もの先生に教わったら、混乱して、かえって悪くなることが多いだろう。自分が習う身の間は、誰か一人の先生について教わるべきだ。音楽でも、美術でも、みな最高の美を目指す芸術として共通しているとはいっても、同時にいくつもやろうとすれば、たいていの人は、足をとられて先に進めなくなる。それと同じで、進むべき道はたくさんあって、個々人によってそれぞれ合った道は違うだろうが、同時にたくさんの道は選べない。

それと同じで、たとえ世の中に正しい宗教がたくさんあったとしても、同時にいくつもの宗教を掛け持ちするのは本来無理だし、有害だと思う」

「あなたの言っているのは、要するに、多くの道を同時に進もうとすると、うまくいかないことが多いってことでしょう。それはたいていの人にはあてはまるかもしれないけれど、すべての人がそうとは限らないでしょう。中には多くの道を同時に進んだ方がうまくいく人だって、いるかもしれないわけでしょう」

「君はそれにあてはまらない、特殊な人間なのか？」

「あなただって、人それぞれに合った道があるとは、認めているわけでしょう」

「そうだね」

「なら、私の道は、勧誘員の道。これが私の合った道、私の選んだ道なの。別に複数の道を選んでいるわけじゃないわ」

「か、勧誘員の道って……なにを」

「聖書のキリストのたとえ話にもあるでしょう。主人からお金を預けられた下僕《しもべ》たちの話。主人が不在の間に、お金を増やした下僕は褒《ほ》められたけど、預かったお金をしまい込んだだけで何も増やさなかった下僕は主人に叱られた。その教えって、要するに、与えられた才能を活用する者は神から褒められ、活用しない者は神から咎められるってことでしょう」

「そりゃまあそうだけど――」

「私は、人を勧誘するのが得意だという、私の天賦の才を活用しているだけ。神にも非難されない所業よ」

「いや、しかし、そんな――」

ぺらぺらとまくしたてる彼女に、うまく言いくるめられてしまったような印象だ。彼女が主張していることは詭弁《きべん》にすぎず、根本的なところで、まったく受け入れることができない。彼女が言っていることは、どこか狂って、常軌を逸している。しかし、言っている内容がおかしいと思えるのに、こうして話をしていると、いつの間にか彼女のペースに乗せられてしまっていた。

成功する確率が非常に低い、大学キャンパス内での宗教勧誘活動に、彼女だけがあんなにも高い成功率を誇る謎――その不可解さが完全に解きあかされたわけではないけれど、間近で彼女とじかにこうして話してみると、彼女の発散する人間的な魅力のようなものに気づかされる。人を自分の間合いに引き込む巧みな弁舌と、屈託のなさそうな親しみのこもった語り口。――そのあたりに彼女の勧誘成功率の高さの秘密の一端を見たような気がした。

ぼくは、その点で論争するのはあきらめて、少し話題を変えようと、

「君は、その勧誘の仕事をして、報酬金をもらっているのか？」と訊いた。

「えっ」そう訊かれて彼女はいかにも不本意そうな表情をして、「こんなことでお金をもらうわけ、ないでしょう。どうして、真実への奉仕を金で売ったりできる？」と反問した。

「そうか……」

「それに、私、お金を出して勧誘を依頼してくるような団体には、与《くみ》しないことにしてるんだ。だって、そんなことをする教団は、そもそも信用がおけないでしょう？」

「それはまあ、そうだが……」

「そうだ」不意になにかいいことを思いついたように、彼女が言った。「あなたが入っているのは、たしか〈天霊会〉とかいうところだったたわよね」

「そうだが」

「私、前々からそこに興味があったの。今度は私が勧誘される立場で、その施設に連れて行ってくれない？」

「えっ、君を？」

突然そう言われてぼくは戸惑った。普通の勧誘活動では、誘って施設に来てくれる人がいれば、誰でも歓迎するのが原則である。しかし、彼女の場合は……。こんな、既にいくつもの宗教をかけ持ちしている人を連れて行って、もし信者になってくれたとしても、うちの教団にとって少しもプラスにならない……どころか、かえって有害になるのではなかろうか。

ぼくが返答しあぐねていると、彼女は、

「どうしたのよ？　勧誘されていいと言っている人がここにいるのに、放っておくつもり？　そんなことじゃ勧誘員失格よ」と半ばからかうような口調で言った。

ぼくは彼女の眼を睨みつけたが、見つめ返してくる彼女の瞳には、悪意も屈託も感じられない。

「君のような面白半分の人に来てもらっても困るな……」

「どうしてよ。あなたの〈天霊会〉は、開かれた宗教じゃないの？　見学を希望する者がいるのに、それを拒むのは、おかしいんじゃないの？」

「……わかった。連れて行くだけなら、行ってもいい」溜め息をついて、ぼくはそう言った。

「そうこなくっちゃ」

「ただし、入信を許可する約束はしないぞ」きつく言い渡すつもりでぼくはそう言った。

「あくまで連れて行くだけだし、君がどういう人か、いま聞いてわかったことはみな報告するから」

「いいわよ、それは別に」平然と彼女はこたえる。

その彼女の対応ぶりにぼくは、半ば呆れ、半ば感心してしまった。一つの宗教だけにしがみついている自分のありかたが、どこかつまらない、卑小なものに見えてくるような気もする。しかし、やはり彼女の態度を是認することはできない気持ちの方が強い。

こうしてぼくは、彼女を、渋谷にある、〈天霊会〉の支部にまで案内することになった。そこの支部の責任者になっているのは、ぼくの父である。支部に行ったら、彼女のことを、父にも相談してみようと考えていた。

「じゃあ、行くのは今日の夕方でいいかな？　次の四限は、必修の体育があるから、その後、午後五時にこの正門のところに来てくれないか」

支部に行く時刻を遅らせたのは、授業に出るのもあったが、父がその時間には支部に戻っているだろうという判断もあった。

「わかった、それでいいわ」

9

というわけで、ぼくが彼女を連れて、渋谷の〈天霊会〉支部に赴いたのは、その日の午後五時半頃のことであった。

〈天霊会〉支部は、〈ムーンライトビル〉という建物の四階にある。父は、一応そこの支部長におさまっているが、それだけで生活ができるほど〈天霊会〉は大きな団体ではない。昼間はやはり渋谷の近くの小さな会社に事務の勤めに出ていて、この支部に姿を現すのは、たいてい平日の午後五時以降だ。

勝手知ったる戸口を開けると、小さな事務用の机に、眼鏡をかけた中年の女性が坐っていた。彼女は、ぼくが入ってくると、

「はい、あら、坊ちゃん」と言って微笑んだ。

彼女は、長谷川敦子《はせがわあつこ》という名前で、この教団の中で唯一人、ぼくのことを「坊ちゃん」呼ばわりする。父が社長をしていた会社で秘書をやっていた役割と関係を、そのままこの渋谷支部にも持ち込んでいる印象だ。まだ子どもだった時分からぼくを知っている長谷川から「坊ちゃん」と呼ばれることは、いつもぼくを不愉快な気分にさせる。いい加減その呼びかたをやめてほしいとずっと苦情を申し入れているのだが、一向にやめる気配がないので、最近は抗議するのにも疲れてきた。

教団支部に勤めるようになっても、いつも一分の隙もない身づくろいをしていて、今日はぴしっとした赤みがかったスーツを着ている。外見上は、会社の秘書をやっていたときとまるで変わっていなかった。外見だけでなく、話しかたも態度もまったく変化した節はなかったので、彼女を見ていると、会社からこの宗教に、単に勤め先を変えただ

けとしか思えなかった。

長谷川は、ぼくの隣りの想亜羅の姿を認めて、

「そちらの方は？　入信希望の方？」と訊いてきた。

ぼくがこたえるより早く、想亜羅がそれにこたえた。

「そうです」

「じゃあ、こちらにおかけください」長谷川は、目の前の椅子を示した。「こちらの用紙に必要事項をご記入ください」

「はい」言われたとおり想亜羅は着席した。

「東大生の方？」

「はい」

「どちらにお住まい？」

「港区の白金台《しろかねだい》の方です——」

「そうすると、白金の女子寮？」

「ええ」

「御実家は地方の方？」

「いえ、都内なんですが——」

「都内なら自宅通学が可能なのに、どうして、寮の方に？」

「ちょっと、実家にはいたくない事情がありまして——」

「ご両親は健在?」

「はい」

「親御さんのご職業は?」

「父は、大学の医学部教授をしています。母は主婦です」

「どうして、うちの教団に興味をもたれたの?」

「ええと、そこにいる葛城さんから誘いを受けて……」

「それがね、ちょっとこの子については……」とぼくは口を挟んだ。

「なにかあるんですか?」長谷川は眼鏡を直しながらぼくに向かってそう訊ねた。

「彼女はさ……」

ぼくはかいつまんで、彼女を今日ここに連れてくるにいたるまでの経緯を説明した。

その説明を聞いて、長谷川も呆れたような顔をした。

「まあ、そんなにいくつも宗教をかけもつなんて……。真面目に信心をもつ方以外の入信は、お断りすることにしています」

「そんな、不真面目な気持ちからじゃないんです」

「集会に参加するような形なら構わないと思いますが、入信を希望されるなら、他の教団からは抜けていただかないと、うちとしては困ります」

きっぱりした口調で、長谷川はそう言った。

「私は、いくつもの宗教をかけもつことが、不信心になるとは考えていません」と想亜羅は抗弁した。

「逆に、いくつもの宗教がそれぞれにもっているよさや特徴を、かけもつことで統合することができると思うんです。これからの新しい霊性の時代の幕開きに、新しい形の宗教が必要とされているのはたしかだと思います。でも、他の教えに排他的な宗教は、新しい世紀には生き残れないと思っています。私は、新しい時代の宗教を学ぶために、できるだけ多くの新宗教に入って、たくさん学んでおきたいと思うんです」

「あなたの言っていることは、結婚を学ぶために、何人もの夫と結婚しようと言っているようなものですよ」

「それが、おかしいですか？　よき結婚を学ぶために、何人もの男性とお付き合いすることは、ちっともおかしくないと思いますが……」

その想亜羅の発言に、長谷川は、あいた口が塞がらないという表情をした。長谷川は、ぼくの顔を見つめて、まるで〈あなたは、一体どういう女性を連れてきたの？〉とでも言いたげであった。

ぼくはどう応えていいかわからず、とりあえず父に相談してみようと思った。

「父さん、今日、もうここに戻ってる？」

「ええ、戻っておいでですよ。奥の部屋にいらっしゃると思います」

「ちょっとそっちに行ってくる。すぐ戻るから」

「あっ、坊ちゃん――」

長谷川は、何か言いたげだったが、ぼくは、構わず奥の部屋に入った。

狭い奥の部屋では、父がお茶をすすりながら、週刊誌を読んでいた。

五十過ぎてめっきり白髪が増え、たるんだ皮膚はいつも酒酔いしたかのように赤らんでいる。〈天霊会〉の支部長になったというのに、一向に宗教人らしい風格が備わらないので、伯父ほどに父を尊敬できないのが、ぼくとしては残念なところであった。それでも、入信してから父は、毎日のように飲んでいたアルコールをすっかり控えるようになったから、その点だけでも、改善とは言えた。白い壁には、偉そうに正装した自分の肖像写真を掲げている。花瓶の後ろに衣裳棚があり、何着かの宗教用衣服が吊るされ、その一着には、八角形の枠の中に、三角形が上下に二つ組み合わさって、いわゆるダビデの星の形をしているバッジがつけられていた。

「父さん――」

「おお、陵治か。どうした？　今日はこっちか」

「実は、いま、駒場で勧誘に乗った女性の文二生を連れてきたのだけど……」

「おお、東大生か。兄も東大に布教をしたがっているから、信者が増やせると、お喜びになる」

「それがさ、ちょっと変わった子なんだ。いま長谷川さんに相手してもらっているんだけど、やはり長谷川さんも、対応にかなり困っているんだ――」

「どうして困るんだ？　入信したら、入会金がとれて、儲けが少しは出るだろう？」

「それがさ――」

ぼくは、父にも、想亜羅を連れてくるまでの事情を簡単に説明した。

その話を聞いて、父は腕を組んでちょっと考え込むような姿勢をした。

「ふうむ、そんな子がいるとはな――」

「やっぱり、そんなふざけた信者なんか要らないよね。帰ってもらおうか？」

「いや、待て待て。わしが直接会って話をしてみよう」

そう言って父は立ち上がり、表の部屋に出て行った。

そこでは、相変わらず、想亜羅と長谷川が、頓珍漢な宗教問答をとりかわしているところだった。

長谷川は、こと宗教の話題になると、文献を引用したりして理屈っぽい話をよくするのだが、そこは、想亜羅も、百戦錬磨の宗教勧誘員だけあって、負けていない。ぼくが受付の部屋に戻ったとき、想亜羅は、こんなことを喋っていた。

「……西洋的な一神教の文化に対抗して、東洋の宗教や霊性を復興させようとしていらっしゃるのなら、その宗教は、排他的でなく独善的でなく、他の宗教に対しても、包括的でなければならないのではないでしょうか。つまり、多くの他の宗教のありようを認めて、そのよいところを自らの中に取り込もうとするのではないのですか？」

その想亜羅の言に対して、長谷川は即座に反論した。

「東洋の宗教は、西洋の宗教とは考えかたも形態も違うのは確かでしょう。でも、あなたが自分に都合よくこじつけようとしているように、なんでも取り入れようとしているわけじゃないわ。西洋と東洋の宗教を統合する、という題目を唱えた人は多いけれど、そういう試みはかつて成功したためしはないはずよ。

たとえば、インドのガンジーにしたって、パキスタンの独立に反対したせいで、暗殺されましたが、ヒンドゥー教に、イスラム教を融合させようとする、およそ無理な試みをやろうとしたことに遠因があるわけで」

「ガンジーの失敗は、国として制度として宗教の統合をはかろうとした点にあると思うんです」と想亜羅はこたえた。「そういうやりかたでは決してうまくいかないと思います。けれども、だからと言って宗教の統合が不可能であるとは言えません。個人レベルでそれは可能かと思います」

「個人レベル？」

「インドで言えば、例えばカビールのような宗教人がいます。カビールにあっては、イスラム教とヒンドゥー教が、見事に統合されていると言えるのではないですか。個人の中で宗教意識が目覚めるとき、その個人において、存在する宗教は有機的に統合され、組織化されることが可能になると思います」

「お話を中断して申し訳ないが――」と父が口を挟んだ。「私が、この〈天霊会〉渋谷支部長をやっている葛城圭介《けいすけ》です」

「あ、どうも」想亜羅は、父の方を向き、軽く一礼した。「鈴葦想亜羅です。よろしく

──もしかして、葛城さんのお父様でいらっしゃる？」

「はい」

「そうですか、やはり親子ですね。どことなく顔つきが似ています」

「そうですか──それで、うちの教団に入信をご希望なのですか？」

「はい、それはもう。やる気充分です」

「入信なさったら、うちの布教活動もやっていただけるのですか？」

「はい、それはもちろんです。ただ、お聞き及びのことかと思いますが、他の教団の布教もやっていますから、こちらの布教をやらせてもらえるとしたら、週に一日程度になると思いますが──」

「結構です。週に一日やっていただけるなら──」

父のその言《げん》に、長谷川は驚いた様子で、目をぱちぱちさせていた。ぼくも驚いて、父の裾をつついた。

「ちょっと、父さん──」

「黙ってなさい」低い声で父はぼくを睨みつけた。

「じゃあ、長谷川さん、彼女の手続きをしてあげてください」

「え？　あっ、はい──」

父に命じられて、呆気にとられた顔をしながらも、長谷川は頷いた。

「父さん──⁉」

父はぼくの手を引いて、また奥の部屋へと引き返して行った。

「父さん、どういうつもりだよ？　あっさり入信許可しちゃって——」

「布教にかけてあの子は、天才的な才があるんだろう。そんな子を見逃す手があるものか」

「でも、まだ修行も学習もしていない人に勧誘を任せるのは、伯父さんの教えに反するんじゃない？——」

「あの子は気の通りがとてもよい。たぶん宗教に関して天性の素質があるんだ。ああいう子は、普通の人のように、長々と修行したり、教義を学ばなくても、天性の才で大事なところをつかんでいるものなんだ」

「だけど、そうは言っても——」

「いいか陵治、商売は客がきてなんぼ、宗教は信者がきてなんぼの世界だぞ。わしは、兄の厚意でこの渋谷支部を任されているが、赴任して一年以上になるのに、ひと月として、入信者獲得の目標数値を越したことがない。このままじゃ、わしは支部長を続けられなくなるかもしれないし、ここの場所も閉じないといけなくなるかもしれない」

「でも、そんな——」

「あの子が、うちの教義に興味をもつかとか、正しい理解をもつかなんてことは、どうでもいい。とにかくそういう子には布教をさせてくれ。おまえ、駒場方面では学生の責任者なんだから、彼女の面倒をみろ。いいな」

「父さん、それじゃ、父さんも、伯父さんの教えに関心がないの？　地位とお金が要るから、でたらめな入信者がいても、数を増やしてくれるなら、いいって言うの？」

「そんなことはない。わしは、兄の教えが深く崇高なことを理解している。しかし、それだけでは、宗教は成り立たぬのだ。ここの場所代もばかにならないし、運営経費はいろいろと嵩《かさ》んでくる。文化は豊かな文明に宿るものだ。宗教の正しい理解は、大勢に布教の種子をばらまくことで、いくつかが花咲けば、それでいいのだ」

「父さんは、本当の信者じゃないや。そんなの単なる人寄せの政治じゃないか！」

「バカッ。父さんの言うことがなぜわからない？」

その後も不毛な押し問答が数分間にわたって繰り広げられたのであるが、結局ぼくの方で折れて譲歩することになった。内心、ぼくは、父を早くここの支部長から追放し、正しい宗教の土壌を新たにつくらなければいけないと痛感した。

とにかく、父に押し切られて、ぼくは彼女を受持ち、その布教に関して面倒をみることを約束させられてしまった。内心ぼくは舌打ちしたが、あまり表情には表さず、表の部屋に戻って、想亜羅に手を差し延べた。

「鈴葦さん。入信おめでとう。これからぼくたちの布教勧誘活動にも協力してくれ」

「ええ、週に一日は、この〈天霊会〉の布教をやらせていただくわ」

ぼくとの握手に応じながら、彼女はにこやかにそうこたえた。

10

想亜羅は既に三つの教団の勧誘を受持ち、そのうちの一つは週に二日勧誘活動をしているので、月曜から木曜まではスケジュールが詰まっているという。というわけで、想亜羅がわが〈天霊会〉の勧誘をするのは、金曜日の午前中ということになった。大してうちの宗教を学んでもいない彼女が、入信早々勧誘に乗り出すのは、学生勧誘員の間でも、抵抗や反発が強くあると思われた。

そういう空気を抑えるために、父自ら、駒場キャンパスに乗り込んできて、四月二十四日の水曜日の部会のときには、訓示を述べていった。

「われわれの運動を正しく伝えるためには、まず何よりも、われわれの教義と活動をより多くの人に知ってもらう必要がある。布教はそのための機会を提供するものであるから、何よりもまず、多くの人にその教えと言葉を届けることが必要なのだ」

「そやかて、まだちゃんとおれらのことや、〈天霊会〉の教えを学んでもおらんのに、そんなのに勧誘やらせてええんですか?」

ぼくと同じ学年の文科三類生の野中《のなか》が、そう反論した。野中は、名目的には、〈天霊会〉の学内サークル『思索と超越研究会』の副部長兼会計係をやっている。彼も含めて、駒場キャンパスの関西出身者は堂々と関西弁を使う者が多いので、関東人のぼくも時々つられて関西弁の口調にそまらされることがある。野中は、大阪の商家の出で、会計や計算に長けているので、会計係をやってもらうには、最適の人材だった。

野中の言に、隣りで逞しい腕を組んでいた曽我《そが》部長が頷いて、短く「同感」と言った。

曽我は、野中と違って寡黙で、普段はじっと黙って人の話を聞いていることが多い。実際に体格はがっしりして、頭は角刈りにして、一番体育会系の雰囲気をもっている。実際に柔道と空手の段位をもっているそうである。その彼に睨まれたら、小心なうちの父は、怯《ひる》まざるをえない。

「だ……だから、あの子は、特別な子だ。私の見るところ、先天的に霊性の素質があるらしい。非常に気の通りがよいものを感じさせる。むろん〈天霊会〉の教えを今後学んでもらいたいと思うが、それと並行して、あの子が勧誘活動をするのを、どうか応援し支持してやってほしい」

「そんな、日替わりで勧誘する団体を替えるような人を仲間に加えるのは、納得できません」と田中《たなか》きみ子《こ》が言った。

田中は、ぼくらのサークルの女性の勧誘員の中では、まとめ役的存在だ。別の教団をぬけて、この春にうちの教団に入会したばかりなのに、面倒見がよい人柄のせいか、諸先輩をさしおいて、いつの間にか女性のリーダー的役割に収まっている。背が高く、鼻筋が通った、誇り高そうな顔だちをしている。

「私たちの真面目な活動が、遊び半分のものと誤解されかねない気がします」

「あの子が入っている他の団体は、私もよく知らないのだが、今度来てもらったときには、ぬけるように説得しておこうと思う……」

「要するに、人数を集めたいがために、勧誘を得意とする女性を利用するってことですか？」厳しい口調で田中は問いかけた。「それじゃあ、政治家の票集めとどこが違うんですか？〈天霊会〉が、素晴らしい教えをもっていると信じるからこそ、ここに入信して、勧誘活動もしているんです。そんな見下げたことを平気でするような団体だということになると、教義自体も疑わしくなります。まだ、その女性に会っていないから、これ以上判断をするのは控えさせてもらいますが、自分としては受け入れられない信者がここの勧誘に加わるのなら、私はここから脱退させていただきます」

「脱退」という脅し文句が効いて、父は少し狼狽《ろうばい》した。

「ま、待ってくれ。よく話し合おうじゃないか……」

「まあ、判断をするのは、少し様子を見てからでもいいんじゃないかな？」とぼくが口を挟んだ。

不本意ながらも父を擁護しなければいけない立場にいたぼくは、これ以上話をこじれさせてはまずいと判断し、とにかく、想亜羅が来たときに受け入れて、実験的にでも、活動に参加させてみたらよいのではないかと提案した。その上で、不満があればまた話し合おうと提案すると、不満顔だった田中らも、とりあえずその仲裁で矛を収めてくれた。

しかし、とにかく、ぼくは想亜羅を引き入れた責任者でもあるから、彼女をめぐってなにかトラブルが起これば、責任を問われる立場にいるわけだ。

（……やれやれ）

（厄介な荷物を引き受けてしまったか）

彼女を受け入れることを提案した父を恨みたくなったが、人前では父を責めるわけにもいかない。ぼくも父と同じく、人数集めに打算的になる政治的な振る舞いをしていることを自覚させられ、軽い自己嫌悪を覚えた。

11

その想亜羅が、うちの教団の勧誘員として初めて駒場に来たのは、四月二十六日の金曜日だった。

その日の朝八時過ぎ、カジュアルないでたちで、髪を後ろで留めた彼女は、ぼくらが朝の集会所にしていた学生会館の一階のロビーに現れた。

そのときその場にいたのは、ぼく以外に男性は四人、女性は五人だった。そのうち学内生は、ぼく、曽我、野中、墨田の四人で、他はみな他大学に属する、勧誘の派遣人員だった。

噂では想亜羅のことを皆耳にしてはいたのだが、いざ、目の前に来られると、気後れしてしまうものらしい。

彼女はロビーにやって来て、ぼくらの顔をひと渡り見回すと、しとやかな口調で、

「はじめまして。鈴葦想亜羅です」と挨拶した。

今日の想亜羅は、水色のブラウスと青いペンシルストライプのパンツを着ている。

彼女はぼくの隣りに腰を下ろした。ぼくは、近くに想亜羅の存在を感じて少し緊張したが、いつもと変わらぬ手順で、勧誘活動の上での注意やきまりをおおまかに彼女に伝達し、彼女はそれを聞いて素直に頷《うなず》いていた。他のメンバーは、ぼくたちのやりとりを遠巻きに眺める、様子見状態のようだった。

しかし、朝九時になり、いざ勧誘を開始してみると、即座にぼくたちは、彼女の実力を見せつけられることになった。

彼女が最初に声をかけた学生は、マルクスとエンゲルスの原書を手にした、肩をいからせ、眼を血走らせた、左翼系の学生だった。見るからに宗教には縁遠そうで、それどころか、宗教勧誘と聞いただけで怒鳴りつけそうな雰囲気を漂わせていたから、普通の勧誘員は、そういう学生に声をかけるのを控えるのに、彼女は堂々とその学生に声をかけた。何か気が合って話が弾んでいるらしく、二人は、楽しそうに一緒に歩きながらにやら談笑していた。

手強そうな学生に手を出したものだとひやひやしながら、どうなるものかとぼくはその二人の後について行った。その学生と想亜羅は、生協の建物前を越えて、学生会館の前をさらに北進し、レーニン体育館の中に入って行った。左翼系の学生にとって、革命

的な名前を有するその体育館は、一種の聖地であり、溜まり場となっているところだ。レーニン体育館という名前の施設が、東大教養学部内にあるなんていかにも不思議な気がするが、そこの正式名称は『トレーニング体育館』である。元はおそらく、ちゃんと入口の壁にその名前の飾り文字が貼られていたのだが、誰かの悪戯《いたずら》か、その文字のうち『ト』と『グ』の二文字が失われてしまい、現在の表記は『　レーニン　体育館』となっている。その後なんの修正もなされないままずっと放置されているので、駒場生にとってその名称はすっかり『レーニン体育館』として定着していた。

ぼくは、体育館の外でしばらくじっと待っていた。十五分ほどして、そのレーニン体育館から二人そろって出てきたときには、相手の男が、〈天霊会〉の施設に行って話を聞くことに同意していたと言うからぼくはすっかり驚いた。

その学生を教団施設に案内した後、「あの学生を一体どうやって説得したんだい?」とぼくは彼女に問いただした。

「あの学生、最初は、マルクスとレーニンの唯物論をふりかざしていたけれど、レーニン体育館の中の荒廃した様子を見せて、唯物論の荒廃した実情をここは象徴していると指摘したら、急に私の言うことに賛同するようになってね」と彼女はこたえた。

どうして、あの左翼学生が急に宗旨がえしたのか、その説明だけでは到底納得がゆくものではなかったが、彼女が勧誘に成功したのは事実だった。

結局、その学生を含めて三人もの駒場生が、彼女の勧誘によって、うちの渋谷支部を訪れ、入信希望の欄に自分の住所と名前を書きつけていったから、弱小団体のうちとしては、その日の勧誘は、近来稀に見る大戦果と言ってよかった。

父が来たときの話し合いでは、想亜羅に対して否定派の急先鋒だった田中も、その彼女の勧誘の見事さにはすっかり眼を丸くしていた。

12

想亜羅は、ぼくたちの活動に慣れるために、翌四月二十七日の土曜日も、駒場キャンパスに来て、午前中は、ぼくらの勧誘を手伝ってくれることになった。

その日は、どういうわけか、朝の八時という早い時間から、他大学や街頭での勧誘を行なっている十人以上の〈天霊会〉の勧誘員たちが、想亜羅の評判を聞きつけて、ぞろぞろと駒場キャンパスに集まってきた。普段の土曜日は、一人か二人しか勧誘員が展開しないのに、その日に限って、他大学に属する、十数人もの〈天霊会〉信者が集まったものだから、まるで駒場キャンパスの中でうちの団体は、一気に中堅規模の教団にのし上がったかのような観を呈していた。

「どうして、こんなに、みんな——？」

予期に反して信者が大勢集まったのに驚いて、ぼくがそう訊くと、

「先輩」裾にフリルのついた赤いナイロンのかわいいジャケットを着た、奥元三津子が

ぼくの腕をとりながら言った。

「みんな噂を聞いて見に来たんですよ」

「そうです。そのためにわざわざ来たんです」

そう言ったのは、その横にいた南原《なんばら》ともかという女の子だ。短い萌黄色のスカートに、オーバーニーソックスを履いている。

彼女は、奥元と同じ大学に在籍していて、同級生で大の仲良しらしく、一緒にいるときはいつも二人してはしゃぎ回っている。二人とも、愛くるしく無邪気な笑顔がよく似合う、元気で可愛い女の子たちだ。ただ、南原ともかは、教団施設ではよく顔を合わせたことがあるものの、奥元と違って、この大学キャンパスで会うのは初めてだった。うちの教団の信者ではあっても、勧誘活動をするかどうかはあくまで本人の意思次第なので、南原はあまりやる気はないらしい。その彼女までもがこんな朝早くから駒場キャンパスに来ていることからも、想亜羅への注目度の高さが窺えた。

「〈勧誘女王〉とあだ名されているって人でしょう。どんな風に勧誘をしてくれるのか、後学のためにも見ておきたいじゃないですか」

その南原ともかの言に、周りに集まってきた連中もうんうんと頷く。

どうやら皆、想亜羅の勧誘の仕方に興味津々《しんしん》でいるらしい。

「あたしもそうです」と、やはり奥元や南原と同じ大学に在籍している桑田《くわた》利江《としえ》が言った。

彼女は、勧誘員の中では珍しく、スポーツマンタイプの女の子で、実際、所属大学ではテニス部と水泳部を掛け持ちしているという。日焼けした肌にスポーティな短髪が似合う元気のよさそうな女の子だ。どうしてこんな子がぼくらの宗教に関心を抱くようになったのか、首を傾げさせるところがある。

「もし学べるものなら、どうやって勧誘したらいいか学びたいし」と桑田は続けた。「あたし、まだ勧誘やり始めて二ヵ月なんですけど、施設まで連れていけた人って今まで三人しかいなくて、まだ誰も信者にまでなってくれたこと、ないんですよ。毎日百人くらいは声をかけててこれですよ」

「普通はみなそんなものよ」いつものように黒ずくめの服を着ている墨田が応じた。「私だって、この一年ずっと勧誘やって、ようやく信者になってくれた人が合計三人よ。これだけ長い間やってそうなんだから――」

「来ましたよ!」

奥元が指差した先には、駒場の正門をくぐって、ゆっくりとこちらに向かってくる、鈴葦想亜羅の姿があった。早くも彼女は、勧誘対象をつかまえたらしく、眼鏡をかけた男子学生と談笑しながらこちらに向かってくる。今日の想亜羅は、ビロード地の短めのジャケットを羽織って青いジーンズというでたちだった。

その男子学生は、結局、想亜羅からちらしだけを受け取り、手を振って一号館前で別れた。

ぼくたちが集まって輪になっているところに気づいて、彼女は、「あら」と少しとぼけた口調で言った。

「ずいぶんお早いご出勤ですね」

「皆今日は君がうちの勧誘員をやってくれるというので、それを見に来てくれたんだ」

とぼくはこたえた。

「勧誘なんて見学するようなものじゃないでしょう」

「普通はそうだけど」ぼくの腕を抱えた奥元三津子が言った。「あなたの場合は違うわ。あなたの勧誘には、なにか、魔法のようなものがある気がする。でないと、あなたの成功率は、信じられないわ。そのあなたの技を、私たちも学びたいの」

「そんな特殊なことをやっているわけではないですよ、別に私」

「でも、君の勧誘成功率は充分特殊だよ」とぼくが言った。「特殊なことをやっているんでないなら、一体どこが違うのだろう?」

「そんなことといわれても困るわ。まあ強いて言うなら、私から見ると、駒場で勧誘している人たちって、闇雲《やみくも》に突進するだけで、肝心なことをわきまえてないって感じることはあるわ。当たって砕けろじゃないんだから、単にぶつかっていくだけでは、うまくいかないのは当たり前よ」

「その場合は、なにが大事なんだい?」

「そうねえ。まあ、簡単に言ってしまえば、相手の心をわかり、相手と共感できること、かな——相手と共感することができれば、向こうもこちらの話をちゃんと聞いてくれるし、施設へのお誘いだってのってくれるわ」

「共感、ねえ。それが大事なのはあたしもわかっているつもりなんだけどねえ」と南原が言った。「けれど、共感なんて目に見えるものじゃないし、よりうまく共感できるためのノウハウがあるわけじゃないから、そこが大事といわれても、どうやって実践してよいか、なかなかわからないわよねぇ」

「共感じゃ目に見えないとおっしゃるなら、もうちょっと眼に見えるアプローチの仕方もあるわよ。それは——呼吸に着目することよ」

そう、想亜羅は言った。

「呼吸？」とぼくは訊きかえした。

「みんな——〈天霊会〉では、〈気〉の教えを実践しているはずなのに、そんなことにも気づいていなかったの？」

「いや——」と一同を代表して、ぼくがこたえた。「ちょっと、そのあたりのこと、皆に伝授してくれないか——なるべくわかりやすく」

「相手の心をわかるには、その相手の呼吸を読むこと——ここから入るのが近道よね。通りを行く人は、いろんな仕方で呼吸しているでしょう——せかせかした息、ゆったりした息、荒い息、深い息、弾む息。それぞれが、みなその人の心の状態を物語っているはずでしょう。その中からまず、勧誘しやすい息をしている人を見つけることよ。それが第一のステップ」

「どういう息をしているのが、勧誘しやすい人なんだい？」

「うーん、経験を積むとだんだん読めるようになるものだけれど、まあ、あえて言うなら、どこか寂しがっていて、内側の空虚感を満たすことを求めているような人ね。息の感じだと、スースーして割に浅く速く、ちょっとせわしなげに息をしている人ですね」

「なるほど」

「それで、第二ステップとして大事なのは、その勧誘の対象に共感すること──これは呼吸で言えば、息を合わせることね。並んで歩くときに、歩調を合わせ、それと同時に、呼吸のテンポや間隔をなるべく相手と同じリズムに合わせるようにするの。呼吸のリズムがあえば、相手との共感に入っていくのは、とても簡単よ。なかなか波長が合わなければ、たわいのない話でもして会話を引き延ばして、波長が合わせられるまで待った方がいいですね」

「ふうむ、なるほど」

その話を聞くうちに、うちの教団幹部である父が、想亜羅をひと目見て、気の通りがよいと断じたのもむべなるかなという気がしてきた。彼女は、これまでぼくたちの〈天霊会〉の信者ではなかったけれど、独自の鋭敏な感性で、〈気〉のことや呼吸の特質に、信者のぼくたちよりもずっと通じていたのだ。

ぼくの知る伯父もまた、こういうことには、著しく鋭敏な感性をもった存在だ。だからこそ、偉大な教祖になれたのだとも言える。一度、彼女を直接伯父に引き合わせたら、両者がどういう反応を示すか、見てみたくなった。もっとも伯父は現在渡米中で、日本に戻ってくるのは再来月の予定なので、いま彼女と直接会わせるわけにはいかなかった。

その場では、いつの間にか、彼女が先生で、ぼくたちが教えを乞う生徒の役割になっていた。皆、彼女の言葉を聞き逃すまいと、熱心に耳を傾けている。

「で、第三ステップとして、どのタイミングで相手に、誘いをかけたらよいか、これを見極めるのが一番大事で、微妙なところですよね。なかなかその微妙なタイミングを見分けるのは難しいところがあるわ。でも、まず言えるのは、相手が息を吐いているときに、誘い話を持ちだしちゃだめってこと。息を吐きだすときには、外からの働きかけも、みな吐きだしちゃうから。こちらの誘いを聞き入れてもらえるのは、息を吸い込んでいるとき――まず、これが鉄則ね。でも、吸い込んでいるときならいつでもよいかというと、そうじゃない。誘いをかけるのに、適した吸気があるものなのよ。

息を吸うのが終わりにさしかかる頃に誘いかけるのはあまりよくなくて、もう少し吸い始める瞬間に近い方がいい。もっと言うなら、今にも息を吸い込もうとして、呼吸をとめるほんの一瞬間――そのときが一番いい。だけど、この微妙なタイミングを見極めるのは、とても難しいわね。呼吸は大体数分の間隔で波があって、強くなるときと弱くなるときが交互にあるから、その弱くなるときの一番底辺のところ、このあたりで誘いを打つのが最も効果的ね」

ほうーっと感心の声が誰からともなく洩れた。

「でも、呼吸ってすごく微妙で繊細なものですよね」と南原ともかが問いを発した。「自分の呼吸を観察するのでさえ、なかなか難しくてとらえにくい。まして、横を歩いている、初対面の人の呼吸なんて、どうやってそこまで細かく観察できるんですか？」

「習練、というか、慣れかしら。最初のうちは難しくても、ずっと辛抱強く観察を続けていると、だんだんとわかってくるものよ」

「そういうものなんですか――」

「それと、相手が歩いているときは、歩調とか歩くときのリズムが、呼吸のペースと連動しているから。歩調を合わせると、呼吸も合ってくるもの――だから、最初はまず目立つ身体の動きから入るといいと思う。呼吸を観察するのが難しければ、歩調を観察することから始めてもいいと思うわ。それで、徐々に微妙なところを観察できるようにしていけばいいのよ。まあ試してごらんなさい」

「わかりました、今日から早速やってみます」元気よく南原ともかが答えた。

　想亜羅の話が一段落したようなので、ぼくは腕時計を見て、

「もうじき九時になる。今日は土曜だから、平日よりは来る学生の数は少ないが、そろそろ登校時間だ。活動を始めるとしよう――」と言った。「午前中は各自駒場キャンパスで展開して、学生を勧誘し、昼休みに一旦集まって、成果報告と反省会をすることにしよう――」

「昼の集合場所はどこですか？」と田中が訊いた。

「三昧堂の部室が使えればあそこでやってもいいけど、でなければ、駒場寮のぼくの部屋に来てもらって――」

「わかりました」

「ほら、早速あそこに、勧誘にかかりそうな人が歩いてるわ」

そう言って想亜羅は早速、正門から入ってきた男子学生に声をかけ始めた。その様子は見るからに楽しそうで、彼女はつくづくこの勧誘という行為自体が性に合っているのだろうなと思わせる。

「じゃ、ぼくたちも始めるとするか――」とぼくが提議すると、

「はい」と女性勧誘員たちの声が唱和した。

「君も勧誘に行かないと」とぼくが、横にくっついている奥元を促すと、

「今日はあたしと一緒に勧誘をやりましょうよ、先輩」と彼女が言う。

「ばか。男女一組で勧誘しに行ったら、乗ってくれる学生なんて皆無だろう」

ぼくのその言に、奥元は憮然とした表情で頬をふくらませていた。

第二の迷宮

1

想亜羅がわれわれの勧誘をしてくれた効果は短期間に覿面《てきめん》に現れた。週に一日か二日勧誘活動をしてもらっただけで、彼女は大量の入信予備軍を施設に運んできた。他の勧誘員たちも、彼女に感化されたのか、以前より勧誘を成功させる率をかなりアップさせた。もちろん、施設に連れてきた者の中で入信者が出るのは、ごくわずかでしかなかったが、勧誘員にとっては、ともかく施設にまで誘いだすことができただけで、嚇々《かくかく》たる成功といえるのである。

おかげで、駒場キャンパスに近い渋谷の教団施設には、毎週十人前後の新参者が詰めかけるようになった。定期的に渋谷の施設に通い、セミナーや講話に出席する渋谷近辺の大学生が、その後の半月だけで、一気に二十人近くに膨れ上がった。四月初頭の時点では、東大生の〈天霊会〉の信者は院生・教職員を合わせて全学で十人足らずで、その過半は本郷生ないし本郷学部職員とあって、駒場の〈天霊会〉サークルは、一見大勢いるように見えるが、学内生ではぼくと野中、曽我、墨田の実質四人しかいなかった。駒場キャンパスでの勧誘活動には、他大学生や近所の信者に応援に来てもらっていたのに、わずか半月足らずの間に、新たにわがサークルに入会した東大生が五人も出た。

それもこれも彼女を、うちの教団の勧誘員に引き入れた効果なのだが、人数が増えたことを素直に喜べない面も大いにあった。

〈天霊会〉の東大駒場支部のサークルは、学内生でみれば、短期間の間に、およそ倍の人数規模に膨れ上がったことになる。それに伴って、駒場における活動の拠点をどうやって確保するかということに、ぼくたちは頭を悩ませることになった。

駒場生が四人しかおらず、後はよそから来る応援人員だけのときは、さほど場所の確保に頭を悩ませる必要はなかった。駒場寮のぼくの部屋に集まったり、学生会館のロビーや生協食堂、場合によっては、矢内原門から線路を越えてすぐのところにある〈モーゼル〉や〈ジジ〉といった喫茶店を集会場所にしていた。

しかし、人数がこれだけ多くなると、どこかに安定した活動拠点を確保することが望まれるようになった。〈天霊会〉の学内サークル（名目は『思索と超越研究会』）をとりしきっているのは、二回生のぼくと野中と曽我の三人だ。その三人のうち、名目上は曽我が部長、野中が副部長、ぼくが世話役ということになっていた。世話役というと何を世話するのかと思われるかもしれないが、要するに、部室と部会の世話をやる役割である。ぼくは毎回の部会の開催場所を確保する責任を負わされていたので、人数が増えてからというもの、そのことで頭を悩ませる度合いが大幅に増えてしまった。

現在、新たなサークル部屋を、駒場のキャンパス敷地内に確保することは、きわめて困難な情勢だった。二階建ての学生会館のサークル用部室は、既にぎゅうぎゅうに埋まっているし、他にいくつかある部室棟も全部塞がっている。サークル部屋を申請しているのに、もらえないサークルが何十と待機状態でいるという。

東京大学の入学者数は、このところはずっと微増していて、ぼくが入学した年は、およそ三千百人弱だった。元々そんなに大人数を受け容れる容量《キャパシティー》がないところに、定員を越えた人数を詰め込むものだから、部室も教室も足りず、昼休みの食事どきには、三つある生協食堂はどこもパンク状態で、坐る椅子を確保するのが至難というありさまである。今の駒場キャンパスの容量からすると、適正な入学者数はせいぜい二千人程度ではなかろうか。

とりあえず喫茶店なら、席をとれなくはないが、経費がかかるので、常時気軽に使うわけにはいかないし、常設の連絡場所に使うわけにはいかない。

集合場所として、ぼくの住んでいる駒場寮・南寮の一室を連絡場所にしているが、その部屋自体、ぼく一人の個室ではなく、信者でない同居人がいる手前、おおっぴらに〈天霊会〉の部室として使うことは憚《はばか》られた。ぼくが住んでいるのは、南寮の1Bで、東西につらなる廊下を挟んだ北側にある部屋である。

一高時代の、寮生の数が少なかった頃は、廊下をはさんで向かい合うBとSの部屋の両方をもつことができたから、片方を自分の居室とし、もう片方の部屋を部の活動用に供することもできたはずだが、今は、そういうわけにはいかない。向かいの南寮1Sには別人がちゃんと住んでいる。ぼくと同じ部屋のカーテンで仕切った向こう側に住んでいる同居人は、勉強熱心な文科一類生で、いつもライトをつけて机に向かい、難しい法律書を読んでいる。彼は勉強部屋《スタディ・ルーム》として部屋を使っているのだが、ぼくはというと、ほとんど寝室《ベッド・ルーム》としてしか部屋を使っていない。たまに勉強するときはたいてい図書館か外の喫茶室を使うので、駒場寮の自室はほとんど寝に帰るだけだった。

しかたがないので、その場しのぎにしかならないが、週に一度か二度、会合をやる日には、学生課に申請して、部会に使える、駒場キャンパス内の部屋を貸してもらうことにしていた。ぼくたちがよく借りていたのは、駒場キャンパスの西の端にある『三昧《ざんまい》堂《どう》』という建物だ。そこは、元々禅道場としてつくられた建物で、中は五十畳の畳が敷かれた立派な坐禅道場である。〈陵禅会《りようぜんかい》〉という禅のサークルが本来のその道場を所有するサークルなのだが、最近の若者はなかなか坐禅をしようとする者がいないせいか部員がほとんどいないらしく、使われないまま放置されているので、学生課に行って申し込めば、その道場の鍵を借り出すことができ、部屋をもたないサークルの活動場所として使えるという仕組みになっていた。

三昧堂は、駒場キャンパスの中にあるし、中は充分な広さがあるので、部会をやるには便利だった。しかし、ぼくたち以外にも、ここの使用を申請するサークルがいくつかあるので、かちあうことがあり、先に申し込んだ方に優先権があるため、申し込んでも使えないことがよくあった。だから、三昧堂もまた、ぼくらのサークルにとって、安定した拠点とはなりえないのであった。自前の部室と異なり、毎回鍵の貸出を学生課に申し込み、部会が終われば鍵を返さなければいけないのも、面倒なところだった。

うちのサークルの部会は定期部会は毎週土曜日、臨時部会を毎週水曜日にやることを原則としていたが、その曜日に場所を確保できなくなることも多かったため、場所が確保できる別の日に部会をずらすことも、人数が増えて以降は多くなった。そのため新年度になってからは、部会を開催する曜日は、まちまちになり、まったく不定期になっていた。部会の次の予定は、原則的に駒場寮のぼくの部屋の扉に張り出すことにして、部員たちは各自駒場キャンパスに来たときにそれを見て、次の予定を知ることになっていた。たいていの勧誘員は、自分が勧誘担当にあたっている日以外は、キャンパスに午前中から来ることは少ない。しかし想亜羅は、毎朝はやくから、勧誘活動に来ていて、いつも朝八時前には、連絡事項はないかとぼくの部屋の前を覗きにくるので、ぼくは予定の紙を張り出すのは、毎朝八時までにすることにしていた。

四月下旬から五月上旬にかけての部会は、その三昧堂を主に借り、日をずらしても、そこが使えない日は、やむをえず、駒場商店街の喫茶店を使ったりした。しかし、部会に集まる人数が十人を越えるようになると、喫茶店でさえ、予約をとっていないと席が確保しにくいという状況になってきた。

そこで、思いついたのが、駒場寮の空き部屋のことである。

駒場寮は、東大駒場キャンパスの東側にある学生寮で、北側から順に、明寮、北寮、中寮、南寮の四つの棟がある。それぞれの建物は三階建てで、中央の廊下を挟んで南北に部屋があり、現在百数十人ほどの寮生が住んでいる。明寮だけ名称が統一されていないのは、元は北中南の三つの棟で構成されていた駒場寮の北側に、後から一棟だけ増築されたものだからである。

駒場寮の大体の部屋は、駒場生の住居として使われているのだが、明寮のかなりの部屋はサークル専用部屋として使われ、人が定住している部屋はほとんどない。北寮の二階には、寮委員が常駐する寮務室と、臨時に宿泊できる来客者用の宿泊部屋があった。

ぼくが住んでいたのは南寮の一階だが、その寮の三階は、今から二十年ほど前の学生運動が盛んだった時代に、荒らされて壊されて以降、ほとんど修繕されないまま現在まできている。そのため、南寮の三階には、住人はいないのだが、比較的荒れが少ない部屋は、駒場の寮委員会の認可を得て、サークルの会合場所として貸与されていた。

あまり綺麗でない場所なので、これまでそこを使用することは考慮の対象外だったのだが、サークルメンバーの数が増えてきた現状では、致しかたない。

五月九日の木曜日、ぼくは、北寮にある駒場寮委員の部屋に、南寮の三階の部屋の一時使用を申し込みに行くことにした。

2

北寮の二階にある寮委員室は、しきいだけで寮務室と区切られている部屋で、ほぼ一体であり、中は寮生の呼び出し用に使われるピンクの公衆電話が二台置いてある。駒場寮の各部屋には電話はないので、寮生に電話をつなげるには、ここにかけて呼び出してもらうしかない。ここの電話番は、寮生が順番に担当することになっていたので、ぼくも寮生として年に数度、電話当番がまわってきたときに、そこで電話番をすることがある。

行ってみると、その部屋には三人の寮生がいて、そのうちの二人は将棋を指していた。もう一人の委員でないらしい、髪を茶色く染めた寮生は、電話機のそばで煙草を吸いながら、漫画雑誌を読んでいた。

「あの、すみません――部室をもっていないサークルなんで、明日、会合のために、南寮の三階の部屋を貸していただきたいんですが――」

ぼくがそう言うと、将棋を指していた一人が顔を上げて、対局を中断し、

「あ、いいですよ」と言ってこちらにやって来た。

「そのノートにサークル名と、名前、駒場寮の住んでいる部屋と、使用時間を書いてく

ださい。使用時間は最高四時間までです」

頷いてぼくは、渡されたノートに必要事項を記入し始めた。〈天霊会〉のサークルは、駒場キャンパスでは『思索と超越研究会』と名乗っていたから、ぼくはそのサークル名と自分の名前を書き込んだ。

「あっ、そいつは――」漫画雑誌を読みふけっていた男が、ぼくの顔に気づいて言った。「そいつは、駒場寮で宗教活動をしているやつだぞー」

そう言われて、ぼくも顔を上げて相手の顔を見た。その髪の茶色い男は、キャンパス内で、よくマイクを手に演説しているのを見たことがある。〈救済・栄光教団〉に反対運動をしている学生で、よく街頭演説しているのを見かけたことがあるから、たぶん、左翼系の組織などに入っている者だろうと思われた。

さらにその男は、居丈高な口調で、

「やめろ、そんなやつに部屋を貸すのは」と言った。

「えっ?」と寮委員が振り向いた。「どうしてです、江藤《えとう》さん?」

「そいつの顔は知っている。毎朝ここで、いかがわしい新興宗教への勧誘活動をしているやつだ」江藤と呼ばれた男は、漫画雑誌を下に置いて、ぼくの顔を睨みつけながら言った。「俺たちが反対活動をしている連中の一員だよ」

「変な言いがかりをつけるのは、やめてください」とぼくは穏やかに言った。「あなたたちが反対活動しているのは、霊感商法とかで悪名高い、別の教団でしょう? ぼくらは、ああいう教団とは、何のかかわりもありませんから」

「あそこ以外だって、世の中に迷惑を垂れ流している教団はいっぱいあるんだよ。うちのサークルは特定の教団へ向けて反対活動をしているわけじゃない。あんた、うちのサークルの正式名称を知らないのか？　『宗教から駒場を守る会』だよ」

「宗教から駒場を守る会……？」

その名前は聞き覚えがあった。駒場キャンパスの中にある、霊感商法がらみの宗教団体に反対する看板にはよくその名が書かれていたことは知っていた。

「じゃあ、あなたたちは、あらゆる宗教活動に反対しているんですか？　駒場寮の中にも、法華経を常時読誦しているサークルがありますが、あそこにも反対するんですか？」

「いや。俺たちが反対しているのは、新しく出てきたエセ宗教の教団だ」

「じゃあ、悪名高い霊感商法の宗教に反対をしていればいいじゃないですか。ぼくたちは、そういった教団とは、何のかかわりもないですよ」

「俺たちが反対しているのは、あの教団だけではない。あそこに類する、あらゆる有害な新興宗教団体全般に反対活動を展開している」

「新興宗教だからと言って、みな有害とは限らないじゃないですか」とぼくは反論した。

「いいや。新興宗教なんてのは、みな有害だ。考えてもみろ。科学が未発達な時代に興った宗教ならいざ知らず、この科学が発達した世の中で、新しく宗教を説こうなんてのは、皆インチキに決まっている。霊感だの〈気〉だの神様だの出鱈目《でたらめ》を振りかざして、騙されやすい人々を集めているだけだ。嘆かわしいことに、東大の新入生にも、そういうぺてんに引っ掛かる連中が、毎年少なからずいるので、俺たちは、そういった害悪と戦うことにしているわけだ」

「そんな一方的な決めつけは、古い物の見かたですよ。目に見える物質の存在しか信じない唯物論的な科学観なんて、今では時代遅れです。科学の最先端は今や、〈気〉だとか、〈霊〉だとか、従来は迷信と退けられていた微細な存在に徐々に気づき始めています。現代の一部の新宗教は、そういったものを先取りしていて、ぼくが属している教団もその一つなのです」

「ゴタクはいいがね、科学の最先端なんて、わかりもしないで、自分たちの都合のいいように、ごく一部をとってきて、歪曲して解釈しているだけだろう。ないものを信じるから、それが宗教になり信仰になるわけだ。現に存在するものを信じるのは信仰とは言わない。だから、あらゆる宗教は、みなまやかしだ。それが理性的判断というものだ」

「あなたの言う理性って何ですか？　その理性がどうして、理性を超えた存在まで判断することができるんですか――？」

「もういい、もういい」と江藤という男は、ぼくが話しかけているのを遮って、

「小林《こばやし》！　わかっただろう。こういう新興宗教の信者がいるんだ、うちの寮には。こんなやつらの怪しげな集会に、駒場寮の部屋を貸すのはいかんぞ。俺たち『宗教から駒場を守る会』が、断固として反対する」

「しかし」小林と呼ばれた寮委員は、少し困った表情をして、「彼は、うちの寮生です。寮生が部屋を貸してくれるよう申し込んだら、断るいわれはありません」

「おまえは、この駒場寮が、反社会的な集会に使われることを認めるのか？」

「いや、そういうわけじゃありませんが——」

「おまえがそんなのを認めるなら、俺は寮生を指揮して、反対運動を結集するぞ。併せて小林寮委員の罷免《ひめん》をも要求する——」

彼が大声でわめきたてるのをよそに、小林という寮委員は、ぼくの耳にそっと顔を近づけて、

「貸与の手続きはぼくの方でやっておきますから、とにかく早くここに署名して、引き上げてください」と言う。

そう言われたものの、ぼくは、江藤から不当な指弾を受けてすっかりいやな気分になっていた。

「今回は、やっぱり、いいです。また別の機会にきます——」

そう告げて、ぼくは、今日は駒場寮への部屋貸出申し込みをやめることにした。

駒場寮に、ああいう宗教反対運動をしている寮生がいるとなると、なにかと面倒が多そうで、つくづくうんざりさせられる。

駒場寮もまた、ぼくらの部会開催場所としては、安住の地とはなりそうもない。

そう思うと、まったく頭の痛いことであった。

3

翌五月十日金曜日の朝、ぼくは学生課に出向き、翌土曜の部会に三昧堂が使えるか申し込んでみることにした。

昨年度までは、一週間先、二週間先の部屋の予約をすることが可能だったのだが、このところ、部屋にあぶれたサークルからの部室貸与の申し込みが急増しているためか、特別な事情がないかぎり、前日以前の予約貸与は認められないことに規約が改正されてしまった。部室がないサークルの部屋の使用申し込みは原則的に前日か当日しか行なえなくなったわけだが、たいてい前日の予約だけで部屋は塞がってしまうので、実質的には当日の予約で部屋をとることはきわめて困難になっていた。

生協の建物の裏手の二階にある学生課は、東大生のための下宿紹介・アルバイト紹介のコーナーがあって黒板があり、奨学金の申込法や留学募集を告知するポスターが貼られている。

どうしても部屋をとりたいときは、窓口が開いてすぐの午前九時に駆け込むのが普通だが、その日はちょっと遅れて窓口に行ったのが九時半頃だった。

部屋を申し込むための紙に必要事項を記入して窓口に提出する。顔なじみの、黒縁の眼鏡をかけた、精悍な顔つきの事務員がそれを受け取り、

「明日はもう茶道部が予約はいってます」と言われた。「今日もあそこは茶道部が借りていますね」

「え？　茶道部が、もう？」

「はい。来週、六大学の対抗競技があるそうですので、今後一週間はずっと茶道部が優先的にあそこのお堂を使うことになっています――」

原則的に予約はできないきまりになっていたが、部の大会が近々あるなどの事情がある場合には、予約もできることになっていた。茶道部は、その対抗競技を理由にして、三昧堂を押さえてしまったようだ。

「そうですか――」

そういう事情があるなら仕方がない。少なくとも向こう一週間は、三昧堂が使えないとみなければならない。

ぼくは事務員に礼を言って、学生課を後にした。

しかたがないから、やはり駒場寮の部屋を申し込むことにするか――。

しかし、また、あの江藤とかいう、『宗教から駒場を守る会』のメンバーがいたら、不快だし面倒である。

どうしようかと少し考えてぼくは、同じ駒場寮の南寮に住む、友人に、部屋の借用を頼んでみようかと思いついた。

寮生の中には、ぼくの他に同じ宗教の信者はいないため、友人と呼べるほど親しい人はいなかった。ただ一人、牧島《まきしま》という、一風変わった寮生とだけは割合親しくしていた。自分の代わりに、寮生の資格で、部屋の貸与をしてくれるよう頼めるような寮生の知り合いは、彼くらいしか心当たりがなかった。

牧島仲康《のぶやす》というその男は、年はぼくよりずっと上で、既に二十四、五になっているらしいが、東大に入学するまでに三浪し、教養学部に入学してからも、二度は留年しているので、駒場寮には既に三年以上住んでいる古顔だ。

彼が変わっているのは、学生でありながら、既に生活費を稼ぎだすだけの仕事をしていることだ。彼は小さな漫画雑誌に漫画を連載しているそうだ。彼が描いているのは、いわゆるアダルトの、ポルノ漫画の類である。

前に聞いた話では、彼は大学に入学した年に父親を交通事故で亡くしているらしい。母親は既に亡くなっていて、家族は現在、高校生の妹一人だけらしい。彼は、漫画の稼ぎで、自分の学費・生活費のみならず、高校に通っている妹の生活費と学費まで賄っているそうであるから、大したものである。

しかし、ほとんど毎日、駒場寮で漫画描きの仕事をしているものだから、学業をしている時間はほとんどないらしく、彼が授業に出ている姿を見たことがない。このまま大学をやめて、本職の漫画描きになればいいのに、と思ったりもするが、部屋代がほとんど皆無に等しい駒場寮はなかなかに離れがたいらしく、留年可能年限ぎりぎりまでは、駒場にとどまるつもりでいるらしかった。

大多数の駒場生は、ぼくが宗教をやっていると知ると、異分子か異邦人みたいに付き合うのを回避するようになるし、ぼくはぼくで、毎日宗教の修行と勧誘活動に忙しく、その合間を縫って勉強をしなければならなかったから、なかなか駒場の寮生と付き合う時間がなかった。駒場寮に入った寮生たちは、部屋で徹夜麻雀《マージャン》をしたり、近くの渋谷に一緒に飲みに行ったり、カラオケに行ったりして、親交を深める者が多いようだったが、あいにくぼくはそのどれ一つとしてやらないものだから、寮の中に友人はほとんどできなかった。

その中で、漫画を描いている牧島だけは、ぼくが宗教活動をしていると知っても、特に変な目で見たりせず、対等に付き合ってくれたから、駒場寮の南寮の住人の中では唯一人友人と呼べる存在であった。

(しかし――)

この四月になって以降、めったに彼の顔を見ていないことにぼくは思い当たった。昨年度までは、駒場寮の廊下では二日に一度くらいはすれ違ったりして、挨拶くらいはかわしていたのだが、このひと月ほどの期間は、彼の顔を見た覚えがない。

だが、退寮の手続きがあったとは聞いていないし、彼が本郷の後期課程に進学できたわけではないことも確実だから、彼はまだ、ぼくの知るかぎりでは、この駒場寮の住人のはずである。

(どうしたのだろう……?)

（事情があって寮を出ているのかな？）

とにかく、様子を見に行ってみようと思い、彼の住む南寮の二階に行ってみることにした。

4

ひさしぶりに南寮の二階にのぼると、その途中の二階の廊下で、困ったような顔をしてうろうろしている、背広姿の若い男が牧島の部屋の前にいることに気づいた。

少しだけ、見覚えのある顔だ。

「末木《すえき》さん――」

そう、ぼくは声をかけた。たしか、牧島が漫画を連載している雑誌の編集部に勤めている、彼の担当編集者だ。ネクタイも皺だらけで、何日も同じ服を着続けているような、くたびれた外見をしている。漫画雑誌の編集業務は、よほどの激務なのだろうか、まだ年は二十代の若さと思われるのに、髪にはかなり白髪が混じり、かなり窶《やつ》れた顔つきをしている。

ぼくが声をかけると向こうもぼくのことを覚えていてくれたようで、

「ああ、あなたは、葛城さん――」と返事をかえした。

「どうしたんですか、今日は？」

「牧島先生の今週の原稿が締め切りを過ぎても届かないので、取りに伺ったんですが、まだお出来になっていないので、困っている次第でして――。ご存じのように、あのご不幸があって、一月《ひとつき》は連載を休載したのですが、今月分から連載は再開するというお約束をいただいて、その締め切りがきたので、原稿を取りに参上したのですが――」

「彼の身内にご不幸があったんですか？」そうぼくは訊ねた。

「おや、ご存じありませんでしたか？」

「いいえ、知りません。ただ、このひと月ほど、あまり彼の顔を見ないので、どうしているのかなと思っていたんですが――」

「亡くなったんですよ、牧島さんの妹さんが」

「え？」

ぼくはびっくりして訊き返した。

「だって、牧島の妹さんってまだ高校生じゃ――どうして亡くなったんです？」

「それがね、どうも自殺らしいんですよ。京王線の駅で電車に飛び込んだらしいんです。新聞にも小さく報じられたんですがね。たしかこの三月の下旬のことでした……」

「えっ、そんな、まさか……」

ぼくはちょっと絶句した。

彼の妹とは、ほんの二、三度であるが、この駒場寮で顔を合わせたことがある。せっかく駒場寮の兄の部屋を訪ねてきたのに、肝心の兄の牧島が不在だったので、不満を寮務室のノートに書き残しているところを目撃したこともある。

兄の部屋に手作りのお菓子や料理を差し入れにきて、散らかり放題の兄の部屋を掃除して、代わりに片づけてやったりしていた。

若いのによく気がつく、本当にいい娘さんで、一人暮らしをしているせいか、家事全般は得意のようだった。明るく元気そうで、喋りかたもはきはきしていて、両親を早くに亡くしているという家庭環境の不幸を背負っているのに、その暗い影を微塵も感じさせない女の子だった。

一番最近会ったのは、今年三月の初めの週くらいだったろうか。まったく自殺などしそうには見えない、明るい子だったのに――。

「まさか、あの子が、自殺するなんて、信じられない」

「私もです。その飛田給《とびたきゅう》の駅では、なぜか今年になってから女子高生の自殺者が相次いでいるそうで、牧島さんの妹さんも、その便乗自殺ではないかと警察ではいわれているそうですが――葛城さんも、彼の妹さんに会ったことがおありなんですか?」

そう訊かれてぼくは頷いた。「ええ」

「私も二度ほどですが、会ったことがあります。元気なかわいらしい子でしたよ。すっかり牧島さんも肩を落とされて、私どもの方でも、一体どうやって励ましたらよいのかわからず、本当に途方にくれておりました――」

「全然知りませんでした――」

思い起こされるのは、妹と一緒にいるときの牧島の幸せそうな様子だ。彼は、本当に、目に入れても痛くないくらいに自分の妹を可愛がっていた。自分の生きがいは妹だとまで語っているのを聞いたことがある。

そのたった一人の妹に突然死なれては——それも電車への飛び込み自殺という穏やかならぬ死にかたでは、牧島の受けた衝撃がいかばかりか、察するに余りある。

「最初に知らされたときには、牧島さん、ショックのあまり口が利けず、放心状態になっておられました。周りが何を言っても、全然耳に入らないご様子でした。無理もありませんね。私だって、もし牧島さんの立場にいたら、どうなるか——」

と言って末木は辛そうに首を振った。

「どう言えばいいのでしょう、そんな……」

「とにかく慰めてあげてください」と言って末木はぼくの手を握った。

「妹さんの死を知らされた直後は、だいぶ取り乱しておられましたが、ほぼ一月《ひとつき》たって、だいぶ精神的には落ちついてきたようです。こういうときには、周りの友人が励まし、慰めてやるのが、一番です——」

「え、ええ——じゃあ、彼が駒場寮にしばらく姿を見せなかったのは、そのせいですか？」

「ええ、私もよく事情は知らないのですが、妹さんが誰かに殺されたんじゃないかと疑って、狂ったように、警察の人とかに食ってかかっていたのを見たことがあります。それで、自分で調査するんだって言って、その現場の駅にいた人に事情を聞きに回ったりとか、いろいろされていたみたいですよ。それでも、最初の警察の調査通り、妹さんがホームの線路に飛び込んだとき、至近距離に人はおらず、ホームの目撃者の話でも、自発的に身を投げ出したとの証言があって、その証言は牧島さんが何度確認にいっても、覆《くつがえ》らなかったそうですから――妹さんが誰かに殺されたのではないことだけは、なんとか牧島さんも納得せざるをえなくなったようでした――」

「そんな事情があったなんて――」

「それで、ようやく先週から、仕事を再開してくれることを約束してくださって、私どもも少しだけホッとしていたところなんです」

「いま、彼はこの部屋の中にいるのですか？」

「ええ、おいでです。私は、別件で仕事があるので、もう帰らなければいけません――どうか、私の分まで、牧島さんを力づけてあげてください」

「わかりました。力づけられるかどうか自信はありませんが、なんとかやれるかぎりやってみましょう」

「よろしくお願いします――」

深々と一礼して、末木は、重そうな鞄を抱え直して、去って行った。

末木が階段を下りていくのを見届けてから、ぼくは二階の廊下を奥に進み、牧島の住む14Bの部屋の前まで来て立ち止まった。

大きく息を吸い込んでから、ぼくはその部屋の扉をコンコンと叩いた。

中から「どなた？」というけだるそうな声がかえってきた。

それが牧島の声に間違いなかったので、ぼくは「葛城だ。入ってよいか？」と訊いた。

「どうぞ」との声がしたので、ぼくはゆっくりとその部屋の扉を開けた。

5

扉を開けると、まだ布団をかたづけていないこたつの台に顔をつっぷしている、牧島の姿が目に入った。

同時につんとした腐敗臭が鼻をついた。ずっと換気されないでいるらしく空気が澱《よど》んでいて、食べさしの食物や生ゴミが床に転がっていた。

「牧島……」

ぼくがそう呼びかけても、何の反応も示さない。

近づいて、腕をとって揺り動かすと、ようやく顔を上げ、

「葛城か……」と力なくつぶやいた。

髪の毛はぼさぼさで、不精髭《ぶしょうひげ》が伸び、眼のしたには深い隈ができている。ひと月前に会ったときとは、まるで別人のような変わりようである。

「今扉の外で、編集の末木さんから、ちらりと聞いた。妹さんが――亡くなったんだっ

て？」

「そう」

　こんなときに質問してよいか迷うところだったが、沈黙しているのも気詰まりである。ぼくは、ためらいを覚えつつも、口を開いた。

「……自殺なんだって？」

「そういうことになっているが、あいつが自ら死を選んだなんて、信じられない」

「ここしばらくこの寮で姿を見かけなかったから、どうしているのかと思っていたところなんだ」

「ずっと調査に行ってた。あいつが死んだときの調査に。警察は、あてにならないから……俺は絶対にあいつが自殺したなんて信じない。絶対にあいつを殺したやつがいる……いるに決まってる！」

　急に牧島が大声をあげたので、ぼくはびっくりした。

「殺したってどういうこと？　疑われる状況なの？」

「そうとも」沈鬱そうに牧島は頷いた。

「場所はどこだったの？」

「京王線の飛田給駅だ。妹の住んでいた家の最寄りの駅だ。そこで列車がホームに入る直前、線路に身を投げたらしい。駅にいた何人かの客が、その飛び下りたときの現場を目撃しているそうだ。警察に教えてもらった」

「誰か彼女を突き落としたと疑えるような人物が近くにいたの？」

「その点は俺も問いただした。しつこく何度も聞いてまわった。その場に偶然いあわせた証人の話では、そのとき妹のそばに人はいなかったと言うんだ。証人は一人だけでなく、三人いたが、皆その目撃証言については、一致しているんだ。だから、誰かが押して落ちたわけではないのは、確からしい。もしかしたら、薬物を摂取していたのではないかと疑って、警察に頼んで妹の遺体は、解剖もしてもらったが、特に薬物反応などはなかったそうだ。だから、薬などの影響で足下を見失ったわけでもないらしい」

「じゃあ、事故の可能性は？」

「ホームは特に足を滑らせるような場所ではなかったし、駅でちょうどその場を目撃していた証人の話では、自分から自発的に飛び込んでいったように見えたそうだ」

「そうすると、現場の状況からすると、まず自殺であるとしか――」

「証人の話では、急に羽の生えた天使のように腕をそよがせながら、ホームにやって来た電車に突っ込んで行ったそうだ――」

羽の生えた天使――その言葉を聞いてぼくはピーター・パンを思い出した。ジェイムズ・バリのあの小説の中で、ピーター・パンは教えられる。

〝誰でも天使だ。誰でも飛ぶことができる。ただ大人は、飛べるのを忘れているだけだ――〟

しかし、ピーター・パンの言葉を信じて空を飛ぼうとした子どもたちは、みな墜落を余儀なくされたはずだ。

「でも、牧島は、自殺とされたことには、疑いがあると思っているのか？　その証人が信用がならない節があるのか？」

「いや——現場を目撃した証人には、何度も会って確かめた。彼らが嘘を言っているとは思えない。死んだときの状況はたぶんそのとおりだったんだろう——」

「じゃあ、やはり自殺ということに——？」

「いや、それでも、あいつを死に追いやった責任があるやつらがいる——はずだ」

「どういうことだい？」

「あいつは殺されたんだ。あそこで死ぬように仕向けられたんだ」

「なんでそう主張できるんだ？」

「あいつが変な宗教にはまっていたからだ。その宗教から、変なことを吹き込まれたに違いない。あいつを殺したのは、その教団だ」

「宗教？」

思いもかけない言葉を牧島の口から聞かされて、ぼくは少しどきっとした。自分も宗教活動をしているだけに、牧島の言葉はまるで、ぼく自身を告発しているようにもとれたからである。

「何の宗教だ？」

「〈アール・メディテーション〉とか名乗っていた。実態はよく知らない。怪しげな団体だった」

〈アール・メディテーション〉……。そう言えば、少しだけ聞いたことがある団体だ。去年に、どこかの週刊誌で、叩かれていた宗教団体だったような覚えがある。そんなに知名度はないから、あまり大きくない教団だと思われる。その教団が自分の属する〈天霊会〉でなかったことで、ぼくは少しだけホッとした。もし妹さんが自殺の直前に入信していたのが、ぼくらの教団であったら、妹を溺愛していた牧島から、一体どんな追及を受けたことか——想像するだけで恐ろしくなる。

「妹の遺品の中にも、その団体のしるしという、バッジが残っていた。ほら」

そう言って彼は、手近な引き出しにしまっているらしい、妹の遺品の中から、八角形をした紫色のバッジのようなものを取り出した。その表面には「R☆MEDITATION」という文字が浮かび上がっている。

「これがその……？」

ぼくはそのバッジを見て、首を傾げた。最近これと同じようなものをどこかで見たような覚えがある……。

「ああ。あいつが変な宗教にはまっているらしいなと気づいたのは、今年の初めくらいからだ。冬休みにあいつのいる家に帰っているときに、ちょっとあいつの言動がおかしくなっていることに気づいた。『瞑想』とか『天啓』とか『恩寵《おんちょう》』とか『オーラ』といった言葉をよく使うようになっていて、部屋になにやら、変なＵＦＯだかキリストだかの絵が入った本を積み上げるようになっていた。これは何だと俺が聞いても、ちゃんと説明してくれず、笑って誤魔化《ごまか》すようになっていた。

あのとき、もっとちゃんと問いただしておけばよかった。あいつも、一人暮らしをしていて、寂しかったんだと思う。俺が力になってやれないから、変な宗教へと心を向けたんだろう。去年の秋くらいから、付き合っていたボーイフレンドと、ぎくしゃくしだしたようなので、ちょっと心配していたところだったんだが……」

「その付き合っていた男性というのが、そこの信者なのか？」

「いや、そうじゃない。付き合っていた男性は、まともなカタギの勤め人だった。妹とはだいぶ年が離れているが、誠実でやさしそうで、俺としても、安心できる交際相手だった。付き合いはじめて当初は、あいつ、本当に幸せそうにしていたから、見守っている俺の方も嬉しかった。

だが、妹がその変な宗教にはまるようになってからは、彼とも話が合わなくなっていたらしい。ときどき、妹の交際が気になって、それとなく、聞いてみたりすると、『あの人、スピリチュアルなものへの感性がないのよ』とか、『オーラのことをわかってもらえなくて』とこぼしたりしていた」

妹さんに付き合っていた男性がいたことは初耳だったが、どうやら牧島の話しぶりからすると、その相手は兄も公認のお相手だったようだ。

「その宗教は、自殺を奨励したりする教義なのか？」

「よく知らない。妹が何冊かその宗教関係の書物類を残しているのだが、少し見ても何が言いたいのかよくわからない――」

数ある新興宗教の中には、自殺を推奨していると受け取れるものもいくつかある。例えば、ジム・ジョーンズという人物が教祖の〈人民寺院〉という教団では、教祖の呼びかけに応じて、信者が大量に自殺したという、有名な事件を引き起こした。日本では、〈人さらい〉と指弾を受けた教団などがマスコミに取り上げられたことはあるが、自殺を奨励している教団の存在は聞いたことがない。

その、〈アール・メディテーション〉が、そういう宗教なのかどうかは、情報がないのでわからないが、しかし、ぼくが知っている牧島の妹の沙緒里《さおり》は、明るく活発で、およそ宗教にはまりそうな性格ではなかった。

牧島沙緒里は、裕福ではないとは言え、兄からは大事にされ、付き合っている男性もいて、およそ不幸せそうには見えなかった。自分の不幸を癒《い》やすために宗教に傾斜する人間は多いが、彼女はそんなタイプではなかった。彼女はなぜ、その〈アール・メディテーション〉という宗教にはまったのだろう。そして、なぜ自殺をしたのだろうか。彼女の自殺は、その宗教と関連があるのだろうか？

「だから、その宗教のことを追及しようと思ったんだが、もう解散してしまった教団らしく、信者も教祖も行方が知れないんだ……」

「牧島、気を落とすなよな……」

「葛城……」弱々しい声で牧島が言った。

「俺はもうだめだ。生きる意欲を失った」

「そんなことを言うのはよせ。おまえはまだ若いんだ。沙緒里さんだって、悲しむぞ、おまえがそんなに弱気になっていちゃ」

「俺にとっては、あいつが全てだった。こんな漫画を描いてきたのも、できるだけてっとり早く金を稼ぎたいと思ったからだ。それもこれも皆、あいつを幸せにしてやりたいと思ってのことだ」

しぼり出すようなその声から、牧島の悲痛な気持ちが痛いほど伝わり、ぼくは胸がしめつけられる思いがした。こんな状態の彼に、自分の代わりに、駒場寮の一室を借りる手続きをやってほしいと到底頼める状況ではないと判断し、空虚な励ましにすぎないかもしれないと思いつつも、「元気出せよな」と何度も慰めて、ぼくは十五分ほど在室してから、牧島の部屋を退去した。

6

翌五月十一日、土曜日。

今日は、本当は部会をやる予定の日だったのだが、三昧堂も駒場寮も貸出を申し込めなかったので、仕方なく、予定の部会は延期することにした。

朝早く起きるのはちょっと辛かったが、午前八時には、想亜羅がうちの部屋の前に、部会の連絡を見に来ることがわかっていたので、七時過ぎに起きて、部会延期の連絡を記した紙を、部屋の前に張った。

まだ眠いので、もうひと眠りしようかと室内に戻ろうとしたとき、二階から足音がして、「葛城」とぼくを呼ぶ声がしたので、ぼくは振り向いた。

頭がボサボサで相変わらず不精髭を生やした牧島であった。

「牧島？　どうしたんだ、こんな朝早く？」

「ちょっと気になることがあってな――この間見かけたんだが、おまえ、こういう髪型の」そう言いながら、牧島は手を動かして、女性の長めの髪の形を、空中に描いてみせた。「女性と一緒にいただろう」

その髪型を告げるボディーランゲージを見て、彼が言っているのは、想亜羅のことらしいと見当がついた。

「鈴葦さんのことかな。髪がちょっと栗色がかって、少し面長で、すらっとした体型の――」

「そうそう、たぶん、その子だ」

「彼女がどうかした？」

「ちょっと気になることがあってな。一度その女性に会って話がしたいんだ――。紹介してもらえるかな？」

「いいけど、なんでまた？」

とぼくが質問したところに、まさに話題にされている当の本人――鈴葦想亜羅がやって来た。

「おはよう、葛城さん」

今日の想亜羅は、襟の尖った水色のシャツブラウスと、青緑の格子模様の短いタイトスカートを着ていた。

「おはよう、いつも早いね、鈴葦さん」

「毎朝勧誘があるからね。今日も臨時に〈イグナチオ〉の勧誘を引き受けちゃって。それで、今日は部会はどうなった？」

「今ちょうどその連絡の紙を張っていたところなんだ。それが、部屋がとれなかったので、今日は延期ということになったよ」

「あら、そうなの」

「毎朝君だけは早くくるから、ぼくも連絡を張りだすのに、早起きしなくちゃいけないから大変だよ」そう言ってぼくは苦笑した。「他のサークル員は、そんなに毎日は早起きしてこないからね」

「私は、早起きが性に合ってるんだけど」そう言って想亜羅は、ぼくの隣りにいた牧島の姿に気づいたらしい。「そちらの方は？」

「あ、こちらは、知り合いの南寮二階に住んでいる牧島君。君に会いたいそう――」

そう紹介しかけて、ぼくは、ちょっと牧島の様子がおかしいことに気づいた。

身体を硬直させ、目を大きく見開いて、膝のあたりが小刻みに震えている。その大きく見開いた目は、想亜羅の方に向かっていた。彼女の容貌が、なにか彼を驚愕させたのだろうか。

「どうした、牧島？」

「君、名前はなんと――？」

牧島はようやく、しぼり出すような声で、想亜羅にそう言った。

「私？　鈴葦想亜羅」

彼は、想亜羅に向かって腕を上げて、人指し指を突き出し、

「やはりおまえだな、俺の妹を変な宗教に勧誘したのは！」と声を張り上げた。

「え？」

ぼくは驚愕して、牧島と想亜羅の顔を交互に見比べた。

「……勧誘したって？　想亜羅が、牧島の妹さんを？」

「知らないわよ、私、こんな人。この人の妹さんなんて――」

「とぼけるな！　俺はちゃんと見ているぞ。おまえが俺の妹を騙《だま》してまるめ込んでいるのを――」

「ちょっと待って、牧島」

今にも牧島が、想亜羅につかみかからんばかりの形相をしていたので、ぼくはなんと

か彼を押しとどめ、想亜羅に向かって、

「想亜羅、〈アール・メディテーション〉って宗教、知ってるか?」と訊ねた。

「ああ、〈アール・メディテーション〉ならよく知ってるわよ。自分で勧誘員をやっていたところですもの。いま教団が活動停止したんで勧誘もやめたけど、去年の秋くらいから今年の初めまで、高校三年生だったとき、ずっと勧誘員をやってたわ」

あっさりした声で想亜羅が、応えた。

「認めたな。なら知っているだろう、俺の妹を。牧島沙緒里を」

「私は毎日、勧誘のために、何十人も声をかけているのよ。いちいちその一人一人の顔なんて覚えてられないわよ」

「しらばっくれる気か――」

牧島が憤怒の表情で、想亜羅に詰め寄るので、ぼくは二人の間に入って、

「よせ。乱暴はやめろ」と言った。

「こいつ、そこの勧誘をやってたことは認めたんだ。だとすると、葛城、おまえもこいつらの仲間か!?」

「違う、ぼくはそんな宗教の信者ではない」

「なら、なぜ、この女がおまえのところで勧誘をやっている?」

「彼女は、いくつもの宗教の勧誘員をかけもちしているんだ。とにかく、勧誘が滅法得《めっぽう》意なものだから、いろいろな団体の勧誘を引き受けているだけで、本当はどこの宗教の

信者でもないんだ」

「彼女は今でも、この駒場キャンパスで、三つか四つの宗教の勧誘を同時にやっているんだ」

「何だと――?」

「そんなやつがいるものか」

「いるから仕方がないでしょう」想亜羅が、ちょっと軽蔑したように言った。「どこの信者でもないという言い方は不当だと思うけど。むしろ、信じている宗教がたくさんあるって言ってもらいたいわ」

「とぼけやがって……」

「ちょっと待ってくれ、牧島」とぼくは、想亜羅に詰め寄ろうとする牧島を押しとどめた。

「邪魔をするな」

「牧島、妹さんの写真、なにかあっただろう。それをここに持ってきて見せてくれないか?　写真があれば、彼女も思い出すかもしれない」

ぼくがそう頼むと、牧島は憤懣《ふんまん》やるかたない様子でしばらくぼくを睨んでいたが、その提案が有効であることは納得してもらえたらしい。

「待ってろ。ここ、動くんじゃないぞ」

そう言い残して、牧島は自室へ急ぎ足で戻っていった。二分もしないうちに、彼は手に写真をもって、駆け足で戻ってきた。

彼が差し出したのは、髪をおさげにして、セーラー服を着た、牧島沙緒里の写真だった。

「これ、この子だ」とぼくは、彼女にその写真を見せた。「この子が牧島沙緒里。顔に見覚えはないか？」

「ああ、この子――」その写真を見ると、想亜羅もすぐに思い当たった様子だった。「この子なら、たしかに知ってるわ。同じ高校に通ってたもの。私より一年下の学年にいたわ。マキちゃんっていつも呼んでたから――牧島っていう苗字《みょうじ》なのは忘れてた」

「同じ高校⁉」

「沙緒里と同じ調布《ちょうふ》の高校に⁉」と牧島が声をあげた。

「ええ、だからよく覚えてるわ。通学途中によく駅で一緒になったりしたんで、ときどき話をしたりしたから、高校のときの知り合いの一人よ」

「それで君は、沙緒里さんを、その〈アール〉なんとかという宗教に誘ったのか？」

「ええ、そうね。彼女の方で興味をもって近づいてきたから、紹介してあげただけなんだけど――」

「それはいつ頃のことだい？」

「ええと、あれはたしか去年の秋くらいだったかなあ。ちょうど私の受験が近づいてきた高三の秋だったと思う。そのとき私が通っていた〈アール・メディテーション〉の施設から、大量のちらしをまくように命じられていたんで、調布の駅前でたくさん配ったし、近所の知り合いの若い子にも大体配ったわ。沙緒里さんにもそのちらしは渡したと思う」

「それでその〈アール・メディテーション〉っていうのは、どういう団体なんだ？」

「最近ヒマラヤに降臨したというアール・ジュナ大師を崇めていて、『光の瞑想』によって、アカシャ界の波動を読み取り、究極の智恵を得ることができると説いている団体よ。キリスト教の教えも一部取り入れていて、アウグスティヌスに由来する『トリテヨメ』っていう行があって、必要な予言や啓示が、周囲の口からそれと知られずに語られるって教えを信じてたわ。今年の二月か三月に、教祖兼会長が病気で倒れてしまってから、活動が停止状態になったんで、私も勧誘員をやめたんだけど――」

「君は高校生のときから、宗教の掛け持ち勧誘をやっていたのか？」

「あの頃はまだ二つだけよ。この〈アール・メディテーション〉と、〈霊言キリスト教会・イグナチオ〉。どちらも説いている教えは似通っているし、教団のリーダーは皆いい人たちだったわ」

「ふざけるな！」と牧島が怒声を上げた。「なにがいい人たちだ！　そんな変な連中にたぶらかされて、沙緒里はおかしくなったんだ。あげく、走ってくる電車に飛び込むようなことになったのも、おまえたちが変なことをあいつに吹き込んだせいだろう！」

「沙緒里さんが、お亡くなりに――？」

ちょっと眼を見開いて、想亜羅がそう訊いたので、ぼくは重々しく頷いた。

「まあ。知らなかったわ。どうして――」

牧島は語気を荒らげて言った。

「その〈アール・メディテーション〉とかいう団体が、俺の沙緒里に自殺思想を吹き込んだのだろう？　そうでなきゃ、沙緒里が自ら死を選んだりするはずがない！」

「それはいつの話？」

「今年の三月三十日だ」

「それはお気の毒に――」

「おまえなどに言われたくない。あいつに自殺思想を吹き込んだ教団員などに――」

「それは誤解よ。〈アール・メディテーション〉に、自殺を推奨するような教えは、まったくないわ。それに、あの団体は、さっきも言ったように、二月頃に会長兼教祖が病気で倒れてからは、活動が停止しているのよ。沙緒里さんがそこの信者になっていたとしたら、通ったのは調布にある道場でしょう。私は、調布の道場に通ってないからはっきり知らないけれど、三月までにはそこの道場も畳まれたはず。だから、ここ二ヵ月は、あの教団は機能停止状態のはずよ」

「あいつとは、近所に住んでいたはずなのに、どうしておまえは、通う支部が違うんだ？」

「入信してごく最初のときは、調布の支部にも行ったことがあるけれど、私は勧誘の成績がいいんで、渋谷の本部の方の所属になるよう命じられていたのよ」

「俺は、おまえが沙緒里を、その集会所に誘導しているところを、調布の近辺で何度か目撃しているぞ」

「牧島。おまえは、いつ、想亜羅を見たんだ?」とぼくが口を挟んだ。

「少なくとも二度は、調布の駅前でこの娘と妹が一緒に話しているのを見たことがある。最初は同じ年頃の女の子の友人同士が話しているのだろうと思ったが、あいつがちょっと精神的に変調をきたしかけているようで、心配になって、様子を見に行ったときに、おまえがあいつに、変な宗教のパンフレットか何かをもって、語りかけているのを目撃したことがある。おまえは常時、あいつにつきまとい、あいつをその変な宗教に追いやるまでまとわりついたのだろう」

「パンフレットを渡した覚えはあるし、駅前で立ち話をしたことは何度かあったと思うけれど、曲解しないでちょうだい。たしかに私は、あの宗教の勧誘をしていたから、興味を示した人には、丁寧に教義や入会方法を説明したりはしたわ。でも、一人の人に付ききりになったことなんてないし、入りたくない人間を無理強《じ》いしたり、追い回したりしたことはないわ」

「怪しげな宗教をやっている人間の言うことなど、信用できないね。入会を強制したりしないと言いつつ、やって来た人間に入会を強制し、脱会は自由と言いながら、実際は脱会しようとする人間を執拗に追い回し、いやがらせをする——そういうのが、最近のカルト教団の常套《じようとう》手段だろう」

「よその団体はいざ知らず、少なくとも私が入っている教団に関するかぎり、そのようなことは一切やっていません」

「信者の自己申告など、信用できるものか」

「想亜羅、君が彼女をその宗教に誘ったのは一回だけか?」とぼくが訊いた。

「いいえ、誘ったのは何度かあったわ」

「ほら、つきまとってるじゃないか」牧島が責めたてるように言う。

「違うの。最初私がマキちゃんにあの教団を勧めたときは迷っている風だったけど、その後は、自分で相談しに来るようになったの。高校からの帰り道とかで、自分がこの教団に入ったら、救われるだろうかとか、幸福になれるだろうかって私に訊いてきたりしたわ。だから、私は相談にのってあげて、自分が保証できるわけじゃないけれど、何もやってみないよりはやってみる方がいいと言ったわ。私自身は、そこの教団に入ってとても満足しているし、幸せも感じているって、そういうことを伝えたら、あの子やっぱり悩んでて、それで、何度か高校のラウンジとか駅前の喫茶店で話をしたことがあるのよ。けれど、あなたの妹さんを、無理に教団に入れようとか、強制した覚えはないわ」

「どこまで信用できるか、まるでわからないな——しかし、じゃあ、おまえは、沙緒里の相談相手をやっていたのか?」

「まあそうね、ある意味では。通ってた高校は、同じだけど、別の学年だから、学校帰りに会って話をしたことが数度あるくらいだけど——」

「そのとき、沙緒里は何と言ってた? 家族のこととか、俺のこととか、何か言ってたか？」

「家族について、はっきりしたことを言っているのは聞いたことがないわ。親が早く死んだってぽつりと洩らしたのを聞いた覚えはあって、あまり幸せな家庭環境ではないのだろうなとは想像できたけど――」

「俺のことは？　兄貴のことは何か言っていなかったか？」

「さあ、それは覚えてない。でも、毎日生きるのが辛い、みたいなことを洩らしたのは覚えてるわ」

「生きるのが辛い――」牧島は、自分の心に刻み込もうとするかのように、その言葉をゆっくりと反芻《はんすう》した。「あいつに何が足りなかったというんだ？」

「私に言われても知らないわよ」うっとうしそうに想亜羅はこたえた。

「それで、辛いから？　辛いから宗教に入りたいって言ったのか？」

「こういうところに通えば、自分も幸せになれるのかなあって考え込んでいるみたいだったから、私は、行きなさいって、軽く背中を後押ししただけ」

「どうして、そんなところに沙緒里の目が向いたんだ？　父親や母親がいないから、親の代わりになるものを求めてたのか？　いや、でも、それにしても、兄の俺に何も言わず……」

妹のことを考えると、牧島はまた眼に涙が溢《あふ》れてきているようだった。

「たとえ変な宗教の信者になっていても、生きていてくれさえすれば……」

「妹さんのことでは、本当にお気の毒だったわ」

「やかましい！　おまえなんかに同情されたくはない！」

大声で牧島は、怒鳴りたてた。

「牧島……」

亡き妹のことを思い出したのか、牧島の目から涙がこぼれた。

これ以上、想亜羅と話すのを許して、牧島を刺激するのは好ましくないと思い、

「牧島、すまないけれど、ぼくたち、用事があるから……」

と断って、早足で、駒場寮から外に想亜羅を連れだした。

7

「驚いたな――」

駒場寮を出て、想亜羅と並んで駒場キャンパスの道路を歩きながら、ぼくは言った。

「君が、あいつの妹までも勧誘していたなんて――」

「今までの総計《トータル》では千人くらいは入信させたからね」

「千人――？」

あらためてその数の多さに驚かされる。

「それだけ多いのだから、その中には、あなたの知り合いが、まだ他にも混ざっている

かもしれない」

「それにしても、そんなかけもち勧誘を高校の頃からやっていたとは——。大学生ならまだしも、高校生としたら、普通考えられない生活スタイルじゃないか？」

「たくさんいるとは言わないけれど、そんなに珍しいわけじゃないわよ。現に今駒場に勧誘に来ている例の大きな教団、あそこの勧誘員って、結構女子高校生の勧誘員もいるみたいよ」

「え？　そうなの？　たしかに、妙に若い顔をしているのを見たことがあるけれど——」

「それに、高校の頃学校の制服のセーラー服着て、勧誘したりすると、よくおじさんが誘いに乗ってくれて、教団施設までついて来てくれたわ」

「それは、宗教とは別のものを期待して、ついて来たんじゃないか？」

「うーん、まあそれは人それぞれね」

「それにしても、やはり、今回のようなことがあると、ぼくたち勧誘員の責任って一体何だろうって考えさせられるな——」

「責任？」

「そう。なにかの宗教に相手を誘うってことは、その人の人生全体にかかわる選択を相手にさせることになりうるわけだ」

「それはそのとおりね。宗教は、趣味じゃないから。その人の生きかたそのものに関わることだから——」

「だからこそ、ぼくは、君のようにいくつもの宗教をかけ持つありかたは、おかしいと思うのだが――」

「それは見解の相違ね」

「だって、宗教っていうのは、薬だからこそ毒にもなりうるものだろう。場合によっては、家族の一員が入信したせいで、家庭全体が破壊されることだってある。これは決していかがわしいよその宗教にかぎった話じゃない。うちの信者にも、信仰を貫くために、離婚したり、家庭を捨てることになった信者が大勢いる。君はその責任の重さを自覚したことがあるのか？」

「なによ、ずいぶんたいそうな言葉をふりかざしちゃって」

「自分が勧誘した人間が、もし万一自殺でもしてみろ。その責任の重さにぞっとしないでいられるか。あいつの妹がそうだったんだろう。君は怖くなることはないのか？　自分がよいと思い、本当に信じる宗教だとしても、それを勧めることが相手の人生を誤らせたらどうする？　この宗教を勧めることが本当によいことか、その人のためになるのかってことを、どうして神でない身で知ることができよう？　なのに、相手の人生に立ち入り、その人生を変えるようなことをしてよいのだろうかってね、そんな疑問を感じたりはしないか？」

「私は、それほど深刻には考えていないわ。勧誘員というのは、触媒のようなものだと思うの。触媒を媒介にして、変容しうる人間は変容するし、そうならない人間はそうならない。勧誘員の誘いに乗るのも乗らないのも結局はその人の自由だし、その人の責任にかかわってくることでしょう」

「まあ、それはそうだが――」

「そのときに、勧誘した相手の人生の責任まで自分にかかってくると考えてしまうのは、一見責任感が強いようにも見えるけれど、結局のところ傲慢なんだと思う。私もあなたも神ではないんだから、誰も自分以外の人生の責任をとることなんてできないわよ。私は、自分の与えられた人生の中で、最善のことがしたいだけ。それは、私にとっては、現代を生きる人にとって、救いとなる場、憩《いこ》いとなる場を提供すること――そのためには、本物の宗教がたくさん必要で、到底一つや二つじゃ足りないわ。人それぞれに個性があって、合う宗教はそれぞれ違っているから、できる限りたくさんの宗教を提供するっていうのが、今の私にできる最善のことかなって思うの」

「ふうん。そんな風にいうと、いくつもの宗教を掛け持ちしているありかたが、まるでいいみたいに聞こえるね」

「聞こえる、じゃなくて、本当にそうだからやってるのよ。あまり理解してもらえないみたいだけど」

「でも、牧島の妹は自殺してしまった。信条はどうあれ、その事実は重く受け止めないといけないと思うぜ」

「それはそうね」

「その〈アール〉なんとかって宗教に入ったことが、牧島の妹さんの死に、影響を与えたのかどうか、はっきりはわからないけど、そういうことも世の中では起こりうるわけだから――」


「私はね、〈アール・メディテーション〉が、沙緒里さんの自殺をもたらしたとは思わない。あの子は、あそこに通ったことで、自分を取り戻しかけていたし、明るくなりかけていたわ。むしろ、あの子の自殺を招いたのは、この年初に突然〈アール・メディテーション〉が終わりを迎えたことだと思う。あれは、私としても、突然の、予期せぬ事態だった。

でも、マキちゃんのような、入ったばかりの信者にとっては、私なんかより、ずっと衝撃が大きかったはず。入信したての頃って、信者としては赤ん坊みたいなもので、何より教団と周りの信者の暖かい助けと励ましを必要としているものね。そのシェルターが突然なくなってしまったら――それはショックだと思うわ。精神の均衡を崩すことさえ起こりかねない――」

「じゃあ、君は、沙緒里さんが自殺したのは、〈アール・メディテーション〉に入ったためではなく、むしろ、その入信していた教団が突然活動を中止したことが引きがねになっていると言うのか？」

「断言はできないけれど、おそらくそうじゃないかと――」

色々なサークルが新入生勧誘用にずらりと看板を並べている駒場キャンパスの銀杏並

木にやって来て、自分たちのサークルが出している立て看板の前で立ち止まった。宗教系サークルに反発をもつ者のしわざだろうか、看板の下方に穴があき、蹴られた跡がある。

それを見てぼくは溜め息をつき、「やれやれ――また修理しないといけないな」と嘆いた。

「板と釘、ある？　今から私が修理してあげるよ」と想亜羅が言う。

「え、君が？」

「そういうことやるの、私、結構好きなんだ――」

想亜羅の意外な一面を知らされた気がしたが、彼女の要望に応じ、ぼくは自室に戻って、大工道具と余ったベニヤ板を抱えて、看板のところに戻ってきた。

「君、そんな修理、できるの？」

「任せて」

腕まくりをして想亜羅は、穴のあいたところに板をあて、釘をうちつけ始めた。手慣れた腕前で、ぼくよりずっと上手そうである。

（いろいろ多才な女性だな……）

勧誘の才に長けているだけでなく、想亜羅が他のさまざまな面で有能なのにはいつも驚かされる。

後ろ側から看板を支え、彼女の作業を手伝いながら、ぼくは感心して彼女の巧みな作業の様子を眺めていた。敏捷で、きびきびした無駄のない彼女の作業が、感心するくらいに美しいので、思わずその姿に見とれてしまった。

その作業が一段落しつつあったとき、突然背後から声がして、ぼくはびくっとした。

「おい」

振り返ると、牧島だった。

いつの間にかぼくたちの後ろに立っていたらしい。涙の筋が顔に残っていて、とても薄汚い恰好をしているのが、綺麗とは言えない学生が多い駒場キャンパスの中でも一際際立っていた。

「ま、牧島⁉」とぼくは声をあげた。「びっくりしたなあ」

「その妹が通っていた、〈アール・メディテーション〉という教団のことを調べてみたいんだ。情報を教えてくれないか」

ぶっきらぼうな声で、牧島は想亜羅にそう言った。

「え？」と想亜羅が訊き返す。「情報？　でも、さっきも言ったように、あの教団は、現在活動は停止状態よ」

「それでもいい。その教団で、妹の知り合いだったやつに会いたいんだ。会って話を聞きたい。そこで妹がどんなことをし、どんなことをしようとしていたかを」

「牧島――」

彼の言葉も喋りかたも、何かに取り憑かれたようで、鬼気迫るものがあったから、友人の一人として、彼のことが心配になった。

「気持ちはわかるが、無理はしない方がいいんじゃないか。そこで妹さんが何をしていたか聞き出したところで、妹さんが生き返るわけじゃないんだ」

「それでも俺は調べたいんだ。頼む、教えてくれないか――」

「ええと」と言いながら、想亜羅は、横に置いていた自分のバッグから、緑色をした革の手帳を取り出した。「あの教団の紹介名刺が一枚だけ残ってたわ。活動していた頃の、渋谷と調布の施設の連絡先が書いてある。それと、もう一つ、あの教団の顧問弁護士をやっていた、山崎《やまざき》という人の名刺。この人の連絡先は変わってないはずで、活動を中止した教団の後始末をやって、管財人にもなっている人。教団幹部とか指導者も今はちりぢりになっていると思うけど、この山崎弁護士が一番そのあたりを把握していると思う。

　私は、あそこの教祖が姿をくらました時点で、あの教団に見切りをつけて早めに脱会したから、本当に解散するときのゴタゴタは、全然知らないけれど――たぶん山崎弁護士に聞けば、そのあたりのこともよく知っていると思うわ」

「それ、もらっていいか？」

「あなたにあげるわよ」

「感謝する」

そう言って牧島は、想亜羅から二枚の名刺をひっつかむように受け取った。

ぼくは、汚い髪をかきむしりながら、すたすたと自室に戻っていく彼の姿をしばらく見守った。

あの様子だと、本当にその解散した〈アール・メディテーション〉という教団の調査をこれからやるつもりらしい。じっとしていても、活動していても、今の牧島の姿は、見ていてとても痛々しい。最愛の妹を彼のもとから奪い去った運命の残酷さをぼくはあらためて感じた。

8

その翌日の日曜日の朝の八時頃、ぼくは牧島の部屋に様子を見に行ったが、不在で、既に出かけた後のようだった。

(……妹さんの死の背景を探るために)

(本当に調査に行ったのだろうか？)

昨日見たときは、痛々しいほどに憔悴《しょうすい》していた彼が、調査をして何かをつかんだところで、それが牧島のためになるとは到底思えなかった。最愛の妹を失って、自分も破滅へとひた走っていくような雰囲気さえ感じられた。

(……やめさせなければ)

(……このままでは、彼も身を滅ぼしてしまう)

今日の夕方にでも、部屋に彼がいれば、じっくり話して、少しは心を落ちつかせるよう忠告することにしようとそのときぼくは決意した。しかし、夕方に彼の部屋を訪ねても、やはり不在だった。

その翌日の月曜日、五月十三日。

ぼくは朝起きて「今日は部会予定」という紙を自分の部屋の前に張り出した。

そして九時になって学生課が開くと同時に駆け込んで問い合わせると、茶道部が使用する合間を縫って、運よく、午後四時から二時間、三昧堂を借り受けることができた。

ぼくは部屋に戻り、張り出した紙に、部会開催の時間と場所を書き込んだ。

それから、自分の団体の勧誘状況を見ようと、正門近くに行ってみると、うちの教団に属する、他大学の勧誘員の女の子が二人、勧誘活動を展開していた。想亜羅もやはりそこにいて、今日はうちでなく、別の宗教の勧誘をしているのが見えた。

朝早くから来て、勧誘に励んでいたらしい田中きみ子と奥元三津子が、ぼくの姿を見つけて近づいてきた。二人とも、脇には、ぎっしりと何枚もの、配布用のちらしを抱えている。

「せんぱぁいい」

長くエコーする声をたてて、奥元は駆け寄ってきて、ぼくの腕にしがみついた。今日は髪を三つ編みにして、イギリスの国旗をプリントした青いスカートをはいている。

「先輩、今日、あたし二時間もまじめに勧誘やりました。二十人もの学生に声かけました。でも、一人も施設に来てくれなかったです」

「気にするなよ。勧誘なんてそんなものだ。海に砂糖を入れて甘くしようとしているようなものなんだから」

「私も、今日は全然だめでしたね――」

ぼくにじゃれつく奥元に優しそうな眼差しを投げながら、田中がそう言った。

「だって、あの人、今日いないですから――」と奥元が言う。

「うん？　ああ、想亜羅がいないせいか」

「ええ、誘いにのってくれそうな学生は、大体みなあの人がひっかけますから――」

「まったく大した才能だよな――」

「この調子じゃ、うちの宗教、ここで信者を増やせるのは金曜日だけってことになりそうですね」田中が半ば茶化したような口調で言う。

金曜日というのは言うまでもなく、想亜羅がうちの宗教の勧誘をやってくれる日である。

「でも、そんなことじゃいけないと思うなあ。彼女は、あくまでうちにとっては外様《とざま》で、純粋な信者じゃない。あんなのに誘われて入ってくるのが増えると、うちのサークルの理念が歪んでしまうなあ」

「それはもう既にそうなりかけているんではないですか、葛城さん？」

そう田中に指摘されてあらためてぼくはそのことを意識させられた。

うちのサークルの学内部員の駒場生は現在ちょうど十名。新年度が始まって以降、新たに入部した六名の学内生は、ほとんどが皆、想亜羅が勧誘したものだ。

「本当だ。いまうちのサークル、想亜羅が勧誘して入ったのが大多数になってる――」

「そのうち、皆で彼女を教祖として崇めだすんじゃないですか」

「悪い冗談はよしてくれよ」

そう軽く流したが、内心それに近い懸念は感じていた。今や東大内のうちのサークル員の過半数が、想亜羅に勧誘されて、入会ないし入信したものになっている。結局のところ彼らは、〈天霊会〉信者ではなくて、想亜羅信者になっているのではないかという懸念が拭いきれない。

9

その日の午後の部会は、三昧堂で行なわれた。

部会が始まる十分ほど前の、三時五十分に、ぼくは学生課に行って、三昧堂の鍵を借り出した。

三昧堂は、東大教養学部構内の、人があまり訪れない、西のはずれにある。元は一高時代からあった〈陵禅会〉という坐禅のサークルが、学部当局と交渉して、敷地内に坐禅道場をつくらせたものらしい。

駒場キャンパスを東西に走る銀杏並木の東寄りのところは、生協購買部や学生会館があり、大勢の学生で、西半分よりずっと人口密度が高い。駒場キャンパスの西方面では、たいていの学生は、第二研究棟と二号館の前を越えて銀杏並木を西進することはない。そこを越えると、南側には、駒場小学校の横をぬけて駒場東大前駅の西側改札口に通じる小道があり、北側には野球場にも使われるグラウンドに向かう桜並木がある。西の端まで続く銀杏並木の左右にはテニスコートがあり、そのあたりになぜか、名目上は、職員宿舎となっている民家があり、その近辺は、木々の繁りが深く、大学の構内とは思えない風景が広がっている。その中に、木製の門をもち、「坐禅道場」と書道の字体で大きく書かれた看板を掲げた、三昧堂という禅道場が、大学構内らしからぬ周りの風景に調和して、ひっそりとたたずんでいた。

小石のはられた道場前の石わたりの道を通り、普段は使われない正面の扉の前をまわって、裏手の扉から、鍵を開けて中に入る。

中は、畳がちょうど五十畳敷かれた、立派な修行道場である。大きな神棚が北の壁際にでんと据えられ、木魚《もくぎょ》、警策《きょうさく》、お経、線香立てといった、禅宗の修行に必要な道具は一式揃っている。

早めについてぼくは、窓を開けて換気し、置いてある座蒲団を並べ、ポットに水を入れてお湯を沸かした。東西の壁に並ぶ窓を開けても、鬱蒼《うっそう》とした木々がすぐ外に繁っているので、日光が遮られ、中は薄暗いままである。近くの木々は剪定《せんてい》をされないまま放置してあり、上の棚にしまわれたままの布団類は、じっとりと湿っていた。

四時になると、ぽつぽつとサークル員が集まり始めた。

最初にやって来たのは、曽我、野中の、古参現役学生の二人である。続いて、田中、桑田、奥元といった、他大学からの応援女性組と、想亜羅の勧誘を受けて入った学内生の新人が五人ほど——部会の始まる時間には、ぼくを含めて十二人が集まっていた。

「今日は」時刻になると、一応の部長役を務めている曽我が、一同を見回して話し始めた。「まず今後の勧誘活動の割り振りについて、話し合いたいと思う。四月、五月の、新入生のサークル入部が一番盛んな時期がそろそろ終わろうとしているので、今までのように、うちの大学に、他大学からの勧誘員まで動員して、勧誘をする活動はそろそろやめることにしようということと——」

「私としては」と桑田が声を上げた。「金曜日だけは、想亜羅さんが勧誘をしてくれますから、駒場に他大学の人も来てもらい、他の日は、駒場の会員の方にも、よそに出向いて勧誘を手伝ってもらうのが、効率的なんじゃないかと思います」

「おいおい」とぼくは異議を唱えた。「あまり、想亜羅を中心に考えてもらっちゃ困るな。うちのサークルはあくまで〈天霊会〉であって、想亜羅の宗教じゃないんだ」

「でも、ここにいる新しい方は、ほとんど皆、あの子の勧誘を受けて入った人ばかりじゃないですか」と桑田が言う。「あの子を追っかけて入信して、あの子がやっている別の宗教とも、掛け持ちをやっている人が、何人かいるでしょう」

「そんなんがおるんか」と野中が応じた。「サークルのかけ持ちは構へんけど、宗教をかけ持ちするのはあかんで。そんなのやっとるんがもしこの場におるんやったら、手ェあげてくれへんか?」

そう野中が訊くと、新入生の男子学生が二人おずおずと手を上げた。

「どこの宗教や?」

「〈霊言キリスト教会・イグナチオ〉です」有田《ありた》という丸顔の男子学生がそうこたえ、隣りの長髪の和坂《わさか》という男子学生を指差して、「こいつも同じです」と言った。

「よその宗教とのかけ持ちは、規則で禁止せんとあかんのちゃうか?」と野中が、部長の曽我の方を見ながら言った。「せやないと、宗教サークルとしての規律が保てんようになるで」

「でも」と田中が言う。「うちの勧誘員の中で一番活躍している想亜羅さんが、ああなんですから。彼女をお手本にするのを、禁止することはできないでしょう」

「想亜羅ちゅうのは、もしかしたら、獅子身中の虫になっとるんちゃうか。あいつをこのままにしといたら、そのうちこのサークル、おかしなるんちゃうか。入ってくる人数がどんどん増えて万々歳とばかりも言うてられへんで」

「うむ」とぼくも頷いた。「その懸念は、ぼくも感じている。元々想亜羅は、ぼくと接触したのがきっかけで、うちの勧誘員になったとは言え、今のうちのサークルの現状はどう見ても歪んでいる」

「ところで、先輩」と新入生の一人、栗原《くりはら》がそう言って鞄から雑誌を取り出した。「こんな記事を見かけたんですが――」

「何だ？」

「うちの団体に関する記事です。〈人さらいの宗教〉って特集記事の中に出ています。すごく悪く書かれています」

「何だと――そんな中傷記事が⁉」

「ええ、今日発売の週刊誌に載ってました。うちの親が、この記事を見て心配して電話をかけてきました」

ぼくと野中と曽我が頭を付き合わせて、彼がもってきた『週刊新春』の当該記事を一読した。「人さらいの宗教」と題した告発記事で、主に槍玉にあげられているのは、別の教団であるが、「他にもこんなにある・危ない宗教団体一覧」という小さな囲み記事の中に、わが「天霊会」の名もあり、「悪霊を祓《はら》うという名目で多額の寄付を信者に強要。教祖・天道無著は、以前に性的スキャンダルが暴露された怪しげな経歴の持ち主」といった内容の事柄が書かれていた。

「こらまずいな――」一番早く読みおえた野中が、眉間に皺を寄せながら言った。「記事の扱いは小さいゆうても、全国に何十万部と売られている週刊誌にこないなことが書かれるちゅうのは――無視できん影響力があるからな」

「渋谷支部はこの記事には気づいているでしょうか？」と田中きみ子が訊く。

「たぶん気づいとる思うけど、まだやったら教えとく必要があるな」と野中がこたえる。

「名誉棄損で、教団として『新春』誌を告訴することを考えるべきではありませんか？」

と田中が言う。

「そやけど訴訟やるには金がかかるし、面倒も多いから、貧乏なうちの教団が、この程度で動くかどうか――」

ぼくは、その記事を見て、すぐに『宗教から駒場を守る会』のことを思い出した。

（あの連中に、ぼくらのサークルを攻撃する恰好の口実を与えてしまってるな……）

（あいつら、この記事のことに気づかないでいてくれるとよいのだが……）

そのぼくの懸念は、そのすぐ後に現実のものとなった。

『宗教から駒場を守る会』の連中が、ぼくらの部会が終わる頃に三昧堂に詰めかけて、ぼくらのことを「反社会的集団」だの「洗脳教団」だのと言ってはやしたてたのである。先導していた一人は、例の江藤という髪の茶色い駒場寮生だった。跳ねっ返りの一人が石を投げて、三昧堂の窓ガラスを一枚割った。

部員の多くは、裏手の隠寮《いんりょう》からグラウンドの方へと逃し、ぼくと曽我と野中の三人で彼らに応対したが、話し合いの土俵が成立するはずもなく、押し問答が平行線をたどるばかりであった。

結局、連中は、学内施設である三昧堂のガラスを壊した責任をとろうともせず、ぼくらがかわりに修繕代を負担して、ガラスを直す羽目になった。

（なんであいつらの理不尽な所業を許して、ぼくらがこんな尻拭いをさせられなければならないのか……）

怒りが内心に渦を巻いたが、一緒にいた曽我や野中もぼくと同じ気持ちでいることは、容易にみてとれた。

10

中断した三昧堂での部会で伝えきれなかった連絡事項の伝達をするために、翌々日の水曜日に臨時部会を渋谷の喫茶室を借りて行なった。駒場キャンパスからあまり近くなく、賃貸料もかかるので、ぼくらのサークルにとっては、あまり便利のよい場所ではなかった。

しかし、都内の信者の大学生が集合する会でもあり、連絡事項も多いので、週に一回は部会をなんとか開く必要があった。駒場キャンパス内になんとか、安定して部会を開ける場所を確保したいが、『宗教から駒場を守る会』は、例の記事が出て以降、うちの団体に対してあからさまにいやがらせをするようになり、場所を確保するのも、部会を開くのも、非常にやりにくくなってきていて、世話役のぼくとしては、頭を痛めるところであった。

次の部会には想亜羅も出てもらった方がいいだろうということになり、彼女がうちの勧誘員になる金曜日の午後に部会を開くことが決まった。しかし、気になるのは、ぼくらの活動を妨害する、『宗教から駒場を守る会』の動向である。三昧堂をとるにしても、駒場寮ないし他の場所を借りるにしても、この前みたいにあの会の乱入を受けては、部会が成立しなくなってしまう。かと言って、駒場でない場所で部会を催して、あの会の圧力に屈した形になるのも癪である。向こうに正当性があるわけではなく、駒場から逃げださなければならないいわれは、こちらにまったくないのである。

ぼくは、木曜日に学生課に行き、翌金曜日の部室が借りられるか訊ねてみたが、あいにく茶道部が、大会前なので優先的に使用権をまわしているとのこと。三昧堂の使用は諦めざるをえなかった。

駒場寮の部屋を借りるのは、少し気がひけた。寮委員の部屋に、またあの江藤たちがいるかもしれないし、『宗教から駒場を守る会』のサークル部屋自体が、駒場寮の北寮の一室にある。駒場寮で部会を開けば、また、彼らが妨害に来るかもしれない。

かと言って、彼らの不当な弾圧に屈して、駒場から場所を移転するのも、わがサークルの矜持《きょうじ》を損なうものだと思った。その日の午後は、また『宗教から駒場を守る会』の連中が、銀杏並木で、〈救済・栄光教団〉と、小競り合いをしているのを目撃した。彼らの眼が、あちらに向いたままでいてくれれば、ぼくたちとしては助かるのだが――。

迷いつつも、北寮の寮委員の部屋にぼくは一人で赴いた。

ぼくが行ったとき、部屋には、二人の寮委員がいて、江藤の顔は見当たらなかった。南寮の三階の部屋の使用を申し込むと、あっさりと許可された。

というわけで、五月十七日金曜日の部会は、駒場寮の三階で行なうことが決まった。

第三の迷宮

1

南寮の三階は、駒場寮の中で最も荒廃した一角である。昭和四十年前後の、学生運動盛んなりし頃は、東大教養学部も、乱闘や破壊行為の横行する場所となり、駒場寮もそのときにかなり荒らされたらしい。駒場寮の四つの棟の中でも一番被害の大きかった南寮は、その後修繕されないままずっと放置され、十年前にようやく一階と二階の一部が修復されて、住居用の部屋として再び利用されることになったが、三階は今日にいたるまでずっと放置されたままである。

駒場寮の他の棟の各階には、東西にのびる廊下をはさんで、南北それぞれに部屋が十ずつ、計二十の部屋がある。一階は一桁、二階は10番台、三階は20番台と30番台の数字がわりふられていた。部屋番号は、西のキャンパス寄りの方から順に若い番号がふられ、

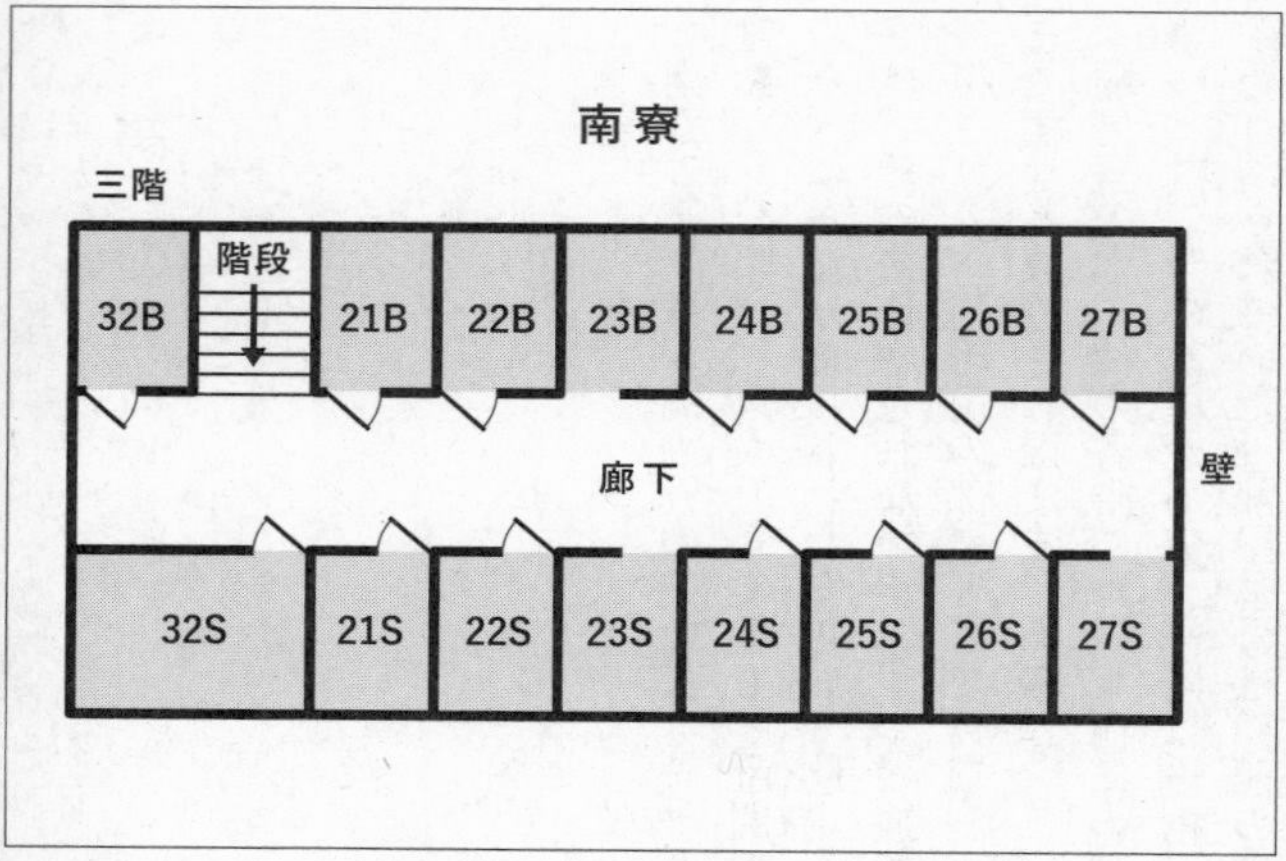

南側はS、北側はBという記号が、数字の後ろについて区別されていた。上階への階段は、どの寮の棟も、東西の端に一つずつあった。

ただし、南寮の三階は、東側の一部が、第一研究室と称する研究室用に区分けして使われようとしたことがあり、現在は廊下の東側は行き止まりになり、それより向こうの一角は、コンクリートで封鎖されまったく使用不能になっている。そのため三階にのぼれるのは西からの階段だけで、東側の階段は、二階で行き止まりになっていた。したがって三階は、一階と二階よりは部屋数は少なく、廊下の南北に七つずつ、階段そばに二つ、計十六の部屋があった。

南寮の三階への階段をのぼってすぐ向かいには、例外的に大きな「32S」の部屋がある。各寮の各階にあるこの位置の大部屋は、たいてい寮委員が詰める寮務室として使われていた。南寮以外の三階には、32Ｓの向かい、階段の西側に「32Ｂ」の部屋があるのだが、南寮三階のその部屋は封鎖されて使用不能になっていた。それ以外に南寮の三階には、十四の部屋があるのだが、サークル部屋として使用可能なのは、そのうちのわずか四部屋だけであった。

学生運動のときに、特にこの階は滅茶苦茶に荒らされたらしく、三階には部屋の扉さえついていない部屋が、23Ｂと23Ｓ、27Ｓと三部屋もある。この三部屋の荒廃は特にひどく、室内は塵芥《じんかい》がうずたかく堆積しているが、もはや放置状態であった。扉がついている部屋でも、21Ｂと21Ｓ、22Ｂと22Ｓ、25Ｂと25Ｓ、26Ｓは、やはり室内が荒廃して、電気配線も壊れているので、使われなくなっていた。そのうちの25Ｓの部屋は、物置や掃除用具入れとしては使用されていて、机や椅子や廃冷蔵庫などの大荷物類が雑然と積み上げられていた。26Ｓの部屋もやはり物置として使われているらしかった。ここは三階の部屋の中では唯一常時鍵が掛けられ、寮委員が鍵をもって開けるとき以外は閉鎖されていて『開かずの間』の異名をもっていた。

というわけで、南寮の三階に十四ある部屋のうち、サークル部屋として使用可能なのは、残る24Ｂ、24Ｓ、26Ｂ、27Ｂの四部屋だ。このうち、26Ｂは、牧島が自分の仕事部屋として、半ば私物化して常時使用していた。その部屋は名目としては、書き物部屋で、レポートや原稿を書く用事がある寮生が使用しやすいように、電灯のついた書き物机が数脚並べられ、何冊かの辞書類と文房具、書棚などが置いてあった。名目的には寮の管載している部屋なのだが、実質的にこの部屋の主となっていたのは牧島で、彼は、連轄の漫画を描く仕事をするときは、いつも三階のこの部屋にあがってきて原稿を描いていた。だから、この部屋は、サークル全般への貸出対象にはなっておらず、外部のサークルに貸出される部屋は、24B、24S、27Bの三部屋のみであった。この三部屋については、寮委員が鍵を管理し、サークル貸出のある日の日中は部屋が開けられることになっていた。

貸出のある日は、毎朝九時に、寮委員が鍵を開けにきて、部屋を開放し、午後八時から十時頃の夜の見回りの時間に、施錠されることになっていた。ただし、26Bの部屋は、鍵を牧島が管理していて、彼が使うとき以外は、大体施錠されて閉鎖されていた。彼が漫画執筆の仕事をするのは主に夜中なので、その部屋は、日中よりも夜間の方が開いている時間は長かった。

五月十七日の金曜日、ぼくたちが申し込んで確保したのは、一番奥の27Bであった。そこを、ぼくたちのサークルは、午後三時から二時間、部会用に借り出していた。

2

五月十七日、金曜日。

その日、午後三時から部会が南寮三階で催されることを記した紙を、その日の朝早くに、寮の自室の扉に張り出してから、ぼくは勧誘活動に出かけた。

ところが、午前十時頃に一旦自分の部屋に戻ってみると、扉の前に貼ってある紙の下側がなぜか破けていた。

「今日の部会。午後３：00より。南寮27Ｂで」

と横書きに書いた文字の下側四分の一くらいがそのせいで読めなくなっていた。「３：00」の下側が切れてしまったために、「２・⋒」と見えてしまい、これでは、午後二時と勘違いされかねない。そこで、別の紙にあらためて連絡の事項を書いて張り直しておいた。

その後ぼくは二限めの授業に出席し、昼休みに軽めな食事を生協食堂でとってから、学生会館にちらし制作の仕事をしに赴いた。

ぼくが、駒場南寮の三階に向かったのは、定刻にちょっと遅れて午後三時十分くらいだった。その時間までぼくと曽我と田中の三人は、学生会館の輪転機を借りて、ちらしの印刷と制作の仕事をしていた。三時になっても、ノルマの枚数のちらしが仕上がらなかったが、ともかく部会の時間が来たので、その作業は中断して、部会のひらかれる駒場寮へ向かうことにした。

南寮の階段を昇っていると、二階から三階への踊り場に着いた時点で、上階で何やら小競り合いか言い争いが起こっているのが聞こえてきた。その声の一人は、聞き覚えがあり、例の『宗教から駒場を守る会』の江藤のものだとわかった。うちのサークルの副部長である野中の声も聞こえたから、姿も見えないうちに、およその事情は察しがついた。

（また『宗教から駒場を守る会』の妨害を受けているのか……）

また、余計なことにエネルギーを使わなければいけないかと思うと、正直、心底うんざりした。

三階に近づいてみると、案の定、そこに集団で固まっていたのが、『宗教から駒場を守る会』の面々である。野中以下、ぼくたちのサークル員数名を、先に進ませまいとして、六人ほどが廊下に並んでスクラムを組み、通せんぼをしていた。

「めちゃめちゃな不当行為や。断固抗議する」

毅然とした声で、野中がそう言っているのが聞こえた。

「通すわけにはいかないな」ふんぞり返ったような、江藤の傲慢そうな声が響いてくる。

「おや？」

彼は、階段をのぼってきたぼくたちに気づいたようだった。

「援軍のおでましか」

「援軍なんかじゃない」ぼくは、腹の底からこみあげてくる怒りを、抑制しながら言った。

「何だ、おまえたちは⁉　何の権利があって、ぼくたちの正当な部活動を邪魔立てする？」

『宗教から駒場を守る会』員たちの壁に阻まれて先に進めないので、ぼくと曽我と田中の三人はやむをえず、階段の上のところで立ち止まった。うちのサークルで先頭に立って言い争いをしているのは、野中で、その背後に奥元、墨田といった女性勧誘員たちがいた。

奥元は、ぼくの姿を認めて「せんぱぁい」と嬉しそうな声をあげ、階段を下りて、ぼくの腕にしがみつきに来た。

「奥元……」

「先輩、あの人たち、ひどいんですよ。あたしたちを、部会の部屋に通さないって言うんです」

「邪悪な宗教団体を阻止するのが、おれたちの正当かつ有意義な部活動だ」鼻の先に生意気な薄ら笑いを泛べながら江藤がこたえた。

「また、そんな不当な弾圧をするつもりかっ⁉」怒りに駆られて、ぼくは、怒鳴り口調で言った。

「何が不当な弾圧なものか」

自分がいかした男だと勘違いしているのか、江藤は、テレビタレントがやる決めポーズのように、茶色い髪をかきあげて言った。

「そこをどけ。ぼくたちは、正規の手続きに則《のっと》って、部会用の部屋を借りたんだ」

「俺たちの部員が寮務室にいない隙に手続きをしたからと言って、それで正規の手続きのつもりになってもらっちゃあ困るな」

「なにを勝手な……」

「通せ」「通さぬ」と押し問答がなされ、しばらく沈黙のにらみ合いが続いた。

やがて江藤の隣りから、冷たい目つきをした長髪の男が現れた。

「私が『宗教から駒場を守る会』の部長をしている須永《すなが》だ」と彼は名乗った。「われわれのやっていることを誤解してもらっては困るな」

「どこが誤解だというんだ？」

「ぼくらがやっているのは、決して不当な排除行為ではない。駒場寮で定められた規則に基づいた阻止行為なのだ」

「どこが規則どおりなんだ？」

「この駒場寮の部屋をサークル貸出するときに、いくつかの禁止事項がある。

その一つは、学生でない構成員を中心とする団体に部屋を貸し出すこと。

もちろん、他大学との合同サークルもあるから、他大学生がサークル員に入っている会合は構わないが、社会人や活動家が加わっているのは禁止になっている」

「それがどうした？　ぼくらは学内生だぞ。証明がほしいなら、学生証で確認すればいい」

「禁止事項のもう一つは、反社会的活動や犯罪行為を助長するおそれのある団体に貸し出すこと。あなたたちのサークルは、『週刊新春』の宗教特集記事で、危険な団体と書かれた教団に属している。この点に関する、正当な申し開きがないかぎり、あなたたちに無条件で部屋を貸すわけにはいかない」

「あれは、まったく不当な、臆断と捏造《ねつぞう》の、でたらめ記事だ」

「それはどうですかね。当事者の主張だけでは、信じるわけにはいきませんからね。まず、あなたたちの学生証を確認させてもらえますか？」

須永にそう言われたので、やむなく、ぼくたちは学生証を出して提示した。野中、曽我、墨田の学内生組は、常時携帯している学生証をすぐに見せることができた。須永の横にいた、きつね顔の男が、食い入るような眼で、ぼくらの学生証に見入っていた。他の、他大学の勧誘員たちも、自分の所属する学生証を提示した――が、ぼくの腕をつかんでいた奥元三津子が、

「ごめんなさい、今日は、あたし、学生証もっていません」と言う。「自分の大学に行くときには持っているんですけど、今日ここに来るのには要らないと思って、持ってこなかったんです」

「学生証がないと、あなたが大学生だと証明ができませんねえ」と須永がひややかな眼差しを投げかけながら言う。

「なにを言うのよ」と桑田女史が言った。「この子は、私と同じ大学に通っているのよ。同じ大学の英文科に属しているのは私が保証するわ」

「そう言われても、この場で証拠を何か見せていただかないとねえ。学生証をもっていない構成員がいるサークルとなると、駒場寮の貸出規則に違反することになります」

「そんな……私の保証が、証拠にならないって言うの？」

「規則を厳格に適用すれば、そうなりますね」

「そんなことを言うなら」と曽我が声を荒らげた。「おまえたちも学生証を、俺たちに見せろ。おまえたちも、学内生だという証拠を、俺たちは見せてもらっていないぞ」

曽我がそう言った瞬間、須永の横にいた、きつね顔をした若者がちらりと眼を逸らすのをぼくは目撃した。

「言うにこと欠いて、世迷い言をおっしゃる」須永は皮肉っぽい態度を崩さずにこたえた。「ぼくたちのサークルは、駒場生だけで構成された、純学内サークルですよ。学外生がいるわけないでしょう」

「そんな言い方で通るなら、この子が学生だという彼女の保証だって認められるはずだろう」

「これで納得していただけますか」と言って須永は、ポケットから自分の学生証を取り出して見せた。

「君の所属だけは、な」と曽我はこたえた。「他のメンバーについては、まだ認められないな——」

そこにまた後ろから、人が数人ぞろぞろと昇ってくる音がして、振り返ると、ぼくにとっては知らない顔ぶれだった。みな胸のあたりに緑の羽根をさしている。

その数人は、立ち止まっているぼくたちの人垣をかきわけて、中へ進んでいく。

「えっと、あなたたちは、雅楽研究会の？」と江藤が彼らに質問すると、相手は一斉に肯定の頷きをかえした。

その人たちを通すために、さっと『宗教から駒場を守る会』のスクラムが横に退いた。その合間をぞろぞろと、『雅楽研究会』と名乗った一団が通っていく。

「雅楽研究会？」ぼくはちょっと首を傾げた。「今日の部会用に南寮の三階を借りたのは、ぼくらだけだったはずなのに――」

昨日駒場寮の寮委員の部屋で貸出内容を確認したときも、今日この時間に、この階の部屋を借りる予定のサークル・団体は、ぼくらの他になかったはずだ。

「今日の部会に借りる予定だった校舎の建物が、急に使えなくなりましてね」

ぼくの言葉を小耳に挟んだ、緑の羽根をつけた部員の一人が、ぼくの方を向いて言った。

「開催予定のシンポジウムが予定外に人数がふくらんで、元々ぼくらが借りることになっていた、その隣りの教室まで、使うことになってしまって。それで、この寮に頼んで、今日は、急遽予定を変更して、こちらを部会の部屋に貸してもらうことにしたんです」

「なるほど、そういう事情ですか――」

「失礼します」軽く目礼して、彼は、ぼくらのいるところを越えて、三階の廊下へと進んでいった。

『雅楽研究会』のサークル員たちはぼくたちが足止めを食わされている間を通り抜けて、上の階へと進んでいく。

「ちょっと待った！」と曽我が声をあげた。「このサークルは、学生証をチェックしなくていいのか？」

そう言われて、『宗教から駒場を守る会』の面々に、ちょっと困惑した空気が流れた。須永が、『雅楽研究会』の先頭を歩いていた、部長らしい人物に、

「念のため、学生証を拝見させてもらえますか？」と頼んだ。

「他の部員もですか？」とその部長らしい人物が聞き返した。

「ええ、そうしてもらえると助かります」

「わかりました」と頷いて、彼は「おい、みんな！　ここを通るときは、学生証を見せるように」と指示した。

『雅楽』の部員たちは、部長らしい先頭人物の指示を受けて、みな学生証を取り出し、階段の上で待機している『宗教から駒場を守る会』の面々に学生証を見せながら、ぞろぞろと上の廊下に入っていった。彼らは、三階の廊下をずんずんと進み、24Sの部屋に入っていく様子だった。彼らが、今日の午後、借りているのは、どうやらその24Sの部屋らしい。

そのサークル員の後に付いてぼくらも三階の廊下に入ろうとしたが、すばやく、『宗教から駒場を守る会』の男たちが陣を組み直し、ぼくらの進入を阻んだ。

「何をする」

「おまえたちを通すわけにはいかないな。あちらのまっとうなサークルとは、違うのだから」と江藤が言う。

「邪魔はよせ！」

ぼくたちは口々に異議を唱えたが、彼らに耳を貸す用意はなさそうであった。

その後も一人二人、ぽつりぽつりと、『雅楽研究会』の一員は、やって来た。どうやら、緑の羽根を彼らは全員つけているらしいので、その羽根で『宗教から駒場を守る会』も判別をつけているようだった。

それでも念を入れてか、新しく階段をのぼって来る者がいるたびに、『宗教から駒場を守る会』のメンバーがその都度、所属しているサークル名を訊ね、学生証を確認してから、恭《うやうや》しく列をあけて中に通した。

聞く耳を持たぬ連中に何を言っても無駄とは思いつつも、ぼくと野中、曽我の三人は、須永、江藤ら『宗教から駒場を守る会』の主力メンバーと対峙しあい、押し問答をし続けた。まったく話し合いとしては成立せず、通せ、通さぬという平行線をたどるばかりの不毛さに、内心うんざりさせられた。

三時半近くになったとき、階段を昇ってくる背広姿の男がいた。見ると、編集の末木である。

彼は階段の上に立っているぼくの顔を認めて、

「あれ、葛城さん？　どうしたんです、こんなところで？」と声をかけてきた。

「いや、それが……」とぼくは口籠もった。

「あなたも彼と同じサークルの方ですか？」と江藤が、末木をじろじろと眺めながら訊いた。

ぼくと顔見知りなので、ぼくと同じ教団員かと推測したのだろうが、それにしては、末木が、ネクタイをつけた背広姿という大学生らしからぬ服装をしていて、年齢も一般の大学生よりはずっと上に見えるので、江藤は不思議に思ったのだろう。訝《いぶか》しげな顔つきで末木に質問を発していた。

「いや、私は、牧島先生を担当しているS出版社の末木という者です」

と言って彼は江藤に自分の名刺を見せた。

「ああ、牧島さんの担当の」と江藤も了解した様子だった。「どうぞ、お通りください」

そう言って、江藤らは、末木を通すために道を開けた。

いま一つ事情が飲み込めないらしい末木は、首をひねりながら、それでも、中に入っていった。

彼は、『雅楽研究会』が会合を催している24Sの前を越え、26Bの部屋の前に来て止まった。そこが牧島の仕事部屋であるのは、わきまえているらしい。

「牧島さん、原稿の進行状況はいかがでしょうか」

そう言って、末木が、扉をノックする音が聞こえた。

「牧島さん……」

何度か呼んでいるのに、返事がないので、末木は、廊下のぼくたちがいる方角に首を向けて、

「あの、牧島さん、今こちらの部屋ですよね？」と訊ねてきた。

すると、『宗教から駒場を守る会』の一員らしい男性が、

「ええ、そのはずです」とこたえた。「その部屋で仕事をしているのを見ました。部屋を出たのは見ていないので今もそこにいるはずです」

「どうしたのかな？」と言って、末木は、扉のノブに手をかけた。

鍵はかかっていなかったらしく、扉はすっと開いた。

「牧島さ――」

と言いかけて、末木の声がとまった。動作が凍りついたようにとまり、硬直して立っている。

「？」

末木の仕種を不審に思って、階段そばにいた人たちも、皆末木の方を向いた。

数秒のち、末木の口から、つんざくような悲鳴があがった。

「血、血がぁーっっ！」

3

異変に気づいて、押し問答は中断され、ぼくたちサークル員と、『宗教から駒場を守る会』のメンバーも皆、末木が立っている26Bの部屋の方に駆けつけた。

末木のあげた悲鳴に気づいて、24Ｓにいた『雅楽研究会』のメンバーも顔を覗かせ、何事かと近づいてきた。

「あ、あれは……⁉」

膝をがくがく震わせながら、末木は、部屋の戸口のところで、中を指差している。

須永と江藤が真先にその部屋にかけつけ、中の光景を見て、絶句した様子でいる。彼らに続いて、ぼくと曽我と野中も、背中越しに26Ｂの室内の光景を覗き込んだ。

中は、凄惨な血まみれの光景が広がっていた。

部屋のほぼ中央に置かれた、こたつ机の上につっぷして倒れている牧島の姿が眼に入った。首の周りから大量の赤い血が流れ、こたつ机から絨毯《じゅうたん》にかけて、大きな血溜まりができている。顔が下向きで後頭部の一部しか見えず、傷口がどこかは、はっきり確認できなかったが、首のあたりを切られて出血しているように見受けられた。

「先輩……」とその光景をぼくと一緒に見た奥元が、ぼくの腕にぎゅっとしがみついていた。

そっと彼女の身体を抱くと、小刻みに震えているのが伝わってくる。

「ここにいろ。女の子が見るものじゃない」

そうさとして、奥元を引き離し、ぼくは一人で部屋に足を踏み入れた。

室内に他に人影はないかと左右を見回したが、廊下にいるぼくたち以外に人の気配はなく、人が隠れていられる場所は室内のどこにもなさそうだった。

駒場寮の一室はどれもほぼ同じ大きさで、畳換算では十二、三畳という広さだ。標準的な寮生の部屋では、壁の端に沿って二段ベッドが置かれているのだが、南寮三階のこの部屋は、住居としては使われていないので、室内にベッドはなかった。

かわりに、左右の壁際に沿って、机と椅子が四組ずつ置かれ、室内では八人が椅子に坐って勉強できる設備があった。床には、かなり古びて少し黴《かび》っぽい赤い絨毯が敷かれていた。中央に置かれたこたつ机の上はすっかり血にまみれていて、牧島が描きかけだったらしい漫画の原稿用紙と、ペン、墨汁、定規、コンパス、テーブルライトなどが散乱していた。

扉から向かって右側には、牧島の身体の方を向いて、扇風機があり、そのコンセントは壁の電源に差し込まれていた。タイマー式のもので、「強中弱」と三段階ある強さの調節ボタンの「中」が押されていたが、タイマーの目盛りがゼロに合わされていて、回転はしていなかった。扇風機は少し前のめりに傾いて、その前の低いテーブルにもたれかかっていた。その扇風機の左手には、大手メーカー製らしい、電気掃除機がひっくりかえっていた。扇風機の羽根のつけねには長いゴム紐のようなものが絡《から》みついていた。

ぼくは、部屋に足を踏み入れて、ぐにゃっとした感覚を覚えて、下をみると、扇風機の羽根から垂れているゴム紐を踏みつけていた。その紐を持ち上げると、片方の先端には、黒いゴム袋のようなものが被せられていた。

「牧島……！」

思わずそう叫んで、曽我が牧島に駆け寄ろうとしたのを、須永が制止した。

「待て。現場をみだりに動かしてはいかん――」曽我を制してから須永は、ぼくの方に向いて、「君もあまり部屋に立ち入るんじゃない」と命じた。

「ええ、でも……」

「しかし、すぐ手当てしないと――!?」と曽我が言った。

「おいっ!」と横の須永が、32Sの部屋の近くにいる、同じサークルに属する者たちに声をかけた。

「すぐ、一一〇番と一一九番に電話してこい。重傷の怪我人がいると伝えろ」

「は、はい!」とそこにいた男子学生がこたえ、飛ぶように階段を下りていった。

南寮の一階の出口を出れば、すぐ横の中寮前に公衆電話のボックスがあったから、二、三分もあれば、通報はできるだろう。

「このまま放っておくわけには――」と曽我が言うと、須永は頷いた。

「後で床も捜査されるかもしれないから、慎重にな」と須永は言って、中に入っていった。

その後に、江藤と曽我も従う。

ぼくは牧島の身体のすぐ後ろにある窓に目をやった。彼の身体の位置は、奥の窓のごく近くにあり、背中はほとんど窓の下の壁際にくっついていた。そこの窓は、擦《す》りガラスがはめこまれ、十センチほど開いていて、空が覗けた。そこから何者かが侵入したかもしれないと考えてぼくは窓のところに行って、外を覗いたが、窓の下の壁やその近辺に、ロープや足跡などの痕跡は見当たらなかった。

駒場寮の部屋の構造は大体どこも同じようなものだから、ぼくの知っている範囲内で判断すれば、寮の三階の部屋に壁づたいに人が侵入するのはまず不可能であると言ってよかった。窓の外には、足場はなく、登山用の登攀《とうはん》道具を用いるか、あるいはヘリコプターから縄梯子でも垂らすかすれば別だが、そういう特殊な道具を使わないかぎり、人が窓から入ってくるのは無理なはずだ。

なにか窓に仕掛けか不審な点はないかと観察すると、木製の窓枠のところに、斜めに太い釘が打ち込んであるのに気づいた。その近辺の木枠が崩れかけていたから、それを修理するために打たれたのかとも思えた。

自殺でなく殺人犯人がいるとしたら、この窓ではなく、扉を使って出入りしたとしか考えられない。人が窓から出入りした可能性はまずないことを確認してから、ぼくは、入口の方に戻った。

入口から廊下の方を覗くと、奥の27Bの部屋から、想亜羅がひょいと顔を覗かせているのが見えたのでぼくは驚いた。彼女がぼくたちより先に、その部屋にいたことにぼくは気づいていなかった。

「想亜羅！」

「あら、葛城さん、どうしたの？　何の騒ぎ？」

27Bの部屋を出た彼女は、こちらに近づいてきながら言った。

「牧島が大変なんだ！」

「え、牧島さんが――？　あっ――！」

26Bの中の光景を見るなり、想亜羅も驚愕して、絶句したようだった。

「死……死んでるの？」

「わからないが……」とぼくは首を振った。

血溜まりをよけつつ中に入っていった須永と曽我は、牧島の身体を背後から抱き起こした。

予想どおり、首のあたりに、ざっくりと深い傷痕があるのがわかった。既にその傷口からの流血は止まっている様子だった。

須永が、牧島の身体に近づいて、その手首の脈をとった。しばらく、深刻そうな表情で脈を計測していたが、やがてぽつりと、

「だめだ……こと切れている」と言った。

「だめ⁉」とぼくは声をあげた。「死んでるってことか……⁉」

「そのようだ」重々しい声で須永はこたえた。「救急車を呼んでも、手遅れだろう」

「牧島さんが……」戸口のところにたたずんでいた末木は、膝をがくがくと震わせていた。「どうして、そんな……⁉」

「自分で首を切ったのか、それとも、誰かに切られたのか⁉」

「それはわからないが、近くに兇器がない。そばに兇器が見つからないとなると、他殺

の疑いが濃くなる」

「そんな……誰がやったんだ⁉」

「おい」と、戸口のぼくの後ろに立っていた、『宗教から駒場を守る会』の若者が言った。「一体、誰がそんなことができたんだ？　俺たちは、ずっとここの廊下を見張っていたんだぜ」

「そうだ。牧島さんが、ここにいるのを確認して以降、俺たちはずっとあそこで、見張りをしていたんだ。よそ者が、この部屋に入れたはずはないぜ」とこたえたのは、さきほど学生証を見つめていた、きつね顔の若者だった。

「じゃあ、誰が――⁉」とぼくが訊くと、

「決まってる、その女だ」とその若者は、想亜羅の顔を指差した。

「そうだ」と隣りの丸顔の若者も唱和した。「そいつが犯人だ。そいつしか、この部屋に入って殺人をすることはできないはずだ！」

いきなり殺人犯の疑いを投げかけられて、想亜羅はさっと顔色を変えた。

「なんであたしが――⁉」

「俺たちが見張っていた間、ここの部屋の戸が二度ほど開閉したのは見ていた。そのときに、奥の部屋にいたおまえなら、この部屋と行き来ができた。おまえ以外にこの部屋に近づけた者はいない。だから、おまえが犯人だ――」

「待て待て」とぼくが異議を唱えた。「状況もわからず、自殺か他殺かもはっきりしないのに、あらぬ疑いをかけるのはよせ」

「あらぬ疑いじゃない。俺たちが証人なんだ」

「君たちが、そこで番をしていたのは、いつからいつまでなんだ?」とぼくは質問した。

「一時半にここに来てから、ずっとだ」と一人がこたえた。「その間、ずっとあそこで見張っていた。一時半にこの階全部を見回ったときには、牧島さんが、この部屋で無事でいるのを俺がこの眼で確かめている。それ以降、あの発見者がここに来るまで、この部屋に近づいた者は、ここより奥の部屋にいた、この女性しかいない。だから、この部屋で犯行ができたのは、この女性だけだ」

「待ってくれ」とぼくは反問した。「でも、三時になってから、『雅楽研究会』の人たちもはいって来ただろう。彼らも、君らが番をしていたところを越えて、この三階の奥にまで入ってきているじゃないか」

「それはそうだが、彼らが入っていったのは、この部屋より手前の24号室だ。彼らの動向もこの眼で見ていた。彼らは皆、ここより手前の部屋に入っていって、それより奥に行った者はいない」

「あまり先走らないでほしい。どうしてそんなことが軽々に断言できる?」

「だから俺たちが見ていたと言っているだろう」

その場では、混乱していて、明確に事態がとらえられなかった。

そうこうするうちに、救急車と警察が到着して、この部屋に上がってきた。通報してから十分ないし十五分くらいしか経っていなかったから、その到着はかなり迅速であったと言えるだろう。

最初に部屋に入ってきたのは白衣を着た、二人の救急隊員で、そのうちの一人に末木が簡単に発見したときの状況を説明していた。もう一人の隊員がすばやく、牧島の身体をあらため、傷口を検分していたが、すぐに絶命していることを確認したのか、首を横に振っていた。その隊員の仕種で、牧島に蘇生の見込みのないことが、見ている者一同に伝わった。その救急隊員は、白衣の下から無線を取り出し、何やら報告をしている。こちらに向かっている警察隊に、何か報告をしている様子で、「……事故、自殺……殺人の疑いも……」といった言葉が、断片的に聞き取れた。

現場からの報告を受けて、警察の側でも、既にこの事件が殺人の疑いもあるということはわきまえてきたらしい。

さして間をおかず数名の警官隊が到着し、部屋の前にロープが張られた。てきぱきと指示が出され、制服姿の警官と、私服の刑事が数名、牧島の遺体を検分し、手際よく分担作業で現場の調査が開始された。上官らしい刑事は現場を見ながら、別の刑事と、部屋の前で、声をひそめて会話をしていた。

「自殺なら兇器が残っているはずです」

「室内を隈《くま》なく探させろ」

というような刑事たちの会話を小耳に挟むことができた。

その指示どおり、警察官たちが数人で、室内にある物を丹念にチェックし始めた。主目的は、牧島の首を切った兇器を発見するためだろうと思われた。

同時に、青い制服を来た鑑識員たちが数人詰めかけ、室内の検分作業を開始した。大きめのカメラで、室内をあちこちのアングルからフラッシュを焚いてパシャパシャと撮影し、指紋の採取作業も開始された。

一方、現場にいたぼくたち関係者は、やって来た警察官の指示で、32Sの大部屋に移動させられた。ぼくたちのサークルの人間が八人、『宗教から駒場を守る会』のメンバーが七人、雅楽研究会のメンバーが十四人、そして末木と、計三十名にものぼる大所帯が、一室に詰め込まれた。かなりぎゅうぎゅう詰めで、ほとんど押しくらまんじゅうに近い状態であった。

その大部屋を仕切ったのは、肩幅が広く、恰幅のよい肌の黒ずんだ男で、警察手帳を一同に見せて、中西警部補と自己紹介をした。

中西警部補は、発見者となった末木から順に、現場の状況と経緯を簡単に説明するよう求めた。

友人の遺体を目《ま》の当たりにしたショックで、しばらく自失状態で何が何やらわからなかったが、順序立てた訊問が開始されるようになって、ようやく精神的に少し落ちつきを取り戻すことができた。やがて、その場に居合わせていたぼくにも、刑事から質問が向けられ、それに順にこたえていくことになった。他の人の証言を聞いているうちに、その日のあの部屋および南寮三階の人の動向の大体把握することができた。

そして、なぜ、さっきの男二人が『想亜羅しか犯行ができたはずがない』と主張していたのか、その理由も把握できるようになった。

ここでぼくが聞いた、一人一人の証言を順に書き記してもいたずらに煩瑣《はんさ》になるばかりである。その場での証言を聞いていて、ぼくのわかった範囲内で、複数の証言に裏付けられた、その日の南寮三階での人の動向を、時系列順に再構成してみることにしよう。

4

その時刻以前にあった南寮三階での人の出入りは、後から聞いた話を含めて再構成すると、以下のようになる。

その日の午前九時頃、毎日の日課通り、南寮三階の、サークル貸与用に使われる三部屋の鍵をもった松田という寮委員が、部屋の鍵を開けに南寮三階にきた。南寮三階は、サークルに部屋の貸出がない日は一日中施錠されたままにしておくことも多いそうだが、どこかの部屋が貸出されている日は、寮委員がその日の午前中に、サークル貸出用に使われる部屋ぜんぶの鍵を開けにくることになっていた。その日は、ぼくらのサークルが一室を借りる予定になっていた――あとから飛び入りで『雅楽研究会』が24Ｓの部屋を借りることになるのだが――ので、寮委員は、24Ｂ、24Ｓ、27Ｂの三部屋とも、午前九時頃にやって来て鍵を開けて行った。寮委員の松田に確認して聞いたところでは、その時点では特に不審なことはなかったという。松田委員は、三部屋の鍵を開けてから、各部屋の室内を覗いたが、中は特にいつもと変わったところはなく、人が隠れていたり、侵入者が入っていた形跡はまったくなかったと言う。

松田委員が部屋の鍵を開けているのとちょうど同じ午前九時頃に、漫画を描くための道具をもって、牧島が、南寮三階に昇ってきたという。彼は自分の鍵で、26Bの鍵を開け、その中に入っていったのを松田委員は目撃したという。

鍵開けを終えた松田委員は北寮の自室へと戻り、その後午後一時半頃までは、南寮三階にどんな人の動向があったか、証言する者はない。ただ、南寮二階の11Bの、一番階段そばに住んでいる寮生が、この間大体部屋にいて、読書をしたり昼寝をしたりしていたそうであるが、午前九時から午後一時半までの約四時間半に、人が出入りする足音を聞いた覚えはないという。しかし、昼寝をしていた間の出入りについては、その寮生も確言しようがなかったので、この間の南寮三階への人の出入りは、不明としか言いようがなかった。

そして午後一時半になり、『宗教から駒場を守る会』のメンバーである、津野《つの》と烏山《からすやま》という二人の若者が、南寮三階にやって来た。ぼくが南寮三階について押し問答をやっていたときに、須永部長のそばにいたのを見たきつね顔の男は、その烏山という男であるとわかった。

ぼくたち〈天霊会〉のサークル――『思索と超越研究会』が、今日南寮の三階で部会を行なう予定であることを知ったので、津野と烏山は、その妨害をするための先発部隊としてそこにやって来たそうである。彼ら二人は南寮三階に来てすぐ、その階に誰かいないか、奥の部屋までずっとチェックして回ったそうであるが、26Bで机の前に坐って仕事をしている牧島の姿以外誰も見なかったそうである。

彼ら二人は、これからやって来るであろう『思索と超越研究会』のメンバーの来訪を阻止するために、西階段をのぼってすぐの32Sの前の廊下に陣取り、椅子に坐って将棋を指しながら、待機を始めた。

午後二時になり、想亜羅が単身、南寮の三階に現れた。彼女の証言では、朝八時頃に、ぼくの部屋に貼られた紙を見て、今日の部会は、午後二時からであると誤解して、その時間にあわせて来たらしい。

三階に現れた彼女を見て、津野と烏山は、戸惑ったらしい。彼らは、前にぼくらが三昧堂で部会をしていたときに襲撃したことがあり、そのときそこに居合わせたぼくらサークル員の顔は覚えていたのだが、想亜羅の顔は知らなかったらしい。

「君は『思索と調律研究会』の一員か？」と津野が想亜羅に質問した。

そのとき津野が勘違いしていたせいで、ぼくたちのサークル名とは一文字違う『思索と調律研究会』という名前が訊かれたので、想亜羅は即座に「違います」と回答したという。それから確認のため、津野は想亜羅に学生証の提示を求めた。学生証を見せ、駒場の学内生なのが確認されると、想亜羅は通るのを許された。

想亜羅は、うちのサークルの部会が行なわれる予定と聞かされていた、奥の27Bの部屋に入ったが、そのときに、手前の26Bの扉は半分開いた状態で、中で漫画描きの仕事をしている牧島の姿がちらりと見えたという。27Bの部屋に入ると、そこに用意されたポットに沸いたお湯が入っていたので、自分でお茶をいれて飲んだという。その部屋のテーブルに伝言として、「先に来た人は、この傘立てを直しておいてください」というメモとともに、留め具が外れた傘立てが置いてあった。

想亜羅はそれを読んで、その傘立てを直すのが、早く来た者の務《つと》めかと思って、その修理にとりかかったそうである。しかし、この傘立ては、ねじの穴のところも壊れていて、延々と取り組んでも修理はうまくいかず、その作業に専念しているうちにほぼ一時間がたってしまったという。

一方、午後二時半になって、『宗教から駒場を守る会』の主力メンバーである須永、江藤、岡嶋《おかじま》、武藤《むとう》の四人が、南寮三階にやって来た。

ぼくの部屋の前の貼り紙を確認した岡嶋が、

「やつらは三時から部会をそこの部屋でやる予定らしいぞ」と報告した。

彼らは、ぼくらがそこにやって来たとき、中に入れないようにするために、階段と32Sの間の廊下に椅子を出して坐って待機した。廊下を塞いで、ぼくらを中に入れさせまいというもくろみである。

それから午後三時までのおよそ三十分間に、牧島のいた26Ｂの扉が二度ほど開いてまた閉まったという。その時刻は、大体午後二時四十五分前後と、午後二時五十五分頃だったという。須永、岡嶋、武藤は、階段寄りの位置にいて、廊下はよく見えなかったという。その間、ずっと奥の廊下まで見通せる位置にいたのは、烏山、津野の二人だそうだ。南寮三階の部屋の戸は、開閉時にどれもギギーッという大きな音をたてる。津野が音に気づいて見たときには26Ｂの戸が開いていたという。椅子に坐って待機していた津野と烏山は、26Ｂと27Ｂの間で、人の行き来があったような印象をもったが、外開きの扉に阻まれて視界が効かず、人の出入りがあったかどうかははっきりわからなかったという。

一方その間、奥の27Ｂの部屋にいた想亜羅も、その津野らの証言に対応して、同じ頃に隣りの26Ｂらしい部屋で、扉がバタンと開閉する音を二度ほど聞いた覚えがあるという。室内にいた想亜羅は、隣りの牧島が、部屋から出ていって、また数分後に戻ってきたのだろうと漠然と思ったという。二時きっかりからずっと待っているのに、自分以外誰もこの部屋に来ないのでおかしいと不安になりつつも、傘立ての修繕に専念しながら、ずっと部屋で待っていたという。

大体以上が、証言から確かめられる範囲内の、当日の南寮三階の午後三時以前の人の動向である。

ここで問題となるのが、牧島の死が殺人だとした場合、誰がその部屋に近づくことができたのかということである。

午前九時に仕事場の部屋に来て以降、牧島はたぶんずっとあの部屋にいたのだろうと思われるが、『宗教から駒場を守る会』のサークル員たちがやって来た午後一時半までの時間に、誰かあの部屋を訪ねた人間がいたかどうかはなんとも判断ができない。牧島以外に誰もいなかった昼間の時間帯に、彼が南寮三階にずっといたか、それとも外に出ていったかも、証人がいないので確かなことはわからなかった。

午後一時半に津野と烏山がやって来て、南寮三階の部屋を全部見て回ったときには、26Ｂの牧島の姿しか見なかったという。もちろん、警察の捜査のように、部屋の中を隈なく探して回ったわけではないから、そのとき津野と烏山の眼を盗んで、何者かが三階に隠れていた可能性を、完全に排除することはできない。しかし、物陰に隠れているとか、牧島が仕事部屋のどこかに意図的に匿《かくま》っているとかしないかぎり、一応その時点で、南寮の三階にいたのは、津野と烏山の二人は別にして、牧島一人であった可能性が大きいことになる。

牧島の死亡推定時刻は、そのときにはまだ知らされていなかったが、想亜羅が午後二時過ぎに27Ｂの部屋に行ったときに、その手前の26Ｂの部屋で仕事をしている牧島の姿を見たと言う証言を信じるなら、午後二時よりは後になるはずである。末木が、牧島の死体を発見したのが、午後三時半過ぎであるから、ともかくその一時間半の間に、牧島の死亡時刻がくることは間違いない。

　午後二時半に他の『宗教から駒場を守る会』のサークル員が到着し、午後三時過ぎには、ぼくたち〈天霊会〉の『思索と超越研究会』メンバーが到着し、続いて『雅楽研究会』の会員たちがやって来るようになった。『雅楽』のメンバーはすんなりと24Ｓの部屋に通してもらったが、ぼくたちのサークルは通してもらえず、32Ｓの部屋の前から階段のあたりで、立ったまま押し問答を繰り広げることになった。

　その間も、津野と烏山の二人は、32Ｓの椅子を廊下に出し、ずっと南寮三階を見張っていたという。津野と烏山のうち、烏山は、死体発見時刻までずっとそこにいたと証言しているが、津野は、手洗いに行くために三時前に一回場を外したという。三時以降ぼくらのサークルが現れてから、死体発見までの時間は、二人とも、ずっと三階の奥までが見える位置にいたが、津野の方は、ぼくらとの問答に気をとられて、廊下から注意がそれていた時間はかなりあることを認めた。それに対して、烏山は、自分がずっと廊下の動向は注視していたと主張している。

　彼ら二人の証言を信じるならば、26Ｂの部屋に入って犯行をなす機会があったのは、想亜羅だけだと言う。

　なぜなら――

　三時以降、やって来た『雅楽』の会員は、みな26Ｂよりは二つ手前にある24Ｓの部屋に入っていき、それより奥に行った者はないという。したがって、彼らサークル員の中に、26Ｂに行って、牧島殺しの犯行をなすことができた者はいないだろう。

一方の想亜羅である。

彼女自身の証言するところでは、二時に27Ｂの部屋に入って以降、牧島の遺体が発見されるまでのおよそ一時間半ほどの間、ずっとその部屋にいて、他の部員が来るのを待っていたという。なかなか他の部員が現れないので、確かめに行こうかと思ったが、伝言に残された傘立てがなかなか直らないので、ずっと修理に取り組みながら部屋にいたと証言している。

また、津野と烏山の証言によれば、午後三時前に二回、26Ｂの扉が開閉するのをみたという。

外開きの扉が廊下に向かって開くと、津野と烏山のいた位置からは、それより奥の領域は視界が効かなくなる。したがって、26Ｂの扉が開くと、27Ｂの扉が開閉しても見えなくなる。そして、聞こえた音の感じでは、津野は、扉が開いたとき、奥の27Ｂの部屋も扉が開いたような印象をもったという。とすると、その間に、26Ｂと27Ｂの間では、人の移動が可能だったことになる。

その開閉が三時前に二回あり、その間26Ｂの扉の向こうは、津野と烏山には見えなくなった。そのため、彼らの視点からは、26Ｂにいた牧島が、27Ｂに行って帰ってくるか、あるいは、27Ｂにいた想亜羅が、26Ｂに行って帰ってくるのが、両方とも可能ということになる。

想亜羅はそれに対して、自分は二時以降ずっと27Ｂの部屋にいて、部屋を移動した覚えはないと言う。隣りで扉が開閉する音が、三時前に二度あったのは、隣室にいた彼女にも聞こえたというが、自分のいた27Ｂに人の出入りは一切なかったという。

26Ｂの部屋は、ぼくが見たとおり、窓は開いていたが、三階の窓から人が出入りをするのはまず無理なつくりになっていた。ロープでも渡して壁にへばりつけば、窓からの侵入も可能であろうが、刑事がざっと窓枠から外を検分したところでは、人の侵入に窓が使われた痕跡は発見されなかったという。

5

ぼくたちへの訊問が一段落したとき、検死官らしい人物が、牧島の遺体を調べて、その結果を刑事たちに報告しに来た。それによると、とりあえずの見積りでは、牧島の死亡推定時刻は、遺体の体温から概算して、午後三時の前後十五分ほどの範囲内になるという。死因は喉を切られたことによる出血多量で、受傷後間をおかずにこと切れただろうとの見解であった。前方右斜め前からざっくりと、鋭い刃物か剃刀のようなもので、首のつけねの頸動脈が切り付けられ切断されていた。外から強く押し込むような力が傷口にかかっていて、その傷口の形状からして、どちらかというと他殺の可能性が強いとの見解を検死医は示した。被害者が自分でここまで首を切り付けるのは、不可能とは言えないが、普通は自分で首を切ろうとしても、致命傷になる前に失神してしまうだろうという。この傷を自分でつけるのは、よほど強靱《きょうじん》な意志力がないと難しいので、自殺の可能性は低いだろうとの判断であった。

津野と烏山は、想亜羅が敵対する〈天霊会〉の一員であることを認識したせいか、訊問を受けている最中から、「こいつだ！」「この女がやったに違いない！」と叫びはじめた。その二人の煽《あお》りを受けて、『宗教から駒場を守る会』の会員たちもまた、「その女だ」「その女が殺したんだ」と口々に想亜羅を告発し始めた。

「やめろ！」とぼくは声を張り上げた。「なんの証拠もないのに、人を告発するのは！まだ牧島が殺されたのかどうかさえはっきりしていないんだぞ」

しかし、唱和するシュプレッヒコールで相手の抗議や異議を唱える声を封殺するのが、『宗教から駒場を守る会』の会員たちの常套手段である。

ぼくが激しく抗議をしているのに、彼らは、想亜羅を指差して、「犯人」「犯人」と唱和し始めた。想亜羅は「なんであたしがあんなよく知らない人を殺さなくちゃいけないのよ！」と大声で反論したが、大勢の声の前に、彼女の声はもみ消されてしまった。

その声には、刑事たちもたまりかねたらしく、「やめろ」と威圧的な声で中西警部補が命じた。

さすがに警部補から命じられるとシュプレッヒコールは止んだが、小声では「もう誰がやったかなんてわかりきっているのに」とか「犯人は彼女だ」といった声が、次々と発せられているのが、ぼくの耳にも届いた。警察の側も、大声の唱和でないかぎりは、小声の告発は黙認する方針らしく、それには何のお咎《とが》めも下さなかった。

しかし、警察も、想亜羅が犯人であるという告発は、信憑性があると重く受け止めたらしい。

中西警部補が直々《じきじき》に想亜羅に向かって、「参考人として、署までご同行願えませんか？」と訊いた。「事件現場の一番近くにいらした方のようですから、状況をじっくりとお聞かせ願いたいと――」

「参考人⁉　重要参考人ってことですか？」とぼくが訊いた。

「いや」と中西警部補は苦笑した。「重要参考人とは申し上げておりません」

「わたしに来いって……どういう？」

不安そうな顔をして、想亜羅がぼくの方を向いた。

「単なる事件の重要な証人ってことだろう。ただ、ここは、雰囲気が悪過ぎる。根拠なく君を犯人呼ばわりしようとする輩《やから》がいるからね。そういう連中から君を保護しようという警察の配慮だろう」

「でも……」

「とにかく、この場から、君は出た方がいい。暴力的な連中が興奮して殺気だってきたら、何をしでかすかわからないからね」

「一人で連れていかれるなんて、不安だわ……」

「大丈夫さ、警察も君のことは守ってくれるはずだ」

そうぼくは励ましたが、自分の言葉に必ずしも自信をもっていたわけではなかった。

もちろん想亜羅が殺人をやったことなどありえないとぼくは信じている。しかし、警察が、はたして想亜羅を殺人犯として疑っているのかどうか、ぼくの中で気持ちは半々だった。

そこへ、白い布を手にした制服姿の警官が入ってきた。

「中西警部補どの……！」

「どうした？」

「兇器らしいものが発見されました」

「本当か⁉ どこでだ？」

「あの部屋の窓の下です。下の中庭の茂みの中に落ちているのが見つかりました」

そう言ってその警官は、中西に、白い布にくるんだ、刃渡り十数センチの細身の刃物を渡した。

「ふむ」しばらく中西はその兇器を持って、少し布をめくって眺めていた。「案外軽い刃物だな。あまり血がついていないが？」

「ステンレス製の刃物で、特殊加工で水をはじくつくりになっているせいで、血がほとんど付着しなかったようです。それでも、刃のところに血液反応が検出されましたし、把手のところにも被害者の血液型と一致する血痕が残っていますから、これが兇器なのはほぼ間違いありません」

「よし、鑑識に回してくれ」と中西は指示して、その刃物を警官に戻した。「被害者の傷口がこの刃物と一致するかどうか早急に確かめるよう伝えてくれ」

「はっ。かしこまりました」

　敬礼をして、警官は、その刃物をくるんだ布をかかえて、戻って行った。

「刃物が室外で見つかったということは、他殺の可能性が高くなりましたね――」と中西の隣りにいた私服の刑事が言った。「自殺なら遺体のそばに兇器が残っているはずです。自分で、首を切ってから、刃物を窓の外に放り捨てるのは、いくらなんでも無理でしょう」

「まあ、そうだな。あの深傷《ふかで》を首に負ってから、なにかするのは不可能だろう。誰か別に、兇器の始末役がいたなら、話は別だが、今のところ、そういう人物がこの部屋にいた様子はないし――」

「とすると、やはり、この現場近くにいた誰かが――」

　と刑事が言いかけると、『宗教から駒場を守る会』の津野と烏山が、

「だから俺たちがさっきから言っているだろう。あの娘だよ。あの娘以外に、この犯行をできた者はいないんだ」と声を張り上げた。

　きつね風の顔だちをしている烏山の横にいる津野は、丸顔で、丸縁の眼鏡をかけていたから、たぬき顔に見えなくもない。

(愚鈍そうなきつね・たぬきコンビどもめが……)と内心でぼくは毒づいた。

「待て待て」と今まで黙っていた野中が声をあげた。「俺も三時にここに来て、君らと押し問答しとったから、南寮の廊下は見える位置におった。君らは、見張っとった間、北側のB の系列の部屋の扉が開いたんは、三時前に二度だけやったと主張するんか?」

「そうだ」と烏山が傲然とこたえた。「何度も言うとおり」

「その二回だけ開いた扉は、26Bのものやったと断言できるんか?」

「そうとも。それは見えていたからな」

「おまえら、ほんまに廊下の方見とったんか? 階段の方を向いとったんとちゃうんか?」

「見ていたとも」と烏山はこたえた。

「どうして階段でなく、廊下の方を見張っていたんです?」とぼくが訊ねた。「そんな必要はないんじゃないですか?」

「廊下のこの位置に坐っていたから、自然とそちらが視界に入ったんだ」と津野がこたえた。

「しかし、本当にちゃんと見えとったんやろか? この手前のこの場所から廊下を見とると、奥の部屋は見分けつきにくいで。たとえば、もし開いたのが、26Bでなく25Bの扉やったとしても、区別つけへんのちゃうか?」

「そんなことは、ない。26Bの扉が開いたのは、ちゃんとこの眼で見た」と烏山は反論した。

「ふむ」顎に手を当てて、そのやりとりを聞いていた中西は、野中の提言が有効な疑問であると認めた様子だった。「君は、彼らが開いたのを見たといっている部屋が、この26Bではなかった可能性があるんじゃないかと言いたいのか?」

「そのとおりです」野中は、中西警部補の眼をまっすぐ見つめながら、悪びれずにこたえた。

中西警部補は、刑事たちの方を向いて、「ちょっと試してみよう」と言った。

「え？」

「君達は、番をしていたときにいた場所に立ってくれ」

そう中西に指示されたので、烏山と津野は頷いて、32Ｓの部屋の前の廊下に立った。中西警部補も、そのすぐ横に立って、廊下の方を見渡した。

「なるほど、ここからなら、まず、奥までの見通しは効くな――よし」

中西は、二人の刑事に、それぞれ、現場となった26Ｂとその手前の25Ｂに行って、その部屋に入るように命じた。

二人の警官が部屋に入ると、中西は大声で「オーケーだ」と言い、「まず26Ｂから、扉を室内側から、開けて閉めてみてくれ」と指示した。

26Ｂにいた警官は指示されたとおり、外向きの扉を開けて、またパタンと閉めた。

「なるほど、はっきりここから見えるし、あそこの扉が外向きに開いているときは、27

Bの扉は死角になるね」と中西が言った。

「でしょう?」我が意を得たりという感じで、烏山が応じた。「だから、ぼくたちは、あの26Bの奥の部屋にいた彼女しか、事件のあった部屋に行けなかったと主張しているんです」

「じゃあ、次。25Bから。同じことをやってくれ」

中西がそう指示を出し、25Bの扉がぱたんと廊下側に開いて、そして閉まった。

それを見て中西は眉に皺を寄せた。

「こうやって観察していれば、開閉したのが、25Bの部屋か26Bの部屋かは、はっきり区別がつく。しかし、もしかしたら、ぼんやり観察していたとしたら、開閉したのが25Bの部屋だったのに、それが26Bの部屋だと勘違いすることもありうるかもしれないな――」

中西がそう言うと、烏山が異議の声をあげた。

「ぼくらは、そんな勘違いなどしていません――」

「ふうん。さっき君の言ったこと――」と言って中西は、野中を指して言った。「信憑性は半々だな。正しいようでもあり、正しくないようでもある。ちゃんと観察していれば、25Bか26Bか、どちらの扉が開いているかは、はっきり分かる。しかし、漫然と廊下を眺めていれば、25Bの扉が開いたのに、26Bの扉の方が開いたと思い込む可能性がないとは言えない」

「そんなの間違えたりはしません」と烏山が抗弁した。「なっ、津野！」

「ええ、まあ」と隣りの津野は頷いたが、彼は烏山ほど自信はなさそうであった。

「それに、25Bなんて、誰も人がいなかったはずでしょう。だったら、扉が開くはず、ないじゃないですか？」と烏山が訊く。

「いや、そんなことあらへん」と野中が言った。「少なくとも、俺がここで押し問答しとった間、一回はそこの扉が開けられた――それは自分のこの眼で目撃しとる」

6

「何だって？」と中西がちょっと眼をぎょろつかせ、野中に向かって訊ねた。「それは、いつのことだい？」

「三時十五分頃のことやったと思います――」

「誰が25Bの部屋に出入りしたんだ？　それを目撃したか？」

「誰かはっきりは見てまへん。ただ、視界に、扉が開閉されるのが入ってきただけです。そちらの方に注意を向けてへんかったんで、出入りした人間については確認できませんでした――」

「嘘だ！」と烏山が声を張り上げた。「俺はずっと、ここで廊下が見える位置にいた。三時以降は一度もB側の扉は開いちゃいない――」

「その開いた扉が、26Bでも24Bでもなく、25Bの部屋であったと、確言できる?」と中西が野中に鋭い声で質問した。

「ええ、おそらく――」

「自分の教団員が、殺人容疑に問われるのを妨げようとして、でっち上げの証言をしようとしているんですよ、そいつは」と烏山が力説したが、中西は、

「ちょっと静かにしてくれないか」とたしなめた。

「なあ、おまえだってそんなの見なかっただろう?」

烏山が横の津野に訊くと、「ああ……」と津野は、自信なさそうに相槌を打った。

中西は、嘘をついているかどうか確かめようとでもするかのように、野中の顔をまじまじと見つめながら訊いた。

「君は、そのことが見える位置にいたのか?」

「ええ、おれ、あのとき、うちのサークル員では一番前に出とりましたから」と野中はこたえた。

野中の言うとおり、彼だけが、突出して、一番前に出ていたことはぼくは覚えていた。ぼくや曽我は、階段の途中にいたので、南寮三階の廊下はほとんど見えなかったが、野中だけは、三階にまでのぼっていたので、奥の廊下が見える位置にいたのは、ぼくも知っていた。

「野中くんが、見える位置にいたのは、たしかです」とぼくも横から援護射撃をした。

「その、扉が開いたように思えたとき、25Bに人の出入りはあったように見えた？　漠然とした印象でも構わないのだけれど――」

中西は、野中の顔を見つめながら、鋭く問いかける。

「あまり注意を払っとりませんでしたから――ただ、そのときは、『雅楽』のサークルの人たちが、ぽつぽつとやって来ては、俺らの立っとるとこを過ぎて、向こうの部屋に入っとりましたから――なんとなく、『雅楽』のサークルの人が、SだけでなくBの部屋にも入ったちゅう印象をもってました」

「ふむ、なるほど――他に、誰か、この時刻に、25B、あるいは他のB側の部屋の扉が開いたのを見た覚えのある方はいませんか？」

中西警部補の問いに、ぼくたちと、『宗教から駒場を守る会』員の中に名乗りでる者はなかった。

野中の証言は、彼以外に裏付ける者が今のところいないので、まだあまり信用されるに至っていない印象だ。しかし、その証言が認められるか否かで、事態が大きく変わってくることは、ぼくにもなんとなく想像がついた。想亜羅が最有力容疑者と目されるか否かは、野中の証言の真偽によって、大きく変わってくることになる。

もし、野中の証言どおり、25Bに、その時刻に何者かが入ってきたとしたら、その人物には、牧島を殺す機会があることになる。

26Bの扉を開閉すれば、27Bの扉が死角に入るのと同様、25Bの扉の開閉を行なえば、

26Ｂと27Ｂの扉は、野中たちが立っていたところからは、ほぼ死角になる。したがって、25Ｂの扉が開きさえすれば、素早く音をたてずにうまくやれば、気づかれずに牧島のいた26Ｂの部屋に侵入することができるはずである。

仮に野中の証言を信じるとして、その時間に25Ｂの扉を開閉したのが、犯人だとしたら、どうだろう。もしそうだとしたら、犯人に犯行をなして、見つからずに逃げだす機会はあっただろうか。その場合犯人はいつ逃げおおせることができたのだろう。

犯人が三時以前に、牧島のいた26Ｂの部屋に入り込んでいたことは、どの程度可能性がありうるだろうか。犯人が牧島の顔見知りで、部屋に入れてもらえる間柄であると仮定すれば、可能性としては充分ありうることだとぼくには思われた。誰もこの三階を見張っていなかったときにやって来て、彼のいた部屋に上がり込んでずっと過ごしていたとしたら――。ただし、その説の難点は、津野と烏山の二人が、午後一時半頃に南寮三階のこの廊下を往復して、部屋に人がいないかざっと見て回ったときに、牧島以外誰も見なかったと証言していることである。しかし、さっと室内を覗くだけなら、部屋の中で見えにくい位置にいた人間を見逃すことも考えられなくはないし、駒場寮の室内は、扉から覗き込むだけでは見えにくい、死角の位置があるのも事実だ。したがって、『宗教から駒場を守る会』の人間が、この三階に来る以前に、牧島以外に人がいて、彼の部屋に潜んでいた可能性は、ないとは言えない。

津野と烏山が見張りを始めてからの時間は、彼らの証言を信ずるかぎりは、外部からの立ち入りがあったとは考えにくい。そして二人が二度ほどあったと証言している、26Bでの扉の開閉がなされた時点で、27Bと26Bの両部屋間の人の移動はありえたかもしれない——それ以外には、牧島の部屋に何者かが近づけた機会《チャンス》はないように思える。そしてこの機会を利用して、牧島の部屋に出入りできたのは、奥の部屋にいた想亜羅だけのように思える。津野と烏山が番をしていたところを通り抜けて、彼らに気づかれずに牧島の部屋に何者かが近づくのはまったく無理だろう。津野と烏山が共犯者で、共謀して偽証しているなら話は別だが。

　そこで、午後三時を過ぎて、一回26Bの一つ手前である25Bの部屋の扉が開いたという野中の証言の真偽が重要になってくる。もしそれが事実なら、そのとき、26Bにいた犯人が、犯行を終えた後、その時間に25Bの部屋に移動することができた可能性が出てくる。

　ただ、野中の証言を認めるとしても、この移動説には少々難点がある。犯人が26Bから25Bに移動するためには、順序として先に26Bの扉を開けて、廊下に出て、続いて25Bの扉を開けて、その室内に入らなければならない。先に25Bの扉が開けば、それより向こうの部屋の扉が死角になるので、26Bの扉を開けて25Bに移ることが、階段近辺に立っていた者の眼につかずにやりやすくなる。しかし、順序としては、共犯が25Bの部屋にでもいないかぎりは、先に26Bの扉を開けなければならない。だが、野中が証言しているのは、26Bでなく、25Bの扉が開閉したというだけである。

しかし、隣接する部屋の移動などは、ほんの一瞬でできることなので、野中が、扉が開くのに少し遅れて気づいただけで、部屋を移動する人の動きには気づかなかったということもあるかもしれない。

犯人がその時刻に、25Ｂに移動してしまえば、後は比較的楽である。死体発見時のどさくさに紛れて逃げだしてしまえばいい。牧島の遺体を発見したときぼくは、現場となった26Ｂの様子に気を奪われ、よその部屋の動向にはまったく注意が向かなかった。25Ｂの部屋から逃げだした者がいるかどうかは、証人を探してみなければわからないが、牧島の部屋の惨事に皆が気を奪われていた間に、隣室からこっそりと脱出することは、十分できたように思える。

想亜羅を犯人にしないために、ぼくは、以上のような推論を素早く頭の中で組み立てた。

ぼくは、この推論が成立するかどうかを、野中に訊いて確かめようと思った。つまり、三時過ぎに25Ｂの扉の開閉が一回あったことが事実だとして、この開閉の間に、両部屋で人の移動が可能だったかどうかを、野中に訊ねてみることにした。

「野中、その扉が開いたときに、26Ｂの部屋から25Ｂの部屋に人が移った様子はなかったか？　あるいは、そのとき誰か人が移動できた可能性はあるだろうか？」

「それは俺も考えとったんやが、ようわからへん――」と腕を組みながら野中はこたえた。「25Ｂの扉が開いたんは覚えとるから、25Ｂの側から26Ｂの側に人が移動するんは、できたと思う。そやけど、犯行があったのは、25Ｂでなく、26Ｂの方なんやな……」

「そう。だから、その開閉したときに、26Bの部屋から25Bの部屋に人が移るのは、可能だったろうか？」

「うーん。よう注意して見とれば、わかったことなんやろが、あまり注意を払わんかったからなぁ」難しそうな顔をしてそう答えてから、野中は、同じ教団員の曽我の方を向いて言った。「誰か俺の他にも、あのときこの近くにおった者《もん》の中で、あの部屋の開閉があったことに気づいた者はおらんか？」

「いや、ぼくは、あちらのサークルとの議論に気を奪われていたし、階段のところにいたんで、廊下の方の動きは全然わからなかったよ」と曽我がこたえた。

「すると、野中さん以外には、その時刻にB側の扉が開いたことがあるのを覚えておられる方はいらっしゃらないわけですな？」

中西警部補が、その場にいる者全員の顔を見つめながら、確認するように言った。

誰もその問いにこたえる者はいなかったので、その点に関しては、中西警部補の確認したことが認められたようだった。

続いて中西は、『雅楽研究会』のメンバーが固まっている一角に足を運んで、こう言った。

「『雅楽研究会』のサークルの皆さんにお訊ねします。皆さんの中で、今日こちらの部会が開かれる部屋にきたときに、予定の部屋――24Sというところでしたか――以外の部屋にお入りになった方はおられませんか？　もしおられたら、名乗り出てもらえますか」

その呼びかけに、『雅楽研究会』のサークル員は、みな顔を見合わせていたが、名乗り出る者はなかった。

数分中西は待ったが、応答がないのを見て、「わかりました。ありがとうございます」と言って引き下がった。

中西警部補が、野中の証言をどのくらい受け入れているか、外見からは判断がつかなかった。

そこに、制服姿の警官が入って来て、「中西警部補」と呼びかけた。

「うん？」

「さきほど発見された刃物が兇器であると断定されました。傷口の形状と刃先が一致したそうです」

「そうか。わかった。ご苦労」

中西は短く、事務的な口調でそう言った。

7

その日ぼくたちは駒場寮の現場に午後五時頃まで足止めをくわされ、何度かの警察側の訊問にこたえさせられた。最後に一人一人の連絡先を記入して、帰宅することが許された。

ぼくたちはそれで解放されたが、想亜羅はそういうわけにはいかなかった。事件の参考人として警察に呼ばれ、今日の動向を細かくあれこれと聞かれたという。

翌日も想亜羅は、大学に来ず、勧誘活動も授業も休んでいた。

心配になって、彼女の連絡先に電話をかけてみたが、日中はまったく応答がなかった。夕方近くになってかけてみると、ようやくつかまり、

「ああ、葛城くん――」と相当疲れた感じのする声がかえってきた。「今日もあたし、警察の取り調べを受けちゃってて――それで、疲れて、大学には行けなかったわ。心配かけてごめんなさい――」

「いや、それはいいんだけれど、どんなことを聞かれたの？」

「主に、牧島さんと私の関係について根掘り葉掘り聞かれたわ。牧島さんとは数日前に初めて会ったばかりだと言うのに、あまり信じてもらえなかったみたい。死んだ妹さんとは、同じ高校に通っていて知り合いだったということは、隠してもどうせすぐ調べられることだから、正直に言ったわ。そしたら、妹さんの死亡日のことも再調査し始めたみたいで――もう、大変だったわ」

その彼女の話を聞くかぎり、逮捕までは踏み切っていないものの、やはり、警察は、牧島殺しの有力容疑者として想亜羅をマークしているように思われる。

しかし、ぼくは、彼女がそんなことをするはずがないことは、他の誰よりも強く確信

していた。彼女とは、宗教観は相いれないものがあるとはいえ、うちのサークル員で貴重な有能な勧誘員であり、一応同じ教団に所属している身だ。それに何より、彼女は大切な友人だ。

彼女が、あらぬ罪の疑いを着せられているとあっては、黙って見過ごすわけにもいかない。

事件の真犯人を見つけ出すことまでは難しいかもしれないが、想亜羅が犯人と疑われる状況をなんとか解消させることはできないか。

そのことに微力ながら尽力してみようとぼくは決意した。

そのためにはまず、どうすればいいか。

想亜羅が疑われているのは、何より、事件当日、彼女以外、牧島の部屋に近づけた者がいないと一見思われている点にある。

この証言を突き崩すには、どうしたらよいか——。

その証言を基礎づけているのは、主に、『宗教から駒場を守る会』の津野と烏山の証言である。彼らの偽証を暴けば、想亜羅に向けられた濡れ衣も晴らすことができるだろう。しかし、彼らは、ぼくたちのサークルに対して悪意を抱いているかもしれないが、目撃証言に関して、共謀してでっち上げを行なっている様子はなかったように思う。津野と烏山の二人、あるいは『宗教から駒場を守る会』のサークル全体が、想亜羅を陥れるために、証言をでっち上げているとは思えない。一応彼ら二人の証言は信用できると受け取っていいだろうとぼくは考えた。

ただ、彼らと野中で証言が食い違うところでは、ぼくは野中の目撃の方が正しいと信じたかった。

警察には、あまり信用されなかったらしい、野中の、25Bの扉が一度開閉したという証言——それが裏付けられれば、想亜羅以外にも部屋に近づけた者が存在する可能性が浮上し、想亜羅に向けられた容疑は大幅に薄らぐはずだ。

それを裏付けるには、どうしたらよいか——。なんとか自分の力で調べられないものか。現場は、既に証拠物件となりそうなものは警察が持ち帰っていたが、入れるようになっていれば、後でもう一度調査してみよう。

野中の話では、その扉が開閉したとき、『雅楽研究会』の人が、その部屋に入っていったような印象を受けていたという。だとすると、『雅楽研究会』の一員もしくは『雅楽研究会』員になりすました人物が、その時間に25Bに入っていったのではないか。

この点を確かめるためには、やはり『雅楽研究会』のメンバーにあたってみなければならないだろう。あのサークル員の中から、野中の証言を裏付ける証人や証言を見つけ出せないものだろうか。

そして——

やはり、牧島が殺されたのだから、牧島に恨みを抱いていた人間、殺意を抱いていた人間を探すのが筋だ。想亜羅には、牧島を殺す動機なんて、まったく存在しないはずである。

このあたりのことは、牧島と付き合いの深い編集の末木に聞いてみるのがいいかもしれない。

そして忘れてはいけないのが、牧島が、自分の妹の死の背景を自力で調査しようとしていたことである。もしかして、牧島は、自殺とされた妹の死に、何者かの意思が働いていることを突き止めつつあったのではないか。あるいは、その調査の過程で、何者かにとって不都合な事実を突き止めたのではないか。それが、牧島を抹殺しようとする動機につながったのではないか。

そういった推測はできるのだが、実際に調べるとなると大変だ。

殺人の犯人を独力で突き止めるというのは、ぼくのような一介の市民の手にはまったく負えないだろう。牧島の調査の跡をたどるくらいはある程度はできるかもしれないが、それとても作業としてはかなり大変である。

ぼくの目的はともかく、想亜羅の無罪を証明することである。これなら、自分の調査だけでも、多少は貢献できるかもしれない。まずは、自分のできる範囲で調査を始めてみようと思った。

8

五月二十日の月曜日。

ぼくは、牧島が連載をもっていた漫画雑誌の編集部に電話を入れた。末木がちょうど電話に出てくれたので、ぼくは手短に、牧島のことで少しお話しできないだろうかと頼んだ。

「いいですよ、駒場からは近い渋谷の編集部にいますから、その近くでよければ——」

末木はあっさり承諾してくれたので、その日の夕五時に渋谷の喫茶店で待ち合わせることにした。

約束の時間より早めにその店に着いたぼくは、窓際の席を陣取り、外を流れる人の景色をぼんやりと眺めながら、末木が現れるのを待った。

約束の時間きっかりに末木は、黒い鞄を小脇にかかえてやって来た。いつものように、よれたワイシャツに、灰色の背広を着ている。たぶん彼は独り暮らしをしていて、自分の服にアイロンをかけてくれるような同居人はいないのだろう。

「葛城さん、お待ちになりましたか」

「いいえ、時間ちょうどですから——」

気温はさして暑くもないのに、末木の額にはじっとりと玉のような汗がたまっていた。

かなり汗をかきやすい体質なのだろうか、白いハンカチでしょっちゅう顔や首にたまる汗を拭っている。

「牧島さんのことでお話があるとか?」

席につき、注文をすませると、末木はさっそくそう切りだした。

「ええ」とぼくは頷いた。「末木さんもあの現場に居合わせたから、ご存じかと思いますが、牧島の死は今のところ他殺という見方が有力です。そして、現場の状況から、ぼくらのサークル員の鈴葦想亜羅が、疑われている状況なのです」

「ええ、およその事情はわかってます。あの、鈴葦さんという女性とは、あのときが初対面でしたが、あんなかよわそうな女性が大の男を殺したりするなんて到底信じられません――」

「そうなんです。ですから、なんとか彼女に向けられた容疑を晴らしたいんです。そのために、牧島のことが知りたいんです。彼、妹さんが自殺と思われる状況で亡くなった後、そのことを自分で調査する、とか言っていましたよね?」

「ええ、そうでした」

「彼がどういう調査をやろうとしていたか、末木さん、ご存じありませんか?」

「いや、残念ながら全然知りません。葛城さんは、そういったことをお調べになって、牧島さんを殺した犯人を割り出そうとしておられるのですか?」

「いや、犯人を割り出すまでのことは、ぼくのような一介の市民の努力では、難しいでしょう。犯人をつかまえることは、警察に任せるとしても、このままでは想亜羅が犯人にされてしまうおそれがあります。想亜羅の無罪を証明するために、どんな些細なことでもいい、とにかく手掛かりとか情報がほしいんです」

「しかし、ぼくも、牧島さんが、どんな調査をしていたか、については、まったくわかりませんね。一人で調査をやろうとしていたみたいで、こちらが何か聞いても教えてくれそうな様子はまったくなかったし——でも、そう言えば、あの牧島さんの事件があった当日の朝、牧島さんから、ちょっと首を傾げるようなコンテのコピーをいただいているんです」

「コンテ？」

「ええ、漫画を描く前段階の見取り図みたいなものですね。仕事のやりかたは、漫画家によってまちまちなところはありますが、完成原稿を描く前に、大雑把に、セリフと構図くらいを描いた準備稿を描くのが普通です。それをコンテというんですね。編集部としては、本描きに入ってもらう前に、次の話の内容を見せてもらって、注文や修正をつけることもありますから、締切の一週間前には、連載分のコンテをいただくのを原則にしておりました。そのコンテを、あの金曜日の朝にもらったはいいんですが、いつもと違う奇妙な内容で、それであの日、駒場寮までうかがったのは、その内容に関して牧島さんに問いただすためでした」

「奇妙な内容というと？」

「なんか少女が殺される話を扱ったミステリー仕立ての話になっているんですな。これまでの連載と話が大きく違っているので、どうしたものか、戸惑っていた次第なのです」

「少女が殺される話？　それってもしかして、牧島が妹さんの死を、漫画内で扱おうとしたものではないんですか？」

「そうですね……」と末木がこたえた。「私としても、その可能性が頭をよぎったことはあるのですが——。

でも、少女の死にかたが、牧島さんの妹さんとは違っています。電車に飛び込むのではなく、小屋の中で刺し殺される話ですし——」

「でも、その内容が、何か牧島が調べていたことと関係があるかもしれません。よろしければ、そのコンテ原稿、ぼくにも見せていただけませんか？」

「編集部に戻れば置いてあります。じゃあ、ちょっと今から行ってとってまいりましょう」

そう言って末木は、席を立ち、一旦編集部にそのコンテを取りに戻って行った。

彼が戻ってきたのは、十五分ほどしてからである。

額に汗の粒が大量にたまり、はあはあと肩で息をしている。

「そんな、お急ぎにならなくてもよかったのに——」そうぼくが言うと、

「いえ、気になりまして——道玄坂を走って登ったものですから」

少し息を整えてから、末木は腰を下ろし、置いてあった水を一気に飲み干した。

「このコンテを妹さんの死と結びつけるということを真剣に考えたことはありませんで

した。でも、たしかに、考えてみれば、このコンテを描いたのは、牧島さんが、妹さんの死に遭遇して、自分で調査すると宣言した後のことです。そのことがこの内容と関わっていても不思議ではありません」

「そのコンテは、何ページあるんですか？」

「二十ページです。一回の連載が二十四ページなんで、四ページほど足りませんが、コンテ段階でのページが増減することはよくありますし、後で追加されることもありましたから、ページが足りないことは別に不審ではないのですが、内容が、今までの連載の流れからすると、かなり異様なのです」

「ちょっと読ませてもらえますか」

「どうぞ」

コンテ、というから、簡単な走り書きのようなものかと想像していたが、かなり丁寧に絵が描き込まれている。鉛筆描きとはいえ、普通に漫画を読むときと同じように読むことができた。

「牧島さんは、割合コンテを丁寧に描く人でした。人によりけりですが、漫画家の中には、他人には判別できない記号の羅列のようなものになっているコンテを描かれる人もいます。

ただ、これ、オリジナルの原稿ではなく、どこかのコピー屋で複写したもののようです。その複写があまりきれいにとれていないので、ところどころかすれたり、読みづらくなっています」

見た感じかなりがさつな印象のあった牧島が、自分の仕事に関しては、かなり几帳面なところがあったことを初めて知った。

ページ順にぼくは読み進めていったが、たしかに末木の言うとおり、いかにも奇怪なストーリーである。

見晴らしのよいところに建つ小屋に少女がやって来る。そこに入ってから雪が降り始めて、小屋の周囲四方に雪が降り積もる。小屋から少し離れた展望所には監視人がいて、その小屋の方を見張っている。監視人が何のためにそんなことをしているのか、目的や状況は、作品中では説明されていない。

やがて、一人で小屋の中にいる少女の顔がアップになり、恐怖に眼を見開いている様子が描かれる。何者かが小屋に侵入してきたのかと思わせるが、小屋の中に別の人影はなく、小屋の周りに降り積もった雪にも足跡はない。それなのに、少女は何者かに首を絞められている様子である。続いて後ろから何者かに刃物で刺されたらしい。傷口は描かれているが、なぜか血が流れた様子はない。そして少女は小屋の中で絶命したようである。

しばらくして、雪がやみ、捜査陣が小屋にかけつける。警察や鑑識員とともに探偵役とおぼしき人物が登場し、背中を刺されて死亡している少女の遺体を調べ、自殺ではありえないと検死官が断定する。死因は背中を刺されたことによる出血多量であると述べられる。しかし、雪の上に足跡が発見されなかったことが問題になる。雪が降り始めたときには、小屋には少女一人しかいなかったと監視人が証言する。「雪の上に足跡を残さず、どうやって犯人は小屋まで往復したんでしょう?」と刑事が疑問を呈する。探偵役がそれに対して、もったいぶった調子で、「これは〝見えない人〟の犯行ですよ」とうそぶくように言う。その次のページには、人の絵のラフスケッチが描かれていて、その人物が犯人らしく思えるのだが、コピーがかすれていて、その顔はよく判別できなかった。

コンテの原稿は、そこまでで終わっていた。

ぼくは、それを読んで、狐につままれたような思いがした。

何が何やら、これだけではわけがわからない。牧島が何を言おうとしていたのか把握できないし、連載漫画の一回分の原稿としては、まるで筋が通らず、わけがわからないものになっている。

「どういうことか、よくわかりませんね」ぼくは率直な感想を述べた。「これは、まだ続きがあるんでしょうか?」

「そうですね。これでは、話としては、完結していませんから、続きがないと終わりませんよね」

「これは、一応内容としては、ミステリー漫画ということになるんでしょうか?」

「この話だけ読むと、一応そう読めますよね。しかし、ご存じかと思いますが、うちの漫画雑誌は一応十八歳未満禁止の、いわゆるアダルト漫画を掲載しています。だから、その手のポルノシーンが出てくることは、お約束として必ずあるはずで、今までの牧島先生の連載では必ずそうなっていました。ところが、この話はそういうシーンがない。今までの連載の話とも繋がらない。それで、私どもとしては、非常に当惑し、困惑していたところなんですよ。あの日、牧島さんの部屋におうかがいしたときに、そのあたりの真意を問いただしたいと思っていました。私どもの雑誌の連載に、あのコンテのままでは掲載するのは難しいですから。少なくとも、お約束の猥褻《わいせつ》なシーンが含まれていなければ、原稿としての要件を満たしませんから、このコンテでいくなら、一体どうやってそれを組み込むつもりか、聞こうと思っていました」

「このコンテの話は、今までの連載の話とは、まったくつながりがないんですか？」

「ええ、そうなんです。登場人物に共通性がないし、世界観もつながっておらず、全然かけはなれています。この回に出てくる登場人物の誰かが、一致している可能性はあるのかもしれませんが、これを読むかぎり、そういう共通性を示すものは出てきませんし——」

「ふうむ」

そうすると、やはり牧島は、単なる連載原稿の続きを描こうとしたのではなく、何かのメッセージをこの漫画にこめていたという可能性が有力なのではないか。

「とすると、この原稿は、妹さんの死にまつわる何かを牧島が描こうとしていたのではないでしょうか？」

「でも、妹さんは、駅で電車に轢かれて亡くなったのでしょう。この漫画の少女とは、死にかたが違いますよ」

「この少女の顔つきはどうです？　妹さんに似ていますか？」

「どうですかね。牧島さんの描く少女の顔というと、ワンパターンというと失礼ですが、どれもかなり似通っていますから、やはりこれもいつもの牧島風の少女だとしか――」

「そうですね」ぼくも、そのコンテの少女の顔を見つめながら言った。「ぼくも牧島の妹さんには生前数回会ったことがありますから、顔は覚えています。この絵だと、似ていなくもないが、なんとも言えませんね――」

「でしょう」

「この少女は、後ろから刺されて死亡したようですが、血が流れていないように見えるのはなぜですか？　その割に、後の方で死因は出血多量によるものだと説明されたりしていますよね？　コンテだから、省略しているんですかね」

「ああ、それは、条例による規制があるんです」

「規制？」

「はい、青少年の健全な発育にまつわる何とかという東京都の条例のせいなんです。昔はもっと、この種の漫画も自由に描けて、禁止されていたのは、性器のあらわな描写と、露骨な性交シーンだけだったですが、最近いろいろと規制が入るようになりましてね。

暴力シーンに対する規制もいろいろかけられるようになったんです。血が出てくるのはだめ、ロープや蠟燭などSMを連想させるのもだめ、小学生以下の年齢と思われる幼女への猥褻行為を描くのもだめ、セーラー服や学生服姿の少女もだめ、といろいろうるさい規制がたくさん加わりまして――十八禁と呼ばれる、われわれの漫画より、かえって青年漫画の方が、ＳＭシーンとかは自由に描けるくらいですよ」

「なんで学生服やセーラー服がだめなんです？」

「さあ、学校のまじめなイメージが損なわれるということなんですかね」

「それに違反したらどうなるんです？」

「毎号必ずチェックが入るわけではないので、たいていはお目こぼしにあずかっているとは思うんですが、見つかると一応罰金を科せられることもあります。何度も摘発をくらうと、警察につかまって禁固の刑をくらうこともありえますから、やはり規制は遵守しないわけにはいかないんです」

「牧島は描き手として、その種の規制は知っていたわけですよね？」

「ええ、それはもう、描き手の皆さんは誰もがよくご存じです」

「ふむ」

ぼくは腕を組んで考えた。現時点では、牧島がこのコンテを描いた意図や意味はよくわからない。しかし、妹の死について、牧島が単独で調査をしていたという跡をたどれば、何か手掛かりがつかめるかもしれず、そうなれば、このコンテ漫画の意味が明らかになるかもしれない。

「このコンテ、コピーをいただけませんか？　少し自分で調査してみたいんです」

「いいですよ、うちの会社のコピー機で一部とったのをお渡ししましょう」

末木の厚意で、ぼくは、牧島が残した漫画のコンテ原稿のコピーを、一部もらうことができた。

9

末木から預かった牧島の残したコピーを持ち帰ったはいいが、その謎めいたコンテ原稿の意図は、さっぱりつかめない。

完成原稿とは違い、人物像なども、簡単な線でサッと描いてあるだけだが、さすがにプロの漫画家をやっていただけに、人の特徴をつかんだ輪郭の描きかたはうまいと感心させられる。出てくる人物の中に、牧島の周囲の人間や、彼の妹がいるのかもしれない。

そう判断してぼくは、牧島の妹と面識のあった想亜羅に、このコピー原稿を見てもらうことにした。

午前中、駒場キャンパスを探すと、〈霊言キリスト教会・イグナチオ〉の勧誘をしている想亜羅の姿が見つかった。そのとき昼休みに学生会館でおちあう約束をし、ぼくは、そのコピーをもって、学生会館のロビーで彼女が来るのを待った。

警察から容疑者としてマークされていることを自覚してか、想亜羅はいつものような元気はなく、ちょっと窶《やつ》れた表情をしていた。今日は髪のセットもちょっと乱れ気味だし、着ているシャツも皺が寄って、少し汚れていた。

「なに？　私に見てほしいものって？」

こうやって気のぬけたときの想亜羅に対していると、冷たい人形のような彼女の素顔をかいま見ることができる。普段の、勧誘しているときの明るく柔らかな笑顔は、つくりものだとか人工的だとまったく感じさせないほど自然なものなのに、今の想亜羅を見ていると、そういう笑顔や態度が、周到な演技によって造りだされたものであることに気づかされる。もしかしたら、想亜羅は天性の演技人なのかもしれない――そんなことを漫然と思ったりした。

「うん、ちょっとね――」

ぼくは、牧島の担当編集者だった末木からコピー原稿を預かった経緯を説明した。想亜羅は、一応ぼくの話を聞いてはいる様子だったが、あまり興味を引かれていなさそうだった。

「それで、君に見てほしいと思ったのは、この中に、君の知り合いとか、牧島の妹さんの似顔絵が出ていないかどうかなんだ」

「これ、どうやって読むの？」気が入らなさそうに、一枚目の紙を見て、彼女がそう訊いた。「なんか落書きみたいだけど？」

「君は、漫画とか読まないの？」

「全然読まない」

「これは、漫画を描くための前段階の、下書きなんだ。この枠一つ一つがコマで、文字が入っているところが、登場人物のセリフだったり、心理描写だったりするんだ」

「ふうん」

想亜羅は、一枚目から順に最後までめくっていったが、その目の動きを見ると、あまり内容を理解している風はなかった。

「よくわからないわ。こんな簡単なスケッチじゃ、知り合いの似顔絵かどうかなんて、判別がつかないわ」

「やはりだめか——」ぼくはちょっと落胆して溜め息をついた。

「ごめんなさいね、お役に立てなくて——」

「いや、いいんだ」

10

同じ日の午後、ぼくは、東大の『雅楽研究会』を訪ねてみることにした。と言っても『雅楽研究会』は、ぼくたちのサークルと同様、部会用に部屋を借りていたわけだから、おそらく定住地となる部室をもたないのだろうと推測し、学生会館に行って、連絡先を調べてみた。そうしたところ、『雅楽研究会』は、予想に反して、学生会館の狭い一室を、他の三つほどのサークルとともに共用していることがわかった。狭いながらもそういう場所があるだけぼくたちのサークルよりましであると言えるのだが、部会を開けるほどのスペースではないらしい。

『雅楽研究会』がどのような間隔で部会を催しているかよくわからなかったが、とりあえずその部屋に行ってみることにした。

学生会館の二階に行ってみると、砂漠のように、空気中に細かな砂が舞っているように感じられる。発癌性があるとして現在は建造物に使用が禁止されているアスベストが、学生会館内で測定したところ非常に高濃度な測定値になったという話を聞いたことがある。コンタクトレンズをしている友人は、学生会館に入ると涙が止まらなくなるから、近づくのもいやだとも言っていた。

ぼくとしても、そういう空気がきれいでないところにはあまり行きたくはないが、調査のためには仕方がない。

目指す部屋を見つけ、中を覗いてみると、棚で部屋が二つに区切られ、扉から見て右側の奥の小さなテーブルに二人の若者が坐って、マグネット将棋を指していた。奥の学生は、ひょろりとして眼鏡をかけ、手前に坐っている学生は、体格がよく、肌が少し脂ぎっている。風貌からして、二人ともまだ十代の男子学生に見える。そのテーブルの横の壁に「雅楽」という文字が見えたので、ぼくはつかつかとそちらの方に歩み寄った。

「すみません、こちらは『雅楽研究会』ですか？」

そう訊くと、将棋を指していた二人は顔をあげて、ぼくを見た。手前の椅子に坐っていた恰幅のよい男性が、

「そうですが、入部希望者の方ですか？」と訊ねた。

「いえ、そうではなく、先週の駒場寮で起きた事件のことで、少しお伺いしたいことがありまして……」

そうぼくが説明していると、相手の男は、眉を少しあげ、ぼくの顔を思い出したような表情を示した。

「ああ、あのときの」というつぶやきには、あまり好意的でない響きが感じられた。

たぶん、あの事件の後の訊問で、同じ部屋に閉じ込められていたときにいたので、顔を覚えていたのだろう。ぼくの方では、『雅楽研究会』の会員は、人数が多くいたので、あまり一人一人の顔は覚えていなかったが、それでもそこにいた二人とも、その訊問のときに同じ部屋に居合わせた覚えがあるような気がした。

その場にいた人間なら、事件の事情は知っていると判断して、ぼくはそのことを説明するのは省いて、本題に入ることにした。

「ぼくは、あの事件のとき発見現場に居合わせた『思索と超越研究会』のメンバーの一人です。ご存じかと思いますが、あの事件では、被害者の駒場寮生は何者かに殺害されたという見かたが有力で、うちの会員の鈴葦想亜羅がその容疑者候補と警察に目されて

いるようなんです。

ぼくは彼女があんな殺人をしたはずがないと信じていますが、下手をするとこのまま状況証拠によって彼女が逮捕されかねない状況です。それで今、彼女の濡れ衣を晴らすために、個人的に事件の調査をしています。あのときの事情を詳しく知るために、ちょっと教えていただきたいことがあるのですが——」

「帰れ帰れ」素っ気ない口調で、手前の椅子に坐っていた男は言った。「俺たちは、あんたらのサークルに協力する気はさらさらない」

「どうしてですか。ぼくは事実を確かめたいだけです——」

「俺は、宗教とかそれに類するものは大嫌いなんだ。変な宗教にはまっているやつなら、殺人でも何でもやりかねないだろう」

「それはとてつもない誤解と偏見です」

「たとえ偏見でも、そう思うのは俺の自由だ。これ以上質問しても答えることは何もないので、さっさと帰るように」

ずいぶん居丈高な調子で言われてしまい、ぼくは怒りと屈辱感を覚えた。これでは、まったく『宗教から駒場を守る会』と同じ対応ではないか。あるいは、あのサークルが、宗教団体全体を悪く宣伝してまわっているせいで、一般の駒場生にまで、そういう悪印象が刷り込まれてしまっているのだろうか。

しかし、とりつくシマがなさそうなので、あきらめるしかないと判断し、

「わかりました。お邪魔してすみませんでした」とぶっきらぼうに述べて、ぼくはその部屋を退室した。

　学生会館の外に出ると、空気はすがすがしかったが、内心腹立ち半分、困惑半分といった心情であった。新興宗教と聞いただけで、ああいう侮蔑的な態度をとる人間がときどきいるのが、ぼくとしては信じがたい。世の中にはいろんな主義や信条の持ち主がいるのに、ろくに話も聞かないうちから、ああいう排除する姿勢で臨み、しかもそれが正しいと頭から信じ込んでいるというのは、ぼくには理解もできない。

　しかし、『雅楽研究会』への聞き込みができなくなるのは、困ったことである。次はどこに突破口を見つければよいのだろうか？

　悩みながら、学生会館を離れ、生協の建物を右手にして、キャンパス内の道路を駒場寮の南寮の方へと歩いているとき——

　ぽん、と背中を叩かれた。

　振り向くと、さきほど学生会館の雅楽の部屋で会った、眼鏡をかけた学生である。さっきはぼくとは会話をしなかった、将棋を指していたもう一方の学生だ。

　ちょっと気弱そうな表情で、おずおずと上目使いにぼくを見ながら、「あの……」と言う。

「何でしょう？」

「あの事件のときのことをお調べなんですよね？」

「ええ」とぼくは力をこめて大きく頷いた。「何かご存じですか？」

彼はその問いにすぐには応えず、ひと呼吸置いて、

「あのソアラさんとかいう女性が、やはり犯人だと疑われているんですか？」と訊ねた。

「逮捕されたわけではないのですが、怪しまれてはいるようです。『宗教から駒場を守る会』の証人が、彼女以外、あの部屋に行けた者はいないと証言しているものので」

「そのことで、ちょっと気になるというか、ひっかかることがあるんです」

「何ですか？」

ぼくは意気込み、身を乗り出して聞いた。どうやら彼はなにか情報をもっているようだ――これを聞き逃す手はない。

「えっと……」

と彼が言いだしにくそうにしているので、ぼくは彼の手を握り、

「こんなところで立ち話も何ですから、図書館の談話室にでも行きませんか？　人のいない部屋ならゆっくり話せるでしょう」と誘った。

彼はこくりと頷いたので、ぼくは彼を連れて、駒場の図書館の談話室へと向かった。

11

図書館の中は原則的に禁煙となっているが、談話室だけは喫煙が許可されている。二

階の「談話室」と表札がつけられた、人がいない部屋に彼を連れて入った。そこは、灰皿に吸殻がうず高く積まれ、煙の匂いがたちこめていた。

あまり煙草の匂いは好きではないが、静かに話せる場所がそこしか見当たらなかったので、彼を促して坐らせ、ぼくも彼の向かいに腰を下ろした。

「あの、失礼ですが、お名前は？」とぼくは訊ねた。

「ぼくですか？　田辺《たなべ》といいます。理科一類の二年生」

「ぼくは葛城です。文科三類の二回生。よろしく――それで、何でしょう、気になることって？」

「たしか、あの事件の日、あの三階の北側の部屋の扉が開いたかどうかで、証言が分かれていたんですよね？」

「そう、そのとおり。北側の部屋は三時以降一度も扉が開閉していないと『宗教から駒場を守る会』の人間は証言しています。それに対して、ぼくらのサークルの人間の一人は、その時間帯に、一度その部屋の戸が開くのを見たと言っています。あのとき奥の部屋にいた想亜羅が疑われているのは、主に『宗教から駒場を守る会』の証言を信じる場合です。三時以降の時間帯に北側の扉が開閉したとすれば、彼女以外にも犯行の可能性が広がるから、彼女に向けられる嫌疑は、かなり薄らぐはずなんです」

「そこなんですが――さっきは部長の前で言いだしづらかったんですが――」

「部長？　さっきあなたが将棋を指していた相手が部長？」

「ええ。野崎部長、二年生です。で、あの事件のあった日は、ぼくもあそこの駒場寮での部会に参加しました。あの日に24Sの部屋に行った一人です」

「それで？　あのとき、北側の部屋に誰かが行くのを目撃したんですか？」

「いや、そういうわけではないんですが――ただ、ちょっと小耳に挟んだ言葉がありまして――」

「それはどういう？」

「誰が言ったかはっきり覚えてないんですが、あのとき24Sに十数人いた部員の一人が言ったんだと思います。『変なこと言うから、あっちの部屋とこっちを間違えたじゃないか』と」

その言葉を聞いて、ぼくは何やらむずむずと頭の中がむずがゆくなる思いがした。

〝変なこと言うから、あっちの部屋とこっちを間違えたじゃないか……〟

これは、何か重要なことを示唆する言葉ではあるまいか？

「あっちとこっちとは、駒場寮の、Bの並びとSの並びということかな？」

「ええ、たぶんそうだと思います」

「それを間違えるということは……」

「それで一つ思い出したことがあるんです。うちの会は、今までは部会はずっと外の会議室とか、近くの喫茶店を借りていて、今まで駒場寮を借りたことはなかったんです。あの日がうちのサークルとしては、初めての駒場寮での部会でした。それで、ぼくも、駒場寮の中に足を踏み入れたのはあのときが初めてでした。駒場に在学しているのに、今まで寮の中に足を踏み入れたことさえなかったんです」

「まあ、駒場生といっても、全員が駒場寮に来るわけじゃないから――全然駒場寮に足を踏み入れないまま卒業していく東大生だって大勢いるでしょうし」

「で、そのとき、部屋の並びがSとBと名づけられているのを見て、ちょっと戸惑ったと言うか、不思議に思ったんです」

「どうして？」

「だって、南北にわかれる部屋の並びは、SとNだと思っていたんです。南側の部屋だからSOUTH（南）のSがついているのだろうと思っていました。だから、向かいの並びは当然NORTH（北）のNだろうと予想していたんです。ところが、予想に反して向かい側の列はBだったんです」

「たしかにね。そう誤解されることも多いね。でもSとBは、方位からくる略号じゃないんだ。

　その名称の由来は、第二次世界大戦前の一高時代まで遡るらしいね。当時は今ほど学生が多くなかったから、寮の部屋も廊下を挟んで向かい合う二部屋をワンセットで借りられていたらしい。ぼくがいま住んでいるのは南寮の1Bだけど、一高時代の寮生は、1Bと1Sの両方にまたがって部屋を使っていたんだ。片方が勉強用、もう一方が睡眠するベッド用ということで、SとBという記号がついているそうだ」

そこまで言ってからぼくはようやく、彼の発言の含意の一部に気づいた。

「じゃあ、あなたは、あの日、駒場寮に行くまでは、部会のある部屋は、南のSだと思っていたわけですね？」

「ええ、そうです。24Sとだけ知らされたときは、向かいがBとは知りませんでしたから、当然南側の部屋だと思っていました——それに、うちの部員には、東大のことをよく知らない学外部員も結構います。実際、あの日の部会に集まった中にも数名学外部員がいました。そういう人たちも、今まで駒場寮に行ったことがないのがほとんどだと思いますから、BとSのことなんか知らなかったんじゃないかと思います」

「あなたに部会の場所を連絡してきた人自身が、BとSの分けかたを認識していなかったの？」

「そうですね、どうもそのようです。電話で部会の場所の連絡をもらったときには、場所は24のS、南側だとか言ってたと思うので、たぶん連絡係もSは南のことだと思い込んでいたみたいです」

「その、連絡してくれた人は、なんて人？」

「立花《たちばな》って文二の二年生で、うちの部の連絡係をやっています」

「その、立花って人には、どうすれば会えるだろう？」

「ええと、そうですね。あの人、理科系のぼくらと違って、あんまり大学に姿を見せないんですよ。でも、部長と違って、そんなに頭のかたい人ではないですから、こちらからお願いすれば、きっと知っていることは教えてもらえると思いますよ」

「じゃあ頼めるかな。どうやって聞けばいい？」

「そうですねえ。今ぼくが、彼の家に電話して聞いてみましょう」

　そう言って彼は立ち上がって階段を下り、駒場図書館の入口そばにある公衆電話ボックスにまで足早に歩いていった。ぼくも歩く速度をはやめて彼の後に従った。

　彼が公衆電話ボックスに入り、取り出した手帳を見て電話をかけるのをぼくは、そのすぐ後ろで黙って見ていた。横顔を見ると、まだ少年らしいあどけなさが漂う、きゃしゃな風貌の少年である。

　彼が電話ボックスの中で、「あっ、立花さん、実はね——」などと言っているのが、ときどき断片的に聞き取れた。

　しばらくして田辺が受話器を手にしたまま、近くにくるようぼくを手招きするのが見えた。

　近づいていくと、田辺はぼくに受話器を手渡し、

「葛城さんの質問に、手短にならこたえてもよいということですので、どうぞ」と言う。

　礼を述べて受話器を手にもち、「もしもし」と言うと、向こうから「もしもし」と野太い声がかえってきた。

「葛城と申します。あの事件が起こったときに現場に居合わせた『思索と超越研究会』の一員なのですが——」

「大体の事情は、今田辺くんから伺いました。それで、ぼくに聞きたいことというのは？」

「駒場寮のSとBの件なんです。立花さんは、前回の部会の行なわれる場所を、部員の皆さんに電話で連絡したそうですね？」

「ええ、最初に予定していた場所が、都合で使えなくなったので、急遽駒場寮の部屋を借りることになりました。うちのサークルが寮の部屋を借りたのはあのときが初めてでした」

「それまで立花さんは、駒場寮の部屋がSとBに分かれていることをご存じなかったんですか？」

「ええ、知りませんでした。それまで駒場寮に立ち入ったことさえなかったですから、連絡をしたときにはまだ把握していませんでした」

「最初はSという記号を南のことだと解釈されていたそうですね？」

「ええ、そのとおりです」

「そう思い込んでて、実はそうでないことがわかったあたりの経緯を、なるべく細かいところまでも含めて、教えていただけませんか？」

「ええと、そうですね——。

最初に、部会用の部屋の予約をした人から、今度の部会は『駒場南寮24S』という場所になると聞いたとき、その『S』というのは南側のことだろうと思いました。廊下を挟んで南北に部屋がある寮の、南側にある方の部屋だという説明を受けたものですから、てっきりそう思い込んでしまったわけです。

そういうわけで、電話で部会の場所をつたえるときに、かけた最初の数人には、部会の場所は『駒場南寮24Ｓ』、南側のサウスの方、という説明をしてしまいました。今そこにいる田辺くんにも、そう伝えたわけです。ところが、六人目か七人目に電話をした人が、駒場寮を知っていて、『立花さん、駒場寮の部屋の名前はＮとＳじゃないよ。あそこはＢとＳだよ』と訂正してくれたんです。ＢとＳといわれてもよくわからなかったので、そのアルファベットはどういう意味かと聞き返すと、『よく知らないけど、昔は睡眠用の部屋と勉強するための部屋に分かれていたから、そういう頭文字がついたそうだよ』と教えてくれました。

そのとき初めて誤解に気づいたわけですが、Ｓの部屋の並びがあるのが、南北の方角でみれば南側にあること自体は間違っていないので、そのとき以前にぼくが伝えた内容でも、場所の情報としては正しいわけですから、わざわざ訂正する必要はないと思ったわけです。

ですので、その後に連絡するときは、ちゃんと正しく、駒場寮は北側がＢで南側がＳという並びになっていて、そこの南寮24Ｓで部会をやるという風に伝えました」

「その連絡のときに、ＢとＳの意味の由来を部員に伝えたりしましたか？」

「部会のある日時と場所を伝えるだけですから、いちいちそんなことまでは説明しませんでした——」

「念のため確認させてください。駒場寮の部屋にあるBとS、どちらが睡眠用で、どちらが勉強用ですか」

「え？　だって、勉強用はBENKYOでBでしょう。睡眠用がSUIMINでSでしょう。違うんですか？」

「いや、ちょっと確認したかっただけです。どうもありがとうございました」

短く礼を述べて、ぼくは電話を切った。

この電話での話によって、ぼくの頭の中にある推理が形成されつつあった。それは、決定的とは言えないまでも、想亜羅犯人説に対して、ある程度までは反論となりうるものだろうとぼくには思えた。

次はどうするか。

確認のためには、いま電話で話した立花が部会の場所を連絡するために電話した相手を一人一人あたっていきたいものだが——

しかし、『雅楽』のサークル員でもない者が、そこまで立ち入って聞いて回るのはかなり難しい面がある。いま立花の話が聞けたのも、田辺というサークル員の厚意によるもので、僥倖《ぎょうこう》と言ってよい。

一つの推論というか仮説が形成されたのだから——

やはりこのあたりで、直接、事件の捜査を担当している警察にあたってみるべきだろ

るかどうか。

しばらく考えあぐねていたが、意を決し、目黒署の中西警部補に直接電話をかけてみることにした。

12

電話をかけたところ、中西警部補は不在だといわれたが、牧島の事件に関してお伝えしたい情報があると述べると、午後四時から会談することはできるといわれたので、ぼくは目黒警察署まで赴いていくことにした。駒場キャンパスの南東のはしにある炊事門から出て、しばらく行くと山手通りがある。そこのバス停留所で待って、やって来たバスに乗り、中目黒にある目黒警察署前まで出向いて行った。

警察署の中に入るのは運転免許証の交付を受けにきたとき以来である。ちょっと緊張して受付で用件を話すと、窓口の女性が、

「葛城さまですね。伺っております。二階突き当たりの23番会議室においで願えますか」

と指示をしてくれた。

「わかりました」

そう返答して、二階にあがり、いわれた通り23番の部屋に入り、置いてあった椅子に腰を下ろしてしばらく待っていると、数分して、見覚えのあるいかつい顔つきをした中

西警部補が入ってきた。

「これはどうも。わざわざご足労願いまして」

大して暑くもないのに、色黒の肌をした中西の額には、汗の粒がたくさん浮かんでいた。今まで運動をしていたわけでもないだろうから、かなり汗をよくかく体質をしているのだろう。

「お忙しいところお邪魔してすみません」

「なにか、あの事件に関して、手掛かりとか情報をおもちだそうですね？」

「いえ、必ずしもそういうわけではないですが——ただ、もしかしたら、少し参考になるようなことかもしれません」

「ほう？」ちょっと勿体をつけたぼくの言い回しに興味をそそられたのか、中西警部補は少し目を光らせたように思えた。「どういうことでしょう？」

「その前に、ぼくの方から一つ質問させていただいてよろしいですか？」

「はい？」

「うちのサークルに所属している鈴葦想亜羅——彼女のことなんですが——彼女が犯人ではないかという疑いは強いのですか？」

「困りましたな、そんな質問をなされましても。捜査上の事柄は、特別な事情がないかぎり、一般の人に明かすわけにはいきませんので——」

「そうですね、これは失礼しました。ただ、ぼくは、彼女と親しくしている者なので、彼女があんな事件の犯人であったなどと到底信じることはできないのです」

「身柄を拘束された人物なら容疑者ということになるでしょうが、まだ捜査はそこまで進展しておりませんから、その点に関しては何とも言えませんよ」

「では、彼女は疑われてはいないんですね？　それでしたら安心です。ぼくはおいとまさせていただきます」

「ちょっと待ってください。わざわざ私を指名してここにいらしたのは、何か伝えたいことがおありなんでしょう？」

「ええ、想亜羅に向けられた疑いを晴らすための間接的な手掛かりとなる情報です」

「それは何ですか？」

「お聞きになりたいですか？」

「捜査に関する情報なら、どんな些細なことでも、一応うかがっておきたいと思います――」

「でも、じゃあその前に率直にお聞かせ願えませんか。あの牧島を、想亜羅が殺せたとお思いですか？」

「弱りましたな、そんな質問をされましても。ただ、一つ申し上げておきますと、牧島さんの遺体は喉を切られていて、かなりの量の血が流れていたのはご存じでしょう。あれを実行するのは、力の弱い女性には難しいのではないか、とする見かたはかなり有力なんですよ。その実行の可能性が完全に否定されているわけじゃありませんがね。

それとも一つ、犯人が抵抗する被害者を押さえつけて、無理やり喉を切ったのだとすれば、切断した動脈から噴出した大量の血液を、自分の身体や衣服にまったく浴びずにすませるのは、かなり困難と思われます。ところが、鈴葦さんにしても、あの場におられた他の方にしても、返り血を浴びていた人は見つからなかった。そうすると、犯人は何らかの方法で、返り血を浴びないで済む方策を講じたのか、ということになりますが、その問題を現在検討している段階で、まだはっきりしたことは何とも言えず、特定の人物が疑わしいと到底言えるような状況ではないのですよ」

「なるほど」とぼくは頷いた。

確かに言われてみれば、犯人が返り血を浴びていないのはおかしいと思える。牧島の遺体から派手に血が流れ出ていた悪夢のような光景が脳裏に浮かんでくる。想亜羅はあのとき、きれいな服装をしていて、返り血はもちろん、格闘や乱闘に巻き込まれた様子も見られなかった。

とすると、想亜羅は容疑の圏外に出るのか。

いや、必ずしもそうは言えない。

他に返り血を浴びた者が現場にいれば話が別だが、そんな者はあの場にはいなかった。犯人は、前もって返り血を防ぐガードを用意して犯行にのぞんでいたのかもしれない。だとすると、そのガードのために用いたものを、犯行後どこにやったのかがまた問題となるが。その意味では、誰もが容疑的には対等と言える。その上で、やはり一人だけ奥の部屋にいた想亜羅に対する嫌疑は濃いのではなかろうか。

　中西の表情は能面のようで、どういう意図をもっているかつかみづらい。

「それと、動機の問題もあります。鈴葦さんは、たしか、事件以前は、亡くなった牧島さんとは一度しか話したことがないそうですね？」

「ええ、ちょうどぼくが一緒にいたときでしたが——あのときが初対面だったはずです」

「ええ、鈴葦さんの証言を信じるかぎりは、そのようですから。そうすると、殺人にいたる動機の発生する余地はあまりないように思えますな。ただ、亡くなった牧島さんの妹さんとは、鈴葦さんが同じ高校に通っていて顔見知りだったとか——妹さんを通しての接触はあったわけですから、われわれとしては、この関係にはそれなりに注目しているわけですが」

「でも、牧島の妹と知り合いだからと言って、今まで面識もなかった牧島を殺害する動機なんて発生しようもない気がしますが」

「まあ一応そのように思えますね。牧島さんが鈴葦さんに対して殺意をもつということはありえるかもしれませんが——」

　その言葉を聞いてぼくはびくっとした。

　牧島が想亜羅に対して殺意を？　しかし——

「牧島さんは、死ぬ直前、駅のホームで電車に轢かれて亡くなった妹さんの死の事情を調査していたそうですね」

「ええ、そのようにぼくも聞いています」

「もしかしたら、その調査に、なにか殺人を招くにいたる動機があったのではないかと我々も考えて鋭意捜査しているところですが——。牧島氏の妹さんは、なんとかいう小さな新興宗教団体に入っていたそうですなあ」

「ええ、らしいですね」

「そして、鈴葦さんもその団体の一員だったとか——」

ゆっくりそう言われてぼくはまたぴくりとした。

中西は、やはり想亜羅が怪しいということを示唆しているのだろうか。

牧島が妹の死に関してどのような調査をしていたのか、ぼくには不明だが、妹が入信していたという〈アール・メディテーション〉の内部や信者のところに、牧島が調査のために接触をしに行ったことは充分考えられる。そして、何かまずい情報を知った牧島がそのせいで殺されたのだとしたら——

犯人は、その〈アール・メディテーション〉が差し向けた刺客ではないのか？

そう、中西警部補は示唆しているのだろうか？

想亜羅が、かつてその団体の信者であったことを考え合わせると、彼女がその刺客だったのではないか。そう言いたいのだろうか？

「でも、牧島の妹さんが入信していた〈アール・メディテーション〉は、今年の二月以降、活動が休止していると聞きますけれど？」

「ええ、表面的にはそうなっているようですな。なんでも、その団体に属する若い信者に自殺者が続出して、かなり社会的に指弾を受けていたようですから。教祖が病気に倒れ、宗教団体としては立ち行かなくなっていったようですね。

今では〈アール・メディテーション〉の、全国にあった本部や支部も軒並み閉鎖しているようです。しかし、この手の宗教団体というのは、実態がよくわからない面もありますから、隠れて地下で活動している可能性もありますし――」

「でも、少なくとも、想亜羅は関係ないでしょう。彼女はいまその団体からぬけて、別の教団で活動しています。もう、〈アール・メディテーション〉とは縁が切れているはずです」

「まあ、ご本人もそのようにはおっしゃっているんですが、はたしてどこまで信じていいものか――」

その言葉を聞くと、やはり、中西は、想亜羅を疑っているように思える。怪しげな宗教団体の信者であるせいで、余計な疑惑を抱かれているのかもしれない。

とすると、やはり、なんとか、彼女に向けられた疑惑を逸《そ》らすためにも、ぼくは口を開かねばならない――ぼくはそう決心した。

「ところで、あの事件があったときの証言に関して、一つ確認したいのですが、あの事件があった日、現場にいた者の間で証言が分かれていましたよね。午後三時以降、北側のＢ側の部屋の扉が開いたことがあるかないかで、真っ二つに証言が分かれていましたよね？」

「ええ、三時以前に扉の開閉が二度あったことでは証言は一致しているのですが、午後三時以降、死体が発見されるまでの時間帯では、北側の部屋の扉が開いたことがあると証言する者と、開いたことがないと証言する者の両者がいました」

「警部補は、そのどちらの方により信憑性があるとお考えですか？」

「そう訊かれても困りますな——どちらにより信憑性があるかと訊かれましても。ただ、相対立する証言が出されている、というだけで、それをそのまま受け止めるしかありません。そういう矛盾した証言が出てくるというのは、捜査の過程ではしょっちゅうお目にかかることですから、別段驚くようなものではないのですが」

「でも、あの事件の犯人を突き止めるためには、その時間帯に北側・B側の扉が開いたことがあるかどうかは、かなり重要な情報になってくるのではありませんか？」

「まあ、関わりがある情報であることは確かですね」

「そのどちらの証言に信憑性があるか、ぼくが調べた事柄は、そのことに深くかかわっています。結論から言いますと、ぼくはあの時間帯に、扉が開いたことがあるはずだと確信します。だから、あのときB側の扉が開いたことがないというのは、間違っていて、扉の開閉があったとする証言の方が信じられる、そうお伝えしに参上したのです」

「ほう？　興味深いお話ですな。そうおっしゃるのは、なにか根拠がおありなんですね？」

「ええ」

頷いて、ぼくは、学生会館にある『雅楽研究会』の部室に乗り込み、事件に関する追跡調査を行なった経緯を話し、そこの部員の田辺と立花から聞き出したことを詳しく中西警部補に伝えた。

中西警部補はじっと辛抱強く耳を傾けていたが、最後までぼくの話を聞いてから、

「それでもよくわかりませんな」と感想を述べた。「そのBとSに関する話がどう、扉が開いたかどうかに関わってくるのか」

「田辺くんがぼくに教えてくれた、『変なこと言うから、あっちの部屋とこっちを間違えたじゃないか』という言葉は、あのサークル員の誰かが、あの日、B側とS側の部屋を間違えたという可能性を示唆していると思われませんか?」

「すると、そのサークル員が現れた午後三時の時刻以降に、B側の扉が開閉した可能性は大きいのではないかとおっしゃりたいわけですか。その言葉からすると、あのサークル員の誰かが、BとSを勘違いしていたことになるわけだから——そうおっしゃりたいのですか?」

「ええ、そうです」

「確かにそう解釈できないこともありませんが、しかし、それだけでは根拠は薄弱と言わざるをえませんな。あくまで憶測にすぎず、ありえる可能性の一つにすぎないでしょう。ただ、その点については、さらに調査が必要だとわかりました。われわれの方でも、

引き続き捜査をしてみる方針です。おっしゃりたいことはそれだけですか？」

「いえ、まだです。警部補、おわかりになりませんか？　さきほどお話しした、『雅楽研究会』の連絡係の立花さんが、駒場寮のBとSについて根本的な勘違いをしていたことを？」

「それは、その立花という学生が、駒場寮のSという名称を、南《サウス》の頭文字と勘違いしていたことですか。その勘違いは、でも、彼はもう気づいているわけでしょう」

「いえ、その後のことです。駒場寮のBとSが勉強用と睡眠用にわかれると聞いたとき、彼は勉強用の部屋をB、睡眠用の部屋をSだろうと言いました。それが勘違いだと言いたいのです」

「それが正しくないのですか？」

「ええ、正しくありません。正しくは、逆なのです。

Bは BED（ベッド）のB、SはSTUDY（スタディ）のSです。日本語のローマ字で、あの略号を解釈することで立花さんは、BとSの意味をまったく反対に取り違えているわけです――」

13

「えっ？」

そのぼくの発言に、中西警部補は、ちょっと虚をつかれたようだった。

しばらくしてようやく意味が飲み込めた様子で、

「あっ、なるほど。そういうことですか。ＢとＳとは、ＢＥＤとＳＴＵＤＹ――そういう意味だったんですか。勉強と睡眠ではなかったわけですな」

「勉強用と睡眠用の部屋だと聞いたときに、そう勘違いしてしまうのも無理はないんですが――日本語の言葉でたしかにＢとＳが対応していますから。でも、ＢとＳの意味は、立花さんが理解したのとは、逆の意味です」

「でも、そのことがどう、あのとき北側で扉が開いたはずだという話とつながるんですかな？」

「このあたりは多分に想像が入りますが、ぼくの推測を聞いてください。

立花さんが部員たちに、駒場寮での部会の場所を伝達するときに、『勉強側でなく睡眠側の部屋』とか『睡眠のＳの側の部屋』と伝えた可能性があります。そうすると、部員には、逆の側の情報が伝わった可能性があるわけです」

「つまり部会が行なわれるのは、勉強側と睡眠側で言えば、Ｓの勉強側の部屋のはずなのに、立花氏はそれをＳＵＩＭＩＮの睡眠側だと思い込んでいた。だから、部会の開催場所を、睡眠側だと伝えたとすれば、部員が勘違いして、ＳでなくベッドルームのＢ側に行く可能性がある。だから、そういう部員が、ＳでなくＢ側の扉を開けた可能性がある――こういうことですかな？」

「ええ、そのとおりです。駒場寮での部会は、勉強側ではなく睡眠側であると立花氏から伝えられたサークル員の誰かが、駒場寮にきて、BとSの表示が出ているのを見て、そのどちらが睡眠側なのか、駒場寮生か近くの知っている人に訊ねた可能性があります。で、駒場寮生なら当然、睡眠側といえばBなのを知っていますから、そちらを教えるでしょう。そういうサークル員が、部会の開催場所をB側だと思い込み、そちらに行った可能性があります」

「なるほど、そうやって情報がねじれたために、部会が行なわれる部屋が、SでなくBであると誤解するサークル員が出たかもしれない。その者がB側の扉を開けたかもしれない——というわけですか」

「ええ」とぼくは頷いた。「だから、その誤解の存在と、さっき田辺くんが小耳に挟んだという言葉と合わせて考えると、あの『雅楽研究会』のサークル員に、部会の場所のBとSを間違えた部員が、一人以上はいたと考える方が有力でしょう」

「ふむ、なるほど。筋は通っているように見えますが、しかし、あくまですべては推測にすぎないという気もいたしますな」

「それと、もう一つ気になる点があります。それは、ずっとあの日、三階を監視していたという『宗教から駒場を守る会』の二人のうちの烏山のことです」

「彼がなにか？」

「彼の証言の信憑性は、やや疑わしいところがあるのではないか——そう考えるだけの根拠があるのです」

「ほう。と言いますと？」

「その烏山という男は、ぼくたちのサークルと押し問答になって、学生証を見せろという話になって、やむをえず、ぼくたちが学生証を出して見せたとき、一人だけ異常な興味をもってその学生証を見ていました。そのときの視線があまりに興味津々だったのが、印象に残っています。

　その後、今度は、ぼくらの側から、あちらのサークルに対して、学生証を今度はそちらが見せろ、と要求したとき、後ろにいた烏山という男だけが、すっと眼を逸らしました。それもぼくの印象に残っています」

「ほう。そのことがどう話とつながるのですかな？」

「烏山という男が、本当に東大生かどうかを調べていただきたいと思います。あの対応は、彼がニセ学生ではないかという疑いを抱かせるものです」

「ニセ学生？」

「ええ、学生気分を味わいたいためだけに、大学生ではないのに、大学キャンパスにもぐりこんで、ニセ学生をやっている人間が、結構駒場キャンパスにはいるんですよ。彼もその一人ではないかとぼくは想像します」

「そう推測されるのは、学生証に対する対応のしかたからですか？」

「まあ、そうです。ぼくらが学生証を見せたときの彼のもの欲しそうな眼、学生証を見せろと逆に要求されたときの、焦ったような対応からして、断言はできませんが、もしかしたら、大学を志望しつつ、まだ入れないでいるニセ学生の一人ではないかと思いまして――」

「もしその推測が当たっているとして、それが、どう、証言があてにならないことにつながるのですか？」

「つまり、彼は、学生証に眼を奪われるあまり、背後や廊下の人の立ち入りを見落としている可能性があるのではないか、と指摘したいのです」

「え？」

「別のニセ学生が、最近、東大生の学生証を盗んで逮捕されたという事件もありました。そのニセ学生は、本物の大学の学生証がほしくてほしくてたまらなかったそうです。烏山という男にも、その泥棒ニセ学生と似たような心理を感じます。吸いつけられるようにぼくらの見せた学生証を見ていましたから。そんな風に心を奪われていたら、背後を人が通ったり、廊下の戸が開閉したとしても、見落とす可能性が高くなると思いませんか？」

「まあ、たしかに――しかし、番をしていたのは、もう一人、津野というのもいますが――」

「でも、彼は、烏山とちがって、ずっとあそこにい続けたわけではないんでしょう？」

「ええ、そういう証言をしていましたね。といっても、たった一度だけ、ほんの一分間ほど、三時前に手洗いに行ったときだけだそうですが——」

「それに、津野の場合は、廊下から注意が離れたことがあるかもしれないと認めているわけでしょう。だけど、ぼくが観察した感じでは、学生証にばかり眼を奪われていた烏山の方が、よほど注意が逸れていましたよ。あれでずっと三階の廊下を監視していたとは、到底思えない。だから、もう一人の津野に比べても、烏山の証言は信用がならないのではないか、と申し上げたいのはそういうことです」

「なるほど。その点は、もう一度洗ってみる必要がありますな。特にその烏山という人物が、東大の学生であるかどうかを含めて」

「ええ、是非、お願いします」

「しかし、今おっしゃったことは、どれもたしかな証拠に基づくものではなく、全部推論というか推測の仮説の域を出ない事柄ばかりですな」

「おっしゃるとおり、ぜんぶ推測の域を出ないのは確かです。ぼく個人の調査能力では、調べられるのはせいぜいこのくらいです。ですから、どうか警察の方で、この誤解が実際にあったかどうか、あのときに、B側の扉を開けた人間が本当にいないのかどうか。ぼくらのサークルの野中の証言と、あっちのサークルの烏山らの証言と、どちらに信憑性があるか——それを調べて確かめていただきたいんです」

「わかりました。その方面を調査することは約束しますよ。貴重な情報をありがとうございました」

「一日も早い事件解決を願っています」

挨拶し握手して、ぼくは中西警部補と別れた。

14

中西警部補をぼくが訪ねた翌日、駒場寮のぼく宛に警部補から直接電話があった。それによると、烏山は、やはりぼくの推測どおり、東大の学生ではなく、渋谷の専門学校に通う十九歳の大学入学志望者だということが判明したという。中西警部補はそれ以上、踏み込んだ情報は教えてくれなかったが、ともかく、ぼくが警部補に伝えた推論の一部は、事実によって確かめられたわけだ。それによって、ぼくが警部補に伝えた推論は、より信憑性が高まったと言えるのではないか。少なくとも、烏山の証言の信用度が下落したのは確かだろうから、想亜羅に向けられた容疑は、その分だけ薄らいだと言えるのではないか。そう考えてぼくは、ホッとひと息をついた。

時間的に遡《さかのぼ》る話になるが、牧島の死体が発見された翌々日の日曜日、両親がいない牧島の遺品は、叔父夫婦が引き取りにきていた。あまり牧島本人とは親しくしていなかったらしい叔父夫婦は、彼の部屋の荷物の大部分を未整理のまま放置して帰った。末木編集者が、彼の残した漫画関係の原稿は引き取っていったが、それでも部屋に残されていたノート類とアルバムは、ぼくが友人の代表として引き取ることにした。引き取る、と言っても、処置には困るのだが、ぼくはダンボール一箱分ほど彼の部屋に残された荷物を回収しておいた。

事件発生から数日が過ぎたが、事件の捜査が進展しているという話は耳にしていない。警察はまだ犯人を突き止めることができずにいるようだった。

しかし、想亜羅に対する疑いは、完全に晴れたとまではいかなくとも、かなり薄らいだのだろう――ぼくはそんな風に推測した。

しかし、事件がこれだけで終わったわけではないのである。

第四の迷宮

1

ぼくが中西警部補にもたらした情報が、捜査の役にたったかどうかは、定かではない。ただ、火曜には、想亜羅も気を取り直して、大学に復帰して勧誘にまた勤《いそ》しむようになった。しかし、牧島の事件に関しては、容疑者がつかまったとか、捜査が進展したという話はさっぱり聞こえてこない。まだ判断を下すには早すぎるかもしれないが、警察の捜査は暗礁に乗り上げているのかもしれない。このまま迷宮入りになって、友人であった牧島の死の真相がうやむやに葬り去られてしまうのは、ぼくとしても不本意である。

捜査の進行が捗々《はかばか》しくないなら、ぼくの側でも自主的に、調べられることは調べてみよう。そう思ったが、やはり、牧島の死に関しては、妹の死が何らかの形で関わっている可能性も大きい。そうすると、今は活動を休止している、〈アール・メディテーション〉のことも調べる必要がでてきそうだ。

駒場キャンパスで、想亜羅の姿は火曜日から見られたが、以前より元気をなくしているように見えた。五月二十二日の水曜日は、前日の予約キャンセルによって運よく夕方から三昧堂で部会の場所がとれたので、急遽部会を開くことにした。それで、もし想亜羅の姿を見つければ、部会に出られるかどうか訊いてみようと考えた。

それでその日の朝、割に早めに駒場に出て彼女の姿を探したのだが、なぜか見当たらない。午前中のこの時間は、いつもなら駒場の正門付近か、一号館前の通りか、銀杏並木で勧誘をしているはずなのに、今日はいくら探しても彼女の姿が見つからない。

（……おかしいな）

そう思って、駒場寮の前までやって来ると、何やら人だかりがしているのが見えた。キャンパス内の大通りが交差する北寮前の一帯は、ちょっとした広場のようになっていて、昼休みや寮祭のときには、ここで街頭演説や演《だ》し物がなされたりするところである。

その人だかりに、見覚えのある、須永、江藤らの顔が見えたので、周囲を取り囲んでいるのは、『宗教から駒場を守る会』であることがわかった。

いやな予感がして、ぼくはその人だかりの方角に走り寄った。

その予感は的中して、人だかりの中央にいたのは、想亜羅だった。

「人殺し！」「駒場寮での殺人犯！」といった罵声が周囲から浴びせられている。

これは、『宗教から駒場を守る会』が仕組んだ、想亜羅に対する攻撃だ――そう悟って、ぼくは、その人の輪の中に入っていった。

「やめろ！　不当な言い掛かりをつけるのはよせ！」

そう叫んで、想亜羅を連れだそうとしたが、茶色い髪の江藤がぼくの行く手を阻んだ。

「お仲間のお出ましか。おまえもあの場に居合わせたから、知っているだろう。あのとき、あの部屋に近づけたのは、奥の部屋にいたこいつしかいないってことを」

「そんなのは、おまえらのサークル員の証言に基づく憶測じゃないか。他にその憶測が正しいという証拠がどこにある？」

「何だと？　俺たちが嘘を言っているとでも言うのか？」

「こうやって、白昼堂々、一人の女性をつるし上げたりする集団が、でっち上げのために嘘をついていない保証がどこにある？」

「何を⁉」

「葛城さん――」

ようやく人ごみを押しのけて、想亜羅がぼくのところに来た。ぼくは彼女の身体を自分の方に引き寄せて、

「警察でないあなたたちに、犯人だとか殺人者だとか告発する権利はないはずです」ぼくは、つとめて冷静に言った。「彼女を、解放してください。さもないと、あなたたちを、不法監禁の罪で警察に訴えますよ」

「ふん！　やれるものならやってみな」

江藤の態度は、あくまで高飛車である。自分たちに正義があるのを信じて疑わない様子である。

そのとき、別の方角から知り合いの声が耳に入ってきた――。

「葛城さん――！」

田中きみ子の声を聞いて、振り返ると、彼女が、人の壁越しに、何やら血相を変えた様子で叫びながら手招きしているのが見える。

「どうした？」

「奥元さんが、大変なの――誰かに殴られたらしくって――いま、そこに倒れて……」

「何だって――⁉　奥元が⁉」

ぼくはびっくりして、江藤たちの方を振り向いた。

「まさか、おまえたち……⁉」

「し、知らん」江藤は即座に大声で言った。「俺たちは、そんな暴力は使わない」

「どこだ？」

振り返ってそう訊くと、青ざめた表情のまま、田中はぼくの手をとり、

「こっち、池の方――」と言う。

田中に先導されて、ぼくと想亜羅はそちらへと向かい、周りにいた『宗教から駒場を守る会』のメンバーも、囲みをといて、同じ方角に動き始めた。

2

駒場キャンパスの東の端には、「一二浪池《いちにろういけ》」の名称で親しまれる池がある。東大生が三・四年次の後期課程で主に通うことになる本郷キャンパスに、有名な「三四郎池」があるのにちなんでか、「一二浪池」という命名がなされている。「ろう」の字が「郎」でなく、「浪人」の「浪」なのは、ここの池の水を飲むと、東大に一浪か二浪で合格できるという言い伝えがあるからだそうだ。

といっても、池の知名度は三四郎池に比べてはるかに低い。三四郎池を知らない東大生はいないだろうが、一二浪池を知らない学生はかなりいるだろう。三四郎池が、文豪の名作にちなんだ由緒ある名前をもち、赤門とならんで、本郷キャンパスの代表的な観光名所になっているのに対し、駒場のこの池は、そういう箔のようなものをもっていない。場所からみても、三四郎池が、本郷キャンパスの割合中心部にあるのに対し、一二浪池は、駒場キャンパスの東の端の駒場寮のさらに奥にある。駒場寮より東にある建物といえば、駒場小劇場と寮食堂くらいで、大多数の学生にとっては、用のない領域だ。だから、二年間の学生生活の間に、一度も一二浪池を訪ねることのない駒場生も珍しくなかった。

ただ、ぼくら〈天霊会〉の勧誘員は、その近くを訪ねることがよくあった。というのも、その東の端にある、あまり使われない〈炊事門〉は、徒歩で渋谷駅に行くには一番近いからだ。渋谷の支部は、駒場寄りの方面にあるので、〈炊事門〉から出て、徒歩十五分ほどの距離だ。だから、勧誘員が池の近くにいたとしても、大して不思議はない。

ぼくらが駒場寮の南側をまわって生協理髪店の角を曲がり、一二浪池のほとりにさしかかったとき、ちょうど駒場寮の廊下を通って、『宗教から駒場を守る会』の江藤らがやってくるのが見えた。

この事件が彼らの仕業と決まったわけではなかったが、そのときは、内心、十中八九、彼らの仕業だろうと信じていた。すでに池のほとりに来ていた野中も同じ気持ちだったらしく、江藤を見た彼は、怒りに駆られた声で言った。

「おい！　うちの勧誘員の女の子が殴られて怪我をしたんや。おまえらの仕業やろ？」

「何をバカな」冷たい眼で野中を見返しながら江藤はこたえた。「オレたちは、暴力は用いない。ただ、寮の裏手で暴行事件があったと聞いたので、見に来ただけだ」

「暴力が、おまえらのやりかたやないか。仲間の誰かがやったんちゃうんか？」

「よしなよ」とぼくは野中を制止した。「証拠もなしに、相手を責めては、こちらに不利だ」

「これ以上濡れ衣を着せると、名誉棄損で訴えるぞ」

江藤は冷たく見下したような声で言った。

そう言われて野中は黙った。はっきりした証拠もなしに追及するのは、自分に不利なのをようやく悟ったらしい。

「まあ、被害者が犯人を見とれば、聞けばすぐにわかるこっちゃ」

野中は、そう言って江藤からぷいと顔をそむけた。

池のほとりに着いてみると、ちょうど救急車が到着し、担架が運ばれてきたところだった。そのあたりは、柳など木々が生い茂り、鬱然たる林になっていて、そこが、目黒区の住宅街の中の、大学のキャンパス内だとは、到底思われない一画である。

倒れている奥元三津子の姿も、目に入ってきた。ちょうど救急車から出た隊員に担架に乗せられているところで、服装は乱れ、土埃に汚れていたが、ぱちぱち瞬きしているのが見え、意識ははっきりしていることがわかった。黒髪が額にこびりつき、髪の間には少量の血の痕が見える。

「大丈夫？」

先に近寄ってきた田中きみ子が心配そうに、奥元にそう訊いた。奥元は、こくりこくりと小さく頷きを返した。

「奥元……」

ぼくが駆け寄ると、横たわっていた彼女が少し手をあげて、ぼくの服の袖をきゅっとつかんだ。

その唇は、小さく「せんぱい」と言うような動きをした。

「奥元、安心しろ。ぼくがついているからな」

そう言って彼女の手を握ると、奥元は、ちょっと首のあたりを動かして、頷いたような仕種をした。

救急車の中に運ばれた奥元は、中の寝台に寝かされた。

彼女が倒れていたあたりに、奥元の持ちものらしい、鞄が落ち、中身が散乱しているのが目に入った。ぼくと田中は、手分けして、その物を拾い集め始めた。そのとき、ぼくはふとあるバッジを見て手を止めた。

（……これは）

どこかで見覚えのあるバッジだ。

記憶をまさぐってすぐに思い出した。牧島が見せてくれた彼の妹の遺品の一つだ。たしか、あれは、〈アール・メディテーション〉とかいう団体に所属する者が持つバッジだ。

（アール・メディテーション……？）

（奥元は、そこの会員だったのか……？）

何か、重要な秘密を知らされた気がして、ぼくはそのバッジの存在に心を奪われた。もしかして、これは、何か重要な事件の鍵を握る手掛かりではないのだろうか？

近くで、野中と曽我が、『宗教から駒場を守る会』のメンバーと口論になっていた。

「でっち上げの罪を被せる気か！」という江藤の罵声も耳に飛び込んできた。

「証拠もないくせに、俺たちがやったと因縁《いんねん》をつけるのか」

「こんな卑怯な暴漢、他のどこにおる？　駒場寮に近い、このあたりはおまえらのテリトリーやろ」

「何も君がやったと言っているわけじゃない」と曽我が落ちついた声で言う。「ただ、君たちのサークルで、こんなことをしそうな、乱暴者がいるんじゃないかと、訊ねているだけだ」

「そんなのは、いない。これ以上ありもしない濡れ衣を着せようというなら、名誉棄損で訴えるぞ」と脅すような江藤の声が響く。

「まあ待て」とぼくは、両者の間に立って言った。「証拠がないのに、憶測だけで告発するわけにはいかない。野中、曽我、それ以上はやめておいた方がいい」

野中は拳を握ってなにか言いたそうだったが、ぐっとこらえて押し黙った。

「こいつの方が、少しは話がわかるようだな」と江藤が皮肉っぽく言う。

「それより病院に行こう。奥元さんに直接聞けば、襲った人間はわかるかもしれない。それに、暴行犯の捜査は、警察の領分だ――」

3

救急車には、友人の代表として田中が乗り込み、野中と曽我、南原も、別途、奥元が運ばれた病院に同行することになった。

その日は、奥元への暴行事件への対応に追われ、予定していた部会は中止になった。

ぼくは、部会を中止したことを、他のまだ知らない部員に伝達する必要があったので、とりあえず駒場に残り、その事務処理をまず済ませることにした。

借り出しておいた三昧堂の鍵を学生課に返却し、自分の部屋の戸の前には、「事情により今日は部会を中止することにしました」との連絡を張り出しておいた。

それにしても、今度の事件は重くみる必要がある。もしかしたら、通り魔や個人的恨みによる犯行ではなく、わが団体に敵対する何者かの犯行である可能性も考えられるからである。

学生課で鍵を返すときに、近い別の日で、三昧堂が空いている日がないか探したところ、幸い、翌日の木曜日の午後四時からとることができた。

その予約を済ませてから、ぼくは、奥元が運ばれた病院にタクシーで直行した。

医院に着き、奥元の怪我の診断結果を訊いてみると、比較的軽傷の頭部打撲と診断され、後遺症などは特に心配は要らないとのことであった。

面会することも許されたので、奥元が寝ている病室に駆け入り、「奥元!」と呼んだ。

「あ、先輩……来てくれたんですね。うれしいです」と弱々しい声で、頭に包帯を巻かれた奥元が言ってぼくに手を伸ばした。

ぼくはその手を握りしめながら、

「大丈夫か?」と訊いた。

「平気です……あたし、石頭ですから」

「本当にひどいことをするやつだ。奥元、どんなやつに襲われたか、覚えていないか?」

「それが、後ろからいきなりやられたので、全然……」

「卑怯で卑劣な輩だ……。見つけたらただじゃおかない……」

「でも、おかげでちょっとだけ得もした気分です」

「え?」

「こんなことでもないと、先輩、あたしのこと一人をかまってくれないじゃないですか……」そう言って奥元は、ぼくの手をさらに強く握った。

「何を……」

そのとき後ろから、

「あーっ。あついわねえ、お二人さん。ヒューヒュー」

と言いながら、花瓶をもった南原ともかが入ってきた。彼女はどうやら、外の洗面所に花瓶の水を替えに行っていたらしい。

「まあ」奥元は、ちょっと頬を赤らめて、唇をイーッと南原に向けて突き出した。

「ところで、奥元。一つ聞きたいことがあるんだ――」

「何ですか?」

「君があのとき落としたバッグに紫色のバッジが入っていたよな。あれって、〈アール・メディテーション〉のバッジじゃないか?」

「そうです、あそこのバッジです」

「君はそこの信者だったの？」

「ええ、まあ――でも、あそこ、この二月に解散しちゃって。それからあたし、しばらく悩んでたんですけど、一緒にあそこの教団にいた友人が、この〈天霊会〉に入ったし、『トリテヨメ』の行を一人でしていたら、ここの教団の看板が見えたので、これは、この教団があたしを呼んでいる啓示だろうと思って――」

「『トリテヨメ』の行って何だい？」

「〈アール・メディテーション〉での重要な教えなんです。眼と耳をできるかぎり長い時間塞いでいて、ぱっと感覚を戻したとき、眼に入ってきたり耳に聞こえてくる情報が、その人にとって啓示になるという教えなんです。今まで、あたし、それ四回やって、どれもみな本当に重要な情報が入ってきてくれているんです」

「ふうん、『トリテヨメ』の行ねえ」

「聖アウグスティヌスが、隣りの子どもがたまたま歌で『トリテヨメ、トリテヨメ』って言っているのを聞いて啓示を受けたことに由来するんです。だから、そういう啓示を得て、この教団に入ることにしたんです――」

　その簡単な説明を聞いただけではよくわからないが、いま聞いたところから察すると、その『トリテヨメ』の行というのは、ぼくが中学校にいた頃に、女生徒の間ではやっていた占いの一つに似ているという気がした。それは、未来の運勢を占うために、雑踏の中に入って、そこで聞こえてくる見ず知らずの人の言葉を未来のお告げとして受け取るという遊びだった。

「アウグスティヌスの『告白』を読んだことありませんか？」

奥元にそう訊かれてぼくは首を振った。

「あの本は、前半は、神の道に背いて、放蕩生活をしていたときのことが書かれています。アウグスティヌスが、罪悪感にうちひしがれて涙を流していたとき、隣りの家から『トリテヨメ、トリテヨメ』という子どもの歌声が聞こえてきたんですって。その瞬間、アウグスティヌスは啓示にうたれて聖書をとって読んだ。そのとき読んだ言葉が、彼にその後の生涯を神の道に捧げさせることになる啓示になったんです」

「そのとき読んだのは、聖書のどこの箇所だろう？」

「そこ、聖書あるからとってもらえます？」

と奥元が、ベッドの脇の棚を指差したので、いわれた通り引き出しを開けると、中に日英対訳の聖書が入っていた。

その本を彼女に渡すと、彼女は、慣れた手つきでその本をめくり、

「あった、あった。ここです、先輩」と、ページを開いてぼくに渡した。

そこに書かれていたのは、次のような言葉だった。

昼のごとく正しく歩みて宴楽・酔酒に、淫楽・好色に、争闘・嫉妬に歩むべきにあらず。ただ汝ら主イエス・キリストを衣《き》よ、肉の慾のために備《そなえ》すな。

（『ロマ書』13・13―14）

「それが、自らの放蕩を悔いていた、そのときのアウグスティヌスにとっては、決定的な一言になったそうです」と奥元が説明した。

「ふうん、聖書の中だったら、こんなことを言っている箇所なんていくらもあった気がするけどな――」

「だめですよ、先輩。そんな風に漫然と読んでちゃ。聖書を読むときは、もっと身を入れて読まなくちゃ」

「そうか――ところで、奥元、どうして、もう解散した教団のバッジをずっと持っているんだ?」

「あのバッジは、あそこの教団にはいるとき、一人一人に強い霊力をこめて渡されたものなんです。いつも持っていないと、天に通じる力を失うことになるって教えられてましたから、だから、ずっと――」

「でも、信仰の対象が変わったら、そんな霊力も効かなくなるんじゃないの?」

「そんなこと、ないです」不本意なことを言われたように、ベッドの奥元は、頬をふくらませた。「別にあそこからここに来て、あたし、信仰を変えたつもりはありません。天の自然の理を実践してくれるのが、〈アール・メディテーション〉だし〈天霊会〉だと信じてますから。それに、他のあそこの信者だった人も皆、今でも、このバッジは大事に、身近に持ち続けていると思いますよ――」

「ふうん、そういうものなのか――」

「先輩の聞きたいことって、そのバッジのことだったんですか?」

「あっ、うん、まあな――」

と答えようとしたところ、後ろにいた南原に、肘で何やら、つつかれてしまった。

「あ、それとな、奥元、元気になったら、快癒祝いに、一緒に映画でも見に行かないか。おいしいカレーの店、知ってるから、連れてってあげるよ」

「本当ですか!? 絶対ですよ。約束ですよ」

そう言って奥元は、強くぼくの手を握った。「先輩――あたしが、一番最近『トリテヨメ』をやってたとき、ぱっと目を開けたとき何を見たか知ってます?」

「何を見たんだい?」

「先輩の顔、です」

4

五月二十三日、木曜日。

その日は、朝から肌寒く感じさせる雨が降っていた。

のびのびになっていた部会をその日の午後に三昧堂で開くことになったので、準備役として早めに用意をする必要を感じたぼくは、学生課で鍵を借り、開始時刻より早めにそこに向かっていた。

雨霧にけぶる木造建ての建物の様子が見えてきたとき、ぼくは、胸騒ぎのようなものを覚えた。何かがいつもと違う感じがするのだ。

（……何だろう？）

しばらく首を傾げていたが、じきに、正面の、普段はあまり使わない、引き戸になっている入口の戸が左右に入れ替わっていることに気がついた。

それに気がついた途端、ぼくはぎょっとし、体に小さな震えが走った。

最近たてつづけに起こっている事件がなければ、そんな不吉な予感を覚えたりしなかっただろうが、どうしてもいやな想像が働かざるをえない。

急いで三昧堂の方へと駆け寄る。

正面の引き戸を引いてみるが、なぜか開かない。引き戸の左右の位置が入れ替わっている。中央に揃うべき鍵穴と錠が左端と右端に引き離されていたから、内側から鍵は掛けられないはずなのに、押しても引いても戸は動かない。中から何かがつっかえているようだ。

「だれかいるの？　返事して！」

声を出して呼ばわってみたが、反応はかえってこない。引き戸の覗き窓は古い曇りガラスで、中はまったく見えないが、誰かが中に倒れているような気配がある。

不安の念を強くして、裏側にまわると、そこの戸を施錠するのに使う数字錠がトイレ前の石畳の前に投げ捨てられているのが見つかった。

普段入口に使っているそこの引き戸を開けようとしてみるが、やはり開かない。内側から何かがつっかえているようだ。

そこのガラス戸は、中が覗けるようになっているところがあるので、背伸びをして中を覗いてみると――

人が倒れている。

その長い髪と、服装からして、田中きみ子のようだ。

顔が見えず、遠目には生きているのかどうかさえわからない。

（た、大変だ……）

そう呟いて、ぼくは、一つ向こうの引き戸のところに行った。そこは内側から鍵が掛けられていたようだが、鍵のある位置がほぼ特定できたので、大きめの石を拾ってガラス窓を割った。そうしてできたガラス窓の穴から手を突っ込んで、中の鍵を外し、ぼくは中に入った。

しかし、一歩足を踏み入れたところで、まだ犯人が中に隠れている可能性が頭をよぎった。

（誰も、他にいないよな……）

慎重に左右を見回し、人の気配がないことを確認した。

三昧堂の畳の上には、明瞭に、土のついた靴跡が残されている。

明らかに、部員以外の部外者がつけたと思われる跡だ。

その足跡をつけた人間が、犯人＝加害者であろうと思われた。

左右に素早く目を走らせて、倒れている彼女以外に人がいないことをもう一度確認してから、ぼくは急いで駆け寄った。

「田中さん！」

ぐったりしている彼女の腕に触れると、肌は暖かく生気は感じられた。胸もかすかに上下して、呼吸している徴候は見受けられる。

（よかった……死んでない……）

うつ伏せになっている顔を見ようと、彼女の身体を起こすと、額のあたりに、若干血の跡があった。どうやら頭部を殴られて気を失っているものらしいと見てとれた。

（しかし、犯人はどうやって……？）

表の引き戸も、裏の出入口も、内側から見ると、つっかえ棒がしてあって、外から開かないようにしてある。それに使われた棒は、この禅堂に置いてある警策のようだ。なぜ戸が外から開かなかったのかという疑問は解消したが、どうやって、加害者の犯人がここから出て行ったのかという疑問が生じる。一見したところ、この三昧堂の建物は、中からすべて閉鎖しているように見えるからだ。

足跡をよく見ると、それは、田中の身体のそばから離れた後、西寄りの窓のところに近づいているのが判った。

その窓のところに近づき、窓枠に手をのばした。ふれた途端に、ガタンと窓が、枠からずれ落ちた。その窓は、枠から取り外されて、そこに立てかけられていただけだった。

加害者は明らかに、ここから出ていったのだろう。

内側で窓を枠から外して、外に出、それから窓を、元の位置にたてかけておいたわけだ。一見閉鎖状況に見えたが、その脱出方法は、判ってしまえば何でもない。ただ、どうしてそんなことをしたのかは、いま一つよくわからない。足跡を残していることからすると、自分の犯行を隠蔽する気はあまりなかったように思われる。ならば、なぜ素直に、表か裏の戸口から出て行かなかったのか。

そんな疑問を覚えながら、窓の外を覗いていると、こちらに近づいてくる人の姿が目に入った。

もっさりした髪の毛が揺れているのが見え、副部長の野中だとわかった。まだ部会が始まる時間にはだいぶ間があったが、副部長の責任感で早めに来てくれたのだろう。怪我人が出たことを知らせに行かなければならない一方で、倒れている女性のそばを離れるわけにもいかないという悩みがあった、そのときのぼくにとっては、野中が来てくれたことは、大いなる救いだった。

ぼくは窓から顔を出して、「野中！」と呼んだ。

「どないしてん、そないなとこから顔出して？」

「大変なんだ。田中さんが、誰かに襲われたみたいなんだ――」

「なんやて？」

　野中は、血相を変えて、ぼくのいる窓のところに近づいてきて、背伸びをして、中を覗き込もうとした。

「怪我をしている――一一九番に電話して、救急車を呼んできてくれないか。それと、警察も――暴行事件が発生したみたいなんだ」

「わかった。ちょぉ待っといてくれ」

　野中は、荷物をぼくに預けて、銀杏並木の方に走り戻っていった。

　このあたりは、学内でも辺鄙《へんぴ》な一帯で、近くに電話がかけられるところがない。一番近い公衆電話は、西門を出た通りのところである。電話をかけに行くまで数分はかかるだろうし、救急車が着くまでとなると、早くてもあと十五分か二十分はかかるだろう。

　ぼくはあらためて三昧堂の中を見回した。

（誰が……？）

（一体こんなことを……？）

　倒れている田中のそばには、彼女のものと思われる鞄が落ち、中身が散乱している。犯人が荒らしたのか、それとも、襲われたときに落ちてしまったのかはよくわからない。もし犯人が荒らしたとすれば、彼女が持っていた何かが、この襲撃の原因になったということも考えられる。

落ちているものを片づけるために、畳の上にぶちまけられたものを拾い集めていたとき、その中の一つのものに、何気なく目が止まった。

何となく見覚えがある、バッジのようなものである。

(あれは……)

手に取る前から、ぼくはそのバッジのことを思い出していた。ダビデの星をかたどり、外枠が八角形の形をした紫のバッジ。牧島に見せてもらった、あの〈アール・メディテーション〉のバッジ、そして襲われた奥元も持っていたバッジだ。

(なぜここにこれが……!?)

それを裏返すと、ローマ字で「KIMIKO TANAKA」と印されたシールが貼られている。とすると、これは、他でもない、彼女の持ち物なのだ。

(彼女も〈アール・メディテーション〉の一員……!?)

(なぜ、うちの団体に二人も……!?)

そんな疑問が頭をよぎったが、倒れている田中が、呻き声をあげて、その腕と足がぴくぴくと動くのが見えた。

「田中さん……大丈夫か!?」

そう言って駆け寄ると、彼女はうっすらと目を開けた。

「あ……あたし……」

「そっとしてて――動かない方がいい。いま、すぐ救急車を呼んでくるから――」

彼女は、苦しそうに顔をしかめながら、右手を自分の頭の後ろに当てた。自分の手にねっとりした血がついたのを見て、

「血……あたし、殴られたんだ……」と呟くように言った。

「誰にやられたか、見た？」

そう訊くと、彼女は、きゅっと唇を噛みしめ、小さく首を振った。

「ここ……入ろうとしたとき……いきなり後ろから殴られて……見なかった……」

「とすると、ここで待ち伏せをしていた？」

「そ、そのようね……」

この三昧堂の奥は、小さな木立があり、建物の陰もあるので、見つからずに隠れているには都合のよい場所がいくらもある。しかし、そこに隠れていたとなると、犯人は、ぼくらがここで今日部会をやることを知って、前もって身をひそめていたのだろうか。

犯人の狙いは、田中だったのだろうか。それとも、ぼくらのサークル全体を狙ったのだろうか。昨日、やはりぼくらのサークル員の奥元が襲われたことを考えれば、犯人が、ぼくらのサークルを狙っているということが考えられる。

しかし、ぼくらの部会を狙ったのだとしたら、犯人は、どうやってぼくらのサークルが今日部会をやることを知ったのだろう。今日の部会は、定例日ではなく、臨時に開かれることが決まったものだ。駒場寮のぼくの部屋の張り紙を見て確認したのだろうか。

それにしても、その二人のうちの会に属する被害者が、ともに女性で、〈アール・メ

ディテーション〉に属していたことも気になる。

「田中……」

ぼくは、〈アール・メディテーション〉のことを彼女に訊ねようかと口を開きかけたが、苦しそうに目を閉じている彼女の様子を見て、その質問をするのは今は見合わせることにした。

(早く来ないかな……)

ちょっとじれったく思いながら、周りを見回していると、野中が、小走りに戻ってくるのが見えた。

「葛城！」

「野中……」

「電話はした。十分くらいで来てくれるそや。田中は……大丈夫か？」

「怪我をしているが、意識はあるから、たぶん命に別状はないだろう……。頭の怪我なんで、検査してもらう必要があると思うが……」

「どいつや、こんなひどいことしやがるんは……!?　俺らに恨みもっとるやつの仕業か？」

「わからない……」

「この前、奥元を襲ったやつやろか？」

「ああ、たぶん同じ犯人だろう……」

「なんちゅうことすんねん」そう言って野中は、両手をぴしゃりと叩いた。

そうこうするうちに、救急車のサイレンの音が響いてきた。

「来たか」と言って、ぼくはそちらを振り向いた。

折しも、部会の時間が近くなり、数人の部員たちが、この三昧堂の方にやって来ている姿が見えた。

5

その日の夜七時頃、ぼくは、田中きみ子が緊急入院した医療センターを訪ねた。

命に別状はなく、頭部のレントゲンをとった診断結果でも、特に異常はなかったという報告を聞いて、とりあえずホッと胸をなでおろした。脳に損傷が出るほど重傷ではなく、軽い脳振盪と打撲傷で全治七日間との診断で、後遺症の心配はないとのことであった。浦和《うらわ》市に住む彼女の両親が、心配して付添いにきて、明日には退院して、しばらく大学を休んで実家で養生することにしたという。

暴行犯を探すために、訊問に訪ねてきた警察官にも、田中ははっきりと応対していたという。医者は、今日くらいは面会謝絶にしておくことを勧めたが、田中本人が、警察の訊問にこたえたいと申し出たので、三十分以内という制限はつけられたものの、警察の捜査には進んで協力したそうだ。

野中と曽我と墨田とぼくの四人は、訊問が終わるのを待って彼女の病室を訪ね、持参した見舞い品を渡した。田中とは少し話しただけで、看護婦から面会時間の終了を告げられて退室することになった。

病院を出たところで、気になって、後ろを振り向くと、三階にある病室で、ちょっと寂しそうな顔をして窓の外を見下ろしている田中と、たまたま視線が合った。

（彼女には……）

（いろいろ聞きたいことがあったのに、今日は聞けなかったな……）

そう思って、口惜しそうな表情を浮かべていたのかもしれない。田中は、窓から手を出して、「おいでおいで」という風にぼくに向かって手招きをした。

「……？」

戸惑ってぼくがたたずんでいると、田中は建物の、ぼくから見て右側の方向を指さす。彼女のジェスチャーからすると、どうやらそちらに裏口があるから、そこから入ってこちらに来いということらしい。

田中の意を汲み取って、ぼくは、一人でそちらに行き、裏の入口からまた病院に入った。そこから階段を昇って、彼女の病室に戻ってきた。

看護婦に見つからないよう、病室にゆっくりと入り、背後で戸を閉めながら、ぼくは言った。

「呼んでくれた？」

「気になることがあるの」

ベッドで上体を起こした彼女は、そう言った。

「君を襲った人間のこと？」

ぼくがそう訊くと、彼女はこくりと頷いた。

「でも、いきなり後ろから襲われて、顔は見ていないんだろう？」

「そうなんだけど、ちょっとそのとき気になる言葉を聞いたような気がするの……」

「気になる言葉？」

「殴られる一瞬前、背後に足音が聞こえた瞬間、全身の鳥肌が立ったの。何か、もう足音と雰囲気だけで、悪意というか殺意というのが感じられたような気がして……」

「そのとき何かそいつが言ったのか？」

「はっきりわからないけど、あたしには『さおり』という言葉を言っていたように聞こえたの……」

「さおり？」

それは、死んだ牧島の妹の名前ではないか。その名前を口にしたということは、犯人は、牧島の妹の知り合い……なのだろうか？

そのときぼくは、死ぬ前に牧島から聞いた話を思い出した。たしか彼は、妹がボーイフレンドと付き合っていると話していた。ボーイフレンドはまた、彼女が宗教に入信するのに反対していたという。とすると、もしかして、そのボーイフレンドが、この事件の犯人なのではなかろうか？　沙緒里の死が、彼女の所属していた教団――〈アール・メディテーション〉――によってもたらされたと彼が信じていたとすれば、その団体員に、復讐をして回っているということが考えられる。

しかし、うちの〈天霊会〉は、牧島の妹が所属していた団体ではない。標的にされるのは、誤解だ――

だが――

今まで襲われた、奥元、田中の二人とも、〈アール・メディテーション〉の所属バッジを持っていた。

これは、偶然の一致なのだろうか？

「田中――」

「うん？」

「あのとき、床にちらばった鞄の中身を見たんだが――」

「なにか変なものでも入ってた？」

「こんな形のバッジがあったろう」

ぼくは、近くにあった紙に鉛筆で、さらさらと、覚えている、あのバッジの形状を描いた。

「ああ」それを見て田中は、すぐに思い当たったようだった。「〈アール・メディテーション〉のバッジでしょう。たしかに私、そのバッジをバッグに入れてたわ」

「君は、その教団に入っていたのか？」

「え、ええ……」少し訝しそうな表情で、田中は頷いた。

「この間襲われた、奥元も、そのバッジを持っていたんだ」

「ええ、あの子も私と同じ、〈アール・メディテーション〉の渋谷本部に通っていたもの」

「他にうちの会員に、その〈アール・メディテーション〉のメンバーだったのは、いるのか？」

「ええと、私と、奥元さん。それに谷田《やだ》さんに、山並《やまなみ》さん。それと、窪田《くぼた》くんもそうだったわ」

「どうして？　どうして、そんなにうちの会員に、その〈アール・メディテーション〉のメンバーだったのが多いんだ？」

「葛城さんはご存じなかったんですか？　私も皆も、今年はじめに、〈アール・メディテーション〉が解散したとき、こっちに移ってきたんですよ」

「移ったって？」

「だって、あの団体は、解散するとき、こちらの〈天霊会〉にもおられる長谷川敦子さんが会の解散業務をやってまして……」

「えっ⁉」馴染みのある名前を意外なところで聞いてぼくはぎょっとした。「長谷川さんがっ⁉」

「ご存じなかったんですか？」

「あの人が、〈アール・メディテーション〉の解散処理を？」

「ええ」

「ということは、あの人は、そこの信者だったの？　それとも、そのときだけ〈アール・メディテーション〉の解散処理にやってきていた？」

「私が見たのはそのときが初めてでしたが、てきぱきと教団の処理を仕切っておいででしたから、たぶん、指導部に深くかかわった方なのだと思いました。あそこが解散したとき、信者は〈天霊会〉にうつるように、長谷川さんが指導したので、それで、あたしたちも皆うつってきたんですよ」

「そんな……知らなかった……」

ぼくはそうつぶやき、この件は早々に、渋谷支部にいる長谷川に問いたださなければいけないと強く感じた。

6

長谷川に〈アール・メディテーション〉のことを問いただす前にぼくは、手持ちのものの中で、あの教団に関する情報が得られないか調べてみることにした。

ぼくは友人の一人として、牧島が残した遺品の一部を預かっている。彼が駒場寮の部屋で書き残した手紙やノート類が主だった内容で、大した量はない。

牧島の場合、両親がなかったから、詳しいことを問い合わせたくても、問い合わせる先がないのだ。一応親戚にあたる人が現れて、彼の遺品などを預かってはいったが、ほとんど牧島とは親しくない様子だった。その親戚の連絡先は、ぼくは把握していないが、突き止めて問い合わせたとしても、役立つ情報が得られるとは思えなかった。

駒場寮の自室に戻り、ぼくは、その遺品を調べることにした。探索の目的は、主に二つあった。

一つは、彼が調べようとしていた〈アール・メディテーション〉に関する資料か手掛かりがないかということ。もう一つは、死んだ牧島の妹が付き合っていたという男性に関して、何か手掛かりが得られないかを探すためである。

漫画描きの仕事をしていた彼の残したものは、当然のことながら、漫画を描くためのスケッチや雑記が多く、日記のようなものは含まれていない。

しかし、根気よく調べていくと、ダンボール箱の底近くに、〈アール・メディテーション〉と銘打たれた薄いパンフレットが見つかった。おそらく、牧島が妹のことを調査していた最中にどこかで入手したものか、あるいは沙緒里の持ち物だったものだろう。

それを手にとって、何気なく、パラパラと頁をくってみた。

「明るい明日へ」と書かれたページにある写真に目が留まった。

そこには、何人かの正装をした男性たちが、わざとらしいくらいの大袈裟な笑みを浮かべて、立ち並んでいる写真が載っていた。〈アール・メディテーション〉の指導部の集合写真かと思われる――その中央に、見覚えがある男性の顔があった。

眉間に皺をたて、少し角ばった顎をした、四十歳台のこの男――。

たしか竜崎正道《りゅうざきまさみち》とかいう名で、父が子会社で独立したときに、副社長として、その片腕として働いていた同僚だ。父が前の会社勤めをしていた頃には、何度もぼくの家を訪ねてきたこともあるから、その顔はよく知っていた。その会社が倒産して後、父が〈天霊会〉の渋谷支部長に収まったときに、竜崎もたしか、父の協力者として、〈天霊会〉に入信したと聞いた覚えがある。その後は、彼がどうしていたかは知らされていなかったし、ずっと顔を見かけていなかった。その彼が、なぜこの〈アール・メディテーション〉の指導部の写真の中央にうつっているのか。この写真に占める位置からすると、まるで彼が中心人物のような扱いである。彼自身が、この教団の教祖でもやっていたのだろうか。

その写真をこまかく観察して、他に知った顔はないか探したが、見つけられなかった。うつりの悪い女性の写真が、もしかしたら、長谷川敦子ではないかと思われるものがあったが、小さく陰になっていたので、はっきりとはわからなかった。

長谷川は、父が社長をやっていたときに秘書としてその会社で働いていたのだから、竜崎のこともよく知っているはずだ。だから、この教団の幹部をやっているのがぼくの知っている竜崎だとしたら、会社時代に竜崎と密接な関係にあったはずの長谷川敦子が、この教団に関与していたとしても不思議はない。

やはり、田中きみ子の言ったことは嘘ではなさそうだ……。ぼくはそう確信した。

しかし——

この事実は、一体何を意味するのだろう？

長谷川は、〈天霊会〉の渋谷支部長の補佐をやりながら、裏で別教団の活動をもやっていたのだろうか。隠れて、伯父に対して叛旗を翻したかったのか。あるいは、長谷川の関与は、ぼくの父もなんらかの形でかかわっていることを示しているのではないか？

そんな疑問が、次から次へと浮かんできて、頭の中で渦を巻いた。

ぼくは、駒場寮の部屋を出て、公衆電話ボックスへと走った。

まず、見つかったパンフレットに載っていた〈アール・メディテーション〉の連絡先に電話をしてみたが、予想どおり『現在その番号は使われておりません。番号をお確かめになってもう一度おかけ直しください』という案内が流れた。本部の番号だけでなく、並列掲載されている地方の支部の番号にも片っ端からかけてみたが、どこも反応は同じだった。

〈アール・メディテーション〉への接触はあきらめて、〈天霊会〉の渋谷支部に電話をかけると、今は父も長谷川も不在だという。今日は、上京してきた大阪の支部長との会合で、二人とも新宿に出かけて、今晩の帰りは遅くなるだろうという。

今日は父と長谷川をつかまえるのが無理そうなことがわかったので、ぼくはあきらめて、明日の夕方に会いに行くからという伝言を、長谷川と父宛てにつたえて電話を切った。

まだはっきりしないが、長谷川がこの〈アール・メディテーション〉に関わっていたらしいことは、ぼくをいやな気分にさせた。どうして彼女は、ぼくのことを「坊ちゃん」呼ばわりしながら、大事な事実をぼくに打ち明けず、よその宗教活動に関与していたのか。彼女は〈天霊会〉の幹部の一人でありながら、なぜそんなことをしていたのか。なぜ、そのことを支部長の息子であるぼくにさえ打ち明けていなかったのか。

今日は彼女をつかまえられない以上、その件については、それ以上追及することは無理なので、ぼくは頭を切り換えて、牧島の遺品の中で、彼の妹が付き合っていた相手を示す手掛かりになるようなものが見つからないか探し始めた。

しかし、ぼくの手元に残った荷物はごく僅かだったので、すぐに調べはついてしまった。そんなものはどこにも見つからなかった。

（ないか……）

あきらめかけたとき、以前に牧島の部屋に、沙緒里が訪ねてきたときのことが、少し思い出された。駒場寮で彼女とは、二、三度会ったことがあり、会えば軽く挨拶をするくらいの顔見知りだった。一度彼女が駒場寮の牧島の部屋を訪ねてきたとき、連絡に行き違いがあったのか、牧島が不在だったことがあった。

そのとき彼女が、牧島の部屋の前をぶらついて、何度か彼の部屋をノックし、不満そうな顔をして帰っていった様子をちらりと廊下で見たことがあった。彼女は、そのとき部屋に伝言を張りつけていって、寮のノートに記入して帰るから、などと書き残していった覚えがある。

とすると、寮委員の部屋に残されている記帳用ノートに、彼女の書き込みが残されているかもしれない。

そう気がついたぼくは、寮委員の部屋に行って、去年の夏からの記帳ノートを貸してもらうことにした。

去年の夏から現時点までの期間をカバーする、大学ノートは四冊分あった。たしか彼女を目撃したのは、去年の暮れの時期だったという大体の見当があったので、まずその時期を綿密に調べてみることにした。

印刷された本を読むのと違って、手書きの文字を見ていくのは、はるかに忍耐を要する。牧島の妹がこのノートに書き込んでいるとしても、どういう署名をしているか定かでないので、読み飛ばすわけにもいかない。兄妹同士で、相互了解された符牒のような署名があれば、見つけ出すのは困難かもしれない。

二時間ほどかけて、そのノートに書かれた文字を丹念に追っていくと、去年の十二月十一日に、探していた彼女の書き込みらしいものを発見した。末尾には〈沙緒里〉と書かれているから、まず牧島の妹だと思って間違いあるまい。

そこには、こう書かれていた。

昨日来るって言ったのにいないなんてひどいゾォ∨牧島ノブ
Kくんに会いに来たから無駄足じゃないけど、仕事終わる時間まで待たないといけない。早めに来て損しちゃった。
沙緒里

帳面を丹念にくっていくと、そのひと月ほど前の十一月十日も、沙緒里名義の書き込みが見つかった。そこには、こう書かれていた。

TO　牧島ノブ
今日はちょっとKくんと喧嘩しちゃった。むしゃくしゃするんで、兄貴にグチを聞いてもらおうと思ったら、いなかったね。向こうは勤め人、こっちはガキの高校生で、話がかみ合わないところがあるのはまあ仕方ないんだけど。
芝《しば》さんに、つくってきたお惣菜とか預けておいたから、早めに食べてね。
沙緒里。

さらに一時間以上かけて、じっくりと、その部屋にある他の帳面も順に調べていったが、牧島の妹の書き込みは、その二件以外には発見できなかった。

ここに書かれていた〈Kくん〉というのは、沙緒里が付き合っていた男性のことだろうか。断言はできないが、その可能性は大きそうだ。牧島の口からも、沙緒里が、この駒場寮に来るのは、付き合っている男性に会いに来るついでだと苦笑いとともに打ち明けられたことがある。

そのKという人物について、ぼくが得た情報というのは、それでほぼ全部である。前に牧島から聞いた言葉と、この書き込みからすると、どのような人物であると予測されるだろうか。

勤め人で社会人であるらしいことはわかるので、沙緒里は、ずいぶんと背伸びをして、年齢が上の男性と付き合っていたことになる。

Kというのは、普通に考えるなら、たぶん名前の頭文字だろう。名字か名前かがか行で始まる人間だろうとはわかるが、それだけでは、人物特定の材料にはほど遠い。牧島の言葉や、沙緒里のこの帳面への書き込みからみて、彼女が、そのKと会うために、この駒場という場所は便利だったと見える。勤めている職場か、あるいは自宅がこの近くということだろうか？

もし勤務先がこの近くにあるとしたら、それは駒場界隈ではなく、渋谷のことかもしれない。井の頭線の駒場東大前駅の近辺は、住宅街で、あまりオフィスなどはないが、渋谷までは徒歩で十五分以内に行ける近さだ。

しかし、これだけではあまりに漠然とした情報である。この条件に合致する男性など、何千何百人といることだろう。

もし、沙緒里が付き合っていた男性を探索するとしたら、どこから攻めていけばよいだろう。

既に夜の遅い時刻になっていたので、駒場寮の自室に戻り、風呂にも入らずにそのまま寝入ってしまった。

7

翌日起きてすぐ、ぼくは、渋谷の〈天霊会〉支部に電話を入れに外の公衆電話ボックスに出向いた。

午前中の早い時間帯なら、父がそこにいる公算は大きかった。

期待どおり、父はそこにいたらしく、すぐに電話に出てくれた。

「何だね、こんな朝から？」

電話口から、あまり機嫌のよくなさそうな父の声が響いてきた。

「ちょっと聞きたいことがあるんだけど、今日そっちに行っていいかな？」

「聞きたいこと？　一体何だ？」

「会ったとき話すよ。渋谷の支部に、何時頃行けば、時間とれる？」

「今日の午後は、私がここに詰めている番の日だから、午後三時からなら、空いているが——」

「その時間、長谷川さん、いるよね？」

「いると思うが、なんだ？」

「わかった。じゃあ、長谷川さんにもぼくがそこに行くから待ってるように伝えておいて。三時頃そっちに行くので。よろしく」

「おい、ちょ——」

父が何か言いかけるのを無視して、ぼくは電話を切った。

自室に戻ってきてすぐ、部屋をトントンとノックする音がした。

開けてみると、野中だった。

「昨日は大変やったな——」

「まったく」

とこたえながら、ぼくは彼を室内に通した。

「続けて二件もあないなことがあったんや、俺らのサークルが狙われとる可能性がごつい高いと言えるんちゃうか？」

その野中の言に、ぼくも頷いた。

「ああ。ぼくも、その可能性が大きいと思う——」

「こないなことするんは、誰や？『宗教から駒場を守る会』の連中か？」

「それは何とも言えない。ただ、この前江藤を問いただしたときの様子じゃ、あいつは何も知らなさそうな様子だった」

「あいつが知らんでも、会員の誰か跳ねっ返りが独断でやっとるかもしれへんやろ――」

「それにしても、『宗教から駒場を守る会』のやりくちには、ちょっとそぐわないような気がするんだ。あいつらは、理不尽だが、自分たちの正義を堂々と振りかざしてくるだろう。陰で女性を殴ったりしたら、誰の目にも正義がないのは明らかだ。そんなことをあいつらがするだろうか？」

「たしかにな――そやけど、あいつらやないとしたら、一体誰やねん、こんなことするんは？」

「それはわからないが――」

「葛城、おまえは、何か見当があるんちゃうか？」

「なぜだい？」

「いや、何となく、含みのありそうな態度のように見えるさかい――」

「ふうむ」とぼくは腕を組んだ。「見当はついていないが、いろんな可能性を想定しないといけないとは思っている。警察はあてにならないから、ぼくらのサークルを自主防衛するためにも、犯人を突き止める必要を感じている」

「心当たりがあるんか？」

「いくつか調べてみたいことはある――今日は、少し調査をしてみようと思う。

野中も注意を徹底してくれ。もうこれ以上被害者を増やさないためにも。駒場キャンパスを歩くときは、とにかく警戒すること。特に女性は、一人で歩くのは危険だ。必ず何人かで固まって行動するように、通達を徹底してくれないか？」

「わかった」と野中は頷いた。「それで、昨日は、あの事件のせいで部会が流れてしもたやろ。今日にスライドして、午後四時からまた三昧堂で部会をやりたい思うんやが――」

「今日は部室は確保できたの？」

「そや。俺が学生課に行ってみたら、たまたまキャンセルが入ったらしく、今日の午後、三昧堂を借りられることになったんや」

「そうか。しかし、あそこも昨日の今日だからね。気をつけるように伝えてくれよ」

「わかっとる」

「その部会のこと、皆に伝えた？」

「一応、電話で伝えられる範囲には、曽我と手分けして、伝えた。それでも伝わらん部員がおるかもしれへんが、まあそれはしゃあないやろ」

「じゃあ、その部会のときも、くれぐれも一人にはならないよう、固まって行動するよう注意してくれ」

「葛城、おまえは部会に出えへんのか？」

「さっきも言ったように、今日は調べたいことがあるからな――。部会は欠席させてもらう。野中、すまないが部会の世話をぼくにかわってやってくれ」

「わかった」

野中がそう言って出て行くと、ぼくも外出の準備を始めた。

8

きっかり午後三時に渋谷の〈天霊会〉の支部に赴き、中に入ると、受付のところに、長谷川が坐っていた。

「長谷川さん——」

「あら、坊ちゃん？　お父様は、奥の部屋でお待ちですよ」

「父さんにも聞きたいことがあるんだけど、それよりまず、長谷川さんに聞きたいことがあるんだ——」

「何でしょう？」

「〈アール・メディテーション〉のことだよ」

「それがなにか？」

眼鏡を直しながら、長谷川は怪訝《けげん》そうな声でそう言った。父でなく彼女の方に用事があるなどとぼくが言いだすことは珍しいからだろう。しかし、彼女の表情に変化が兆したのは、ほんの一瞬で、すぐにいつもの能面のような表情に戻った。感情が読めない、その表情から彼女の内面を推し量るのは難しかった。

「長谷川さん、その団体とは、だいぶ深い関わりがあったんじゃないの？」

「ええ、そのとおりですね、あそこの解散処理のときは、お手伝いに出向きましたから――」平然とした表情で長谷川はそう言うので、ぼくはちょっと拍子抜けしてしまった。

「どうして今まで、そのこと、ぼくに隠していたの？」

「別に隠していたわけではありません。特にお伝えする必要のある事柄とは思わなかっただけのことです。そのことがどうかしましたか？」

「友人の牧島が死んで、うちの勧誘員が何者かに暴行される事件が二件も発生しているのは聞いているだろう？　その事件が、みな〈アール・メディテーション〉という団体と関係があるらしいことがわかってきているんだ」

「そうでしたの、それで――」

「長谷川さんは、そこの団体に関与していたの？」

「そのご質問は、私があそこの信者だったかという意味でしょうか？　そういう意味でしたら、『違う』という答えになります。あそこの信者だったことは一切ありませんから。ただ私は、あそこの教祖の竜崎さんのことはよく存じあげていましたから、あの人が投げ出した教団の後始末をお手伝いしただけのこと」

「そのあたりのこと、もう少し詳しく聞かせてもらえるかな？」

そのとき、ぼくたちの会話を聞きつけたのか、父がそこに入ってきた。

「陵治、来てたのか——何の話をしている？」

長谷川との大事な話の腰を折られてぼくはちょっと憮然としたが、父にもこのことを聞いておくよい機会だと思ってぼくは、持参したパンフレットを取り出した。

「これ、見てくれる？」

そう言ってぼくは、牧島の遺品の中にあった〈アール・メディテーション〉のパンフレットを、机の上にぽんと置いた。

それを見て、父はさっと顔色を変えた。それが、何であるかすぐに理解した様子である。

問題の写真のページを開けて、竜崎と思われる顔を指差しながら、

「このページ、写ってるの、これ竜崎さんだよね？」と訊いた。

「あ、ああ……そのようだな」父は、苦虫を嚙みつぶしたような表情で頷いた。

その父の対応を見て、父がこのことを事前に知っていたことには確信がもてた。父は、同僚の竜崎が、〈アール・メディテーション〉という教団を興して、そこの教祖に収まっていたことを知っていたのだ。

「竜崎さんって、父さんと一緒に会社をやっていた人でしょう？　ずっと一緒に会社をやってて、会社が倒産した後は、この〈天霊会〉に一緒に入信したと聞いたけど、いつの間にこんな、よその団体の教祖様になっていたの？」

「いや、それは、いろいろあってだな……」

「父さん、竜崎さんとは、ずっと一緒に仕事をしていて、この教団にも一緒に入った仲

だろ？　だったら、当然、こんな教団を興したことも知っていたんだろ？」

「そりゃまあ、そういうことをやっているらしいと噂には聞いていたが……」

父は、顔をしかめ、話しにくそうにしている。その様子から、〈アール・メディテーション〉が触れられたくない話題だということがありありとわかった。

「坊ちゃん、お父さんにかわってその質問にお答えしましょう」と長谷川が言った。「ご想像されているとおり、お父様は、同僚だった竜崎さんが、その〈アール・メディテーション〉を興したことをよくご存じでした。その教団の名前は、竜崎の頭文字のRをとって命名されたものです。お父様は、竜崎さんの教団に入信はされないまでも、教祖をやっておられたときの竜崎さんとは、密接に連絡を取り合っておられました。あの教団が活動をしていた時分は、お父様は、その教団の運動を側面からいろいろ援助したり、さまざまな支援をなさったりしておいででした」

「どうして、そんなことを？　父さんは、伯父の教えに満足してないの？　独立して別の教団をつくりたかったの？　竜崎さんは、どうして、ここにとどまらないで別の教団をつくろうとしたりしたの？　ここが不満だったから？　伯父の教団から自主独立したかったの？」

「いっぺんにそんなに質問されても、こたえきれませんわね。まず、ひとつ言えるのは、〈アール・メディテーション〉の教義は、決して、わが〈天霊会〉に反するものでも、矛盾するものでもないということです。あの団体は、竜崎さんが教祖になったとは言え、この〈天霊会〉の活動を一部特殊化した、いわば別動部隊のようなものでした」

「どうして別の教団が別動部隊になるの？　それに、なんで、うちの教団に、そんな別動部隊が必要なの？」

「〈天霊会〉は、全国で三千人ほどの信者を獲得して、まずまず自立した経済活動ができる程度の規模になんとかなりましたけれども、まだまだ組織の基盤は脆弱です。信者が三千人いると言っても、その内実は、経済力のある人が少なく、寄附金などが充分賄えないのが実情です。ご存じでしょう、〈天霊会〉は、各大学には結構浸透していますが、サラリーマンたちの実業社会には、まだまだ伝わりが少ない。その点を、竜崎さんって方が補えないかと考えて、始めたのが、〈アール・メディテーション〉です。竜崎さんは、独立事業主としてのビジネス経験もありましたから、今の会社人にとって、求められている宗教がどんなものか、よくわかっているという自負があったようです。それで、この〈天霊会〉で培《つちか》った、宗教ビジネスのノウハウを生かして、自分でつくろうとしたのが、〈アール・メディテーション〉でした」

「でも、それって、伯父に対する裏切り行為じゃ――」

「それは違います。この実験は、あなたの伯父さんも承知の上のことでした」

「え？　どうして？　知っていながら、なんで黙認を――？」

「たぶん、自分の信者だった竜崎が、独力でどのくらいやれるのか、試してみたかったんだと思いますわ。どうせあの教団は長続きはしないだろうという予測がおありだったのかもしれません。竜崎の方では、ここから独立して別の教団を興したつもりでしたが、私が無著様に〈アール・メディテーション〉のことをご相談したときには、無著様は竜崎氏の独断専行を認めた上で、どうせそこの信者は、〈天霊会〉に吸収されることになるのだから、あそこはうちの別動部隊とみなせばよいとのお言葉をいただきました」

「それで別動部隊か――でも、それはあくまで、達観した伯父の見かたであって、信者の人たちは、そんなことを思っていたわけではないんでしょう？」

「それはそのとおりです。ですが、結果的に無著様の予測が正しいことが証明されました。〈アール・メディテーション〉は短期間しかもたずに潰れ、そこの信者の大部分はうちが吸収することになったわけですから。

〈アール・メディテーション〉は、人集めの方法、集金、組織、その他ノウハウは皆揃っていましたから、竜崎さんもそれでうまくいくはずだと思ったんでしょうね。でも、何か肝心なものが欠けていたようですね」

「何が欠けていたんです？」

「一言で言えば、求心力ね。宗教団体が成立するには、核がなければならない。その単純な真理を、〈アール・メディテーション〉の実験は、あらためて教えてくれました。そうでしょう、葛城さん？」

話をふられて、父は、何か低く呻《うめ》いて、顔をしかめた。

「竜崎さんは、今はどうしているんです？」

「教祖の役を最初は演じようとしていたけれど、半年ほどしかもたなかったようね。精神的にすっかり参ってしまって、リタイアしたいと言いだしたのは去年の暮れの頃でした。

それに、信者に自殺者がかなり出たことがダメージになりました。小さい週刊誌に取り上げられたくらいで、もしあのまま教団を続けていたら、もっととんでもないバッシングに巻き込まれていた可能性が大きいわ。ですから、結果的に、傷口が小さいうちに解散して正解だったと思います」

「そんなに自殺者がたくさん出たんですか？」

「牧島沙緒里さんとかおっしゃいましたわね、調布の信者で、飛び込み自殺をした女の子」

そう言われてぼくは頷いた。

「その子も通っていた、調布支部の信者に特に自殺者が何人も出たみたいなのです。それで、教団に関して、あの辺りじゃもう相当悪い噂が広がっていましたから。このままだと、信者というだけで、一般市民からリンチにあいかねない雰囲気だったとも聞いております」

「それで撤退することにしたんですか」とぼくは答えたが、何人もの自殺者が出たというのは、気になった。もしかして、沙緒里の自殺も、その一連の多発自殺の中の一件なのだろうか？

「ええ。ただ、解散って言ってもすぐには出来ないし、教祖の竜崎さんは入院してしまいましたから、結局、周りの私たちで処理することになって、本当に大変でした」

そのときぼくは、父の部屋で、〈アール・メディテーション〉のバッジに似たものを見た覚えがあるのを思い出した。前に父の部屋に行ったときに、自分の着る服につけられているのを見た覚えがある。そのことを問いただしてみることにした。

「父さん、〈アール・メディテーション〉のバッジを持っていなかった？」

「どうしてわしがそんなものを持っている？」

「だって、前に父さんの部屋で、似たようなものを見た覚えがあるんだ――」

「そ、それは、たぶん、竜崎が、わしに送った持ち物にはあったかもしれんが、信者のバッジじゃないぞ――」

言い訳口調でそう言う父の主張は、どうも信用がおけない気がする。バッジがあったことからすると、父もやはり〈アール・メディテーション〉の信者だったのではあるまいか？

「父さん！」ぼくは、そう言ってテーブルをバンと叩いた。

「父さんは、一体どういうつもりだったんだ⁉　その竜崎氏の会が活動していたことはずっと知ってたんだろう。伯父に隠れて、他宗教を援助していたら、立派な裏切り行為じゃないか！　知ってて、反対もしないで、ずっと黙認していたの？」

「いや、陵治、これにはいろいろあってだな……」

しどろもどろに弁明する父の姿を見て、そのあまりの小人物ぶりにぼくはほとほと情けなくなった。憐憫の情を感じたくなるほどだった。

今の父の対応ぶりからすると、父が竜崎の宗教活動をよく知っていたことは間違いない。バッジを持った信者だったかどうかは、証拠がないので、どちらとも断定はできないが——。

しかし、とにかく、長谷川の言葉を信じるなら、父がその〈アール・メディテーション〉の活動を側面から援助していたことは確からしい。そんな援助をするからには、父のことだから、なにかの計算か利害が働いてのことに違いなかろう。察するに、もし、竜崎の〈アール・メディテーション〉が成功して、教団運営が軌道に乗ったら、そこの幹部として横滑りするつもりだったのではあるまいか。胸の内では、伯父の教団を裏切る算段をしていたのではあるまいか。それがうまくいかなかったものだから、今でも、渋谷の支部長の座に甘んじているにすぎないのではないか。そういう後ろぐらい事情があるからこそ、今ぼくの質問にもはっきりと応えられず、冷汗をかいて、苦しそうな対応をしているのだろう。

そういう推測がぼくの中で明瞭に形づくられていった。

「いま竜崎さんは、どこにいるの？」

「精神病院に入院したままです。教祖をやっていたせいで、すっかり精神的にまいってしまったみたいで」

「どうしてそんなことをしつこく訊く？　あそこは、もう終わってなくなった教団なのに——」と父は不満げに訊く。

「父さんは、聞いてないの、いま駒場で起こっている事件のことを？　あれに、〈アール・メディテーション〉が深く関わっているらしいんだよ」

「そ、そうだったか……」

「その話、聞いてないの？」

「その、うちの勧誘員が襲われた事件は、〈アール・メディテーション〉が絡んでいるらしいということになるのか？」

「まだわからないことが多いけれど、今のところ、そうとしか思えないんだ——」

ぼくは、あらためて、現時点までわかっている、その事件に関する事柄を父と長谷川に話して聞かせた。

長谷川は、深刻そうな表情をして耳を傾けていたが、ひととおり聞き終えると、

「そう、そんなことが——」と溜め息をついた。「まだ犯人が捕まっていないとなると、駒場キャンパスでは、特に女性の勧誘員は、身の安全に細心の注意が必要ね——」

「ええ」とぼくは頷いた。「一応、副部長の野中とも話し、いま駒場のキャンパスでは、絶対に単独行動はしないようにとの通達はしています。必ず二人以上で行動するようにって」

「それにしても、その犯人の狙いは、うちの団体なのかしら？　それとも、解散した〈ア

ール・メディテーション〉の会員を狙っているの？」

「それはまだわからないが、今のところ、〈アール・メディテーション〉を狙っている可能性の方が大きいんじゃないかと思う——いまぼくらの教団員で、〈アール・メディテーション〉の会員だった人ってどのくらいいるの？　あらかじめ防衛策を講じるためにも、事前にそのことを知っておきたいんだけど——」

「そんなのが書かれたものってあったかしら？」長谷川が父の方を向いて、そう言ったが、父は首を振った。

「わしはあそこに入信していたわけでもないし——」

そのとき、部屋にあった電話が鳴ったので、長谷川が受話器をとった。

「もしもし……。えっ。はい、坊ちゃんですね……おりますけど……少々お待ちください」

「ぼくですか？」

「ええ」と言いながら、長谷川秘書は、ぼくに受話器を手渡した。「野中さんよ」

「野中？」彼の名前を聞いた途端、ぼくの心は、不安の黒雲に覆われた。

受話器を握るなり、ぼくは大声で訊ねた。

「どうしたんだ、野中？」

「またや。またやられた」

「誰が⁉　どこで⁉」

「墨田はんが、さっき、西門そばで、一人でいるときに——」

「だから、一人で行動するなと言っていたのに——」

「ちょっとの隙をつかれたんや」

「で、怪我は⁉」

「意識ははっきりしとる。いま救急車がくるのを待っとるところや。一一九番に電話したんが、まだほんの今しがたや」

「わかった。すぐそちらに行く——」

ぼくが電話を切ると、父と長谷川が、心配そうにぼくの顔を見つめていた。

「また、襲われたの、うちの子が？」

「どうもそうらしい——今度は、墨田って文科三類の子だ。その子も〈アール・メディテーション〉に属していたか、わからない？」

「さあ、そんなことを訊かれてもわしにはなんとも——」と父は首を振った。「警察は、まだ犯人をあげられないのか？」

「人物を特定できるだけの証拠が少ないんだ。警察は、あてにできない。ぼくらの方で、なんとか先に犯人を突き止めないと、まだこれからも被害者が出つづけるおそれがある——」

「そ、そうだな——」と父は相槌を打って、ちらりと長谷川の方を見た。

「必要とあれば、〈アール・メディテーション〉関連の書類なども捜索してみる必要がありますね」と長谷川はこたえた。

「お願いします」と言ってぼくは頭を下げた。「じゃあ、墨田が心配なんで、駒場に戻ります」

「これからすぐあっちに戻るのか?」

「うん、行ってくる」

「気をつけてくださいね、坊ちゃん。坊ちゃんも、教団員として犯人の標的にされる可能性もあるんですから——」

「わかってるさ、気をつけるよ」

二人に軽く一礼して、ぼくは、その部屋を出て行った。

9

ぼくは、駒場キャンパスに移動する時間を縮めるために、支部が所有している自転車を借りることにした。自転車で飛ばせば、駒場キャンパスの西門付近まで十分とかからずに着くことができるだろう。

(しかし……)

(それにしても……)

自転車に乗りながら、ぼくの頭の中に疑問が渦を巻いていた。

犯人はどうして今日、うちらが部会を開くことを知っていたのだろう？

今日の部会は、ぼくの駒場寮の部屋の前にも張り出していない。勧誘員には今日野中と曽我が電話連絡して知らせたのである。それなのに犯人はどうして今日ぼくらの勧誘員が駒場にいることを知っていたのだろう？

四月の時期であれば、原則的に日曜日以外は毎日勧誘をやっていたから、勧誘員が毎日駒場キャンパスに現れていた。しかし、五月も下旬になると、勧誘員が毎日駒場に勧誘しに来ることはない。墨田は学内生とは言え、他の駒場生と同じく、毎日駒場に来るわけではない。文三の二回生が、駒場キャンパスに授業を受けにくるのは、週に二日か三日が普通だ。部会のことを知らなければ、墨田が今日駒場キャンパスに現れるかどうかは、予測がつかないはずなのだ。他大学の勧誘員が駒場キャンパスに勧誘に来るのは、大体週に二回、部会のある日だけだ。しかも、その部会の開かれる日は、昨年度までは水曜と土曜に決まっていたが、現在は不定期で、直前に部員に電話連絡で知らせるか、ぼくの部屋の張り出しで知らせるかだ。

だから、原則的には、ぼくらの部会の情報は、部員以外に伝わらないはずなのだ。

それなのに、今日もまた暴行が行なわれたところをみると、犯人は、ぼくらのサークルが今日も部会をやることを心得ていたと見える。

どうして部員にしか知りえない情報を犯人は知っていたのか？　もしかして犯人は、なんらかの形で、ぼくらの部内にいて、部員にしか知りえない情報をつかんでいるのではないか。

それとも、犯人は毎日ぼくらの勧誘員を見張り、都合のよいときを狙って、襲撃しているのだろうか？

そんな疑問に悩まされているうちに、ぼくの乗る自転車は、駒場の西門付近に到着した。

そこには、救急車が止まり、周りに人だかりがしているのが見えた。

（……あそこだな）

その近くまで自転車を飛ばして、サドルから下りると、野中がすぐにぼくに気づき、

「葛城。えらい早かったな」と声をかけてきた。「まだついさっき電話をかけたばかりやのに――」

「自転車を借りて飛ばしてきたからね。それより、墨田は？」

「いま車の中に運ばれたところやが、命に別状はないようだ」

「そうか、ならまだよいんだが――」

「入るか？」救急車に乗り込んでいた曽我が、ぼくに気づいて、そう声をかけてきた。

「ああ、よければ」

「来いよ」

ぼくは、救急車の中に入り、中のベッドに寝かされている墨田を見つめた。

後頭部から額にかけて包帯を巻かれちょっと苦しそうに眉をしかめて眼を閉じている。

「墨田――」

ぼくがぽつりとそう言うと、彼女はその声に気づいて、うっすらと眼を開けた。

「葛城さん――」

「墨田、大丈夫か？」

「え、ええ」と言って墨田は弱々しく微笑んだ。

「犯人は見た？」

「覆面をしていたから、顔はわからなかった。でも、これ――」

と言って墨田は、手をぼくに差し出した。

「なに？」

よく見ると、墨田の手には、紫色のバッジが握られていた。まがうかたなき、〈アール・メディテーション〉のバッジである。

「これは⁉」

そのバッジを見てぼくはぎょっとした。墨田もやはり〈アール・メディテーション〉の一員ということか。彼女が襲われたのは、〈天霊会〉員としてではなく、〈アール・メディテーション〉の信者としてなのか？

「これ、あいつの」墨田はぽつりとそう言う。

「あいつの？」

「犯人がもってたの。このバッジ。それを奪ったの。倒れたときも、身体でかかえてた。犯人を突き止める手掛かりになるでしょう」

「これは、犯人の持ち物なのか？」

ぼくがそう訊くと、墨田はこくりと頷いた。

このバッジが、墨田のものだと思い込んだのは、ぼくの早とちりだったようだ。そうではなく、これが、犯人のものだとすると、犯人は、〈アール・メディテーション〉の信者ということになるのだろうか。

ぼくは、そのバッジを裏返してよくよく観察した。

細かく見ると、その裏面には、かすかに薄く印刷された文字が浮かび上がって見えた。それは、８４１０３０９８と読めた。

これは、信者の識別番号かなにかだろうか。最初の二つの数字、84というのは、去年の一九八四年を意味する可能性が高い。とすると、次の10というのは、十月のことかもしれない。八四年十月というと、まだ〈アール・メディテーション〉が活動をしていた頃だから、もしかすると、その数字は、その信者の入信した時期を示しているのかもしれない。

後の「３０９８」という数字は、これだけでは読解は不可能である。だが、信者の会員番号のようなものではないかという推測は充分成り立つ。〈アール・メディテーション〉の信者の会員番号を示した一覧名簿が入手できれば、このバッジの持ち主、ひいては、この事件の犯人がすぐに突き止められるのではないだろうか。

もしこのバッジが犯人の所有物だとすると、その事実は、沙緒里の付き合っていたボーイフレンドが犯人だという、田中の証言から得られた仮説とどう折り合うだろうか。犯人が〈アール・メディテーション〉に所属していたとすると、何らかの理由で、〈アール・メディテーション〉の会員に恨みを抱いて、連続犯行をしてまわっているという可能性が考えられるが、それでは、沙緒里のボーイフレンド犯人説とは折り合いが悪い。しかし——もしこのバッジが、元は犯人のものではなく、沙緒里のものだったとすれば、犯人の男が、信者ではないが、彼女の形見として身に着けていたという可能性も一応あり得るだろう。だから、その仮説は、このバッジの存在によって、積極的に裏付けられはしないものの、否定的な反証になるというわけでもない。

いや——そこまで考えてぼくは、牧島が妹の遺品として、〈アール・メディテーション〉のバッジを持っていたことを思い出した。たしか彼の部屋を訪ねたときに、そのバッジを見せてもらった。だとすると、今この目の前にあるバッジが、牧島の妹のものであるはずがないではないか。しかし——牧島の持ち物だった、沙緒里の遺品のバッジは、あれからどうなったのだろう。彼の遺品を整理しに来た親戚が持ち帰ったのだろうか。

「墨田」と言ってぼくは彼女の手を握った。「これがあれば、犯人を突き止める手掛かりになる」

「よかった、あたしも役に立つんじゃないかと思ってた——」

そのとき救急隊員から、「付添い人は二人までです。他の方は、別途病院においでいただけますか」と言われてしまった。

「すみません。出ます」

行き先の病院名を確認して、ぼくは、墨田から渡されたバッジを手に、救急車から下りた。

ぼくは現場から離れ、近くの公衆電話ボックスに入り、〈天霊会〉渋谷支部の番号につないだ。電話に出た相手は、すぐ声で長谷川だとわかった。

「もしもし、長谷川さん？」

「あら、坊ちゃん――墨田さんは、どうでした？　大丈夫ですか？」

「命に別状はないみたい、一週間くらいで治りそうな怪我だということだ」

「そうですか、まだ軽傷で済んだだけよかったですね――」

「ところで、一つ聞きたいことがあるんだ」

「何です？」

「〈アール・メディテーション〉の名簿って、どこかに残っていないかな？」

「どうしてです？」

「墨田を襲った犯人は、〈アール・メディテーション〉のバッジを持っていたらしいんだ。それを墨田が奪ったので、いまここにある」

「それは犯人のものなんですか？」

「断言はできないが、その可能性が大きいようなんだ。それでそのバッジを見ると、裏に小さく番号のようなものが書かれている。もしこれが犯人の持ち物だとすると、信者の名簿から、犯人を突き止められるかもしれないと思ってね――」

「さて、どうでしたか――ちょっと、お父様に聞いてみます」

電話の向こう側では、長谷川が、ぼくの父親に、名簿のことを訊ねている声が聞き取れた。父が「知らない。自分は持っていない」と返事しているのが聞こえた。

「もしもし、坊ちゃん？」

「うん」

「お父様に聞いてみましたが、ご存じないとのことで、竜崎さんも、入院したときにはほとんど着の身着のままだったそうですから、あの人のところにも何も残っていないでしょう。ただ、あの教団では、今年初頭に『〈アール・メディテーション〉の一年』とかいう立派な装丁の限定本がつくられていたのを覚えています。たしかその中に、名簿の情報も載っていたと思います」

「その名簿は、どこに行けば手に入るの？　本屋で買えるものなの？」

「いえ、ごく限定の、非売品ですから――」

「長谷川さんは、持ってないの？」

「いえ、私はそういうものは持っておりません――」

「元・信者なら持っているかもしれないのかな？」

そう聞きながらぼくは、うちの勧誘員をしている、〈アール・メディテーション〉の元・信者たちのことを頭に思い浮かべた。田中や奥元が元・信者なのだから、彼女たちに聞けば、名簿は入手できるのだろうか。

「そうですね、持っているとしても、ごく少数の幹部クラスのみだと思います——」

「じゃあ、一般の信者は持っていないか？」

「信者の中でも、持っていたのは、ごく限られていると思います。ですが——そうだ、坊ちゃんは、駒場の東大生なのですから、駒場の図書館に行かれると見つかるかもしれませんわ」

「駒場の図書館？」

意外な言葉が、長谷川の口から飛びだして、ぼくは少し驚いた。

「どうして駒場の図書館にそんな本が？」とぼくは訊ねた。

「あそこの図書館情報課とかいう部門に〈アール・メディテーション〉の信者がいたんです。たしか東大のコンピュータを利用して、信者の名簿を作成しかけていたのも、その信者です。会が解散したとき、〈アール・メディテーション〉関係の書籍は、みな図書館に寄贈してしまったようです」

「なるほど、でも、そんな本、寄贈されたとしても、図書館の方で所蔵しているかなあ？」

「それは私にもわかりません」

「長谷川さんは、その本を見たことはあるの？」

「あそこの本部に置いてあったときに、見たことはあります」

「題名は『〈アール・メディテーション〉の一年』というんだね。外見とか、装丁の感じを、覚えている範囲でいいから、教えてくれるかな？」

「そうですねえ、普通の単行本よりひとまわりサイズは大きかったと思います。ワイン色のクロース装丁で、題名の文字は金箔だったと思います」

「わかった」

長谷川が覚えていたその本の特徴や外見を、ぼくは、忘れないように、手帳に控えておいた。

とにかく、その名簿の載っている本を探してみようとぼくは決心した。このバッジに載っていた番号と対応している情報が載っていれば、この事件の犯人はすぐに割り出せるに違いないし、そういう情報でなくても、今度の事件を解明するものが何かきっとそこにあるに違いないとぼくは考えていた。

10

電話を終えた後、自転車に乗って、また昨日行った病院に急いで駆けつけると、墨田が、同じ病室の個室ベッドに寝かされていた。

怪我の程度は軽く、来客との対面も特に問題ないと聞いたので、ぼくは、病室に入るなり、彼女の名を呼んだ。

「墨田」

少し落ちくぼんだ顔をしている墨田は、頭の上側を包帯で巻かれて、額と顎に湿布をはられて、ますます顔が落ちくぼんで見えた。

「葛城さん……」ぼくを認めると、彼女は、弱々しい声でそう言った。

「大丈夫か？」

「え、ええ……」

そう言って彼女が毛布の下から手を出してきたので、ぼくはその手を握った。

ふだんより血の気が引いているせいか、少し冷ために感じたが、血流の、まぎれもなく命が通っている徴が感じられた。

ぼくより先に来て、隅の椅子に腰を下ろしていた野中がいたので、ぼくは彼に、「どうして、彼女を一人にしたんだ？」と訊いた。

「いや、それは……」と野中が答えかけると、

「あたしが悪いんです」と墨田が遮るように言った。「油断して、ちょっと、駒場の西門出たところのお店に買い物に行こうとして、一人で西門を出たから……」

「そのときに襲われたの？」

そう訊くと、彼女は、小さく頷いた。

「相手は、見なかった？」

「後ろから、いきなりガツンとやられて、見る暇がなくて……」

「前後の事情からみて、その場所で待ち伏せしていたようだな」と野中が言った。

「やっぱりぼくらのサークル員を狙っているんだろうな？」

「ああ、二人ならまだ偶然かもしれないと考える余地があったが、三人続いては、もう偶然ではありえない。犯人は、確実に、俺たちのサークル員を狙っているな。しかも、今のところ女性の勧誘員ばかり」

「狙っているのは、女性だけだろうか？」

「それは、まだ何とも——」

「ところで墨田——さっきのバッジのことだけど——」

「はい？」

「あれは、犯人の持ち物だったのは間違いない？」

「そう思います——殴られて、気が遠くなったときに、後ろにいた人間の服にしがみついたんです。何か、相手の身体から、証拠になるようなものをはぎ取ってやろうと思って——そのときボタンのようなものをひきちぎったような感触があって、気がついてみたら、手のなかにこれ握っていたんです」

「例のバッジか？」と野中も横から覗き込んでくる。「それで犯人、わかりそうか？」

「手掛かりになるのは間違いない……」と答えてから、ぼくは墨田の方を向き、「〈アール・メディテーション〉という団体のことはどのくらい知っている？」と訊ねた。

「田中さんや、奥元さんが入っていた団体でしょう……」

「君自身は、その団体にかかわったりした？」

「い、いえ……」と彼女は悪いことでも訊かれたのかと、少し怯えた顔つきで首を振った。「あたし、別に……」

「その〈アール・メディテーション〉の会合に出席したこととかは?」

「それなら、一度、知り合いに誘われて、渋谷で集会に行ったことがあります。でも、あたし、全然、別の団体とかに興味なくて、ただ、一回だけ教祖の人の講演に連れて行かれたことがあります……」

「それはいつ?」

「たしか、去年の十二月初めだったと思います……」

「ふうむ……」

「葛城、やはり〈アール・メディテーション〉絡みで彼女も狙われたんか?」と野中が訊いた。

野中も、今度の事件と〈アール・メディテーション〉の関わりがかなり気になっているらしい。野中はいざという時には、頼れる男なので、彼に助力を求めるべきかもしれない。

しかし——

ぼくは腕を組んで考えた。

もし墨田の言っていることが真実だとすると、彼女と〈アール・メディテーション〉の関わりはごく薄いということになる。講演に一回出ただけで、信者ではないのだから、

〈アール・メディテーション〉の関係者とまでは言えないだろう。とすると、犯人が〈アール・メディテーション〉の信者を狙っているという仮説は正しくないのだろうか。犯人は、〈アール・メディテーション〉ではなく、ぼくらの団体員を狙っているのだろうか。それとも、その墨田が一回だけ出席した講演が、何か犯人の動機に関わっているのだろうか。あるいは、〈アール・メディテーション〉の講演に一回参加しただけで、犯人には、狙うべき敵という条件を満たすのだろうか。

しかし、今日の事件は、以前の二人の襲撃とは、少し条件が違う。今日は、襲撃事件が連続して発生した後だけに、勧誘員たちは用心して、ほとんどの時間を、複数で行動していたはずだ。墨田は、たまたま単独行動をしていたところを狙われたわけだが、彼女とて、それ以前の時間は、大部分、同伴者とともに動いていたはずだ。だから、犯人にしてみれば、前二人の襲撃とは違って、墨田を襲うのは、かなり困難度は大きかったはずだ。

にもかかわらず、犯人が、少ないチャンスを衝いて墨田を襲ったということをどうとらえればよいのか。それに関しては大きく二つの可能性が考えられる。一つは、犯人が、それでも、狙うべき標的を、墨田に定めて、執拗に、彼女を監視して、襲うべきチャンスを見つけ出して襲ったという可能性。もう一つは、狙うべき候補が何人かいて、その中で、たまたま墨田が単独行動をしたので、襲ったという可能性。この場合、犯人は、最初の可能性よりは、襲うべき対象を多くもつため、襲撃を実行できる機会と可能性は少し大きくなるはずである。

三人がたて続けに襲われ、まだ襲撃がやんだという保証はないのだから、この二つの可能性を比べてみれば、後者の方が可能性が高く思われる。その場合、犯人は、〈アール・メディテーション〉の関係者を狙っているのか、それとも、われわれ〈天霊会〉の会員を狙っているのか、大雑把にその二つの可能性が考えられる。墨田が〈アール・メディテーション〉との関わりが薄いらしいことからすれば、犯人が狙っているのは、どちらかというと、ぼくたち〈天霊会〉の会員である可能性の方が大きいとみるべきかもしれない。

襲われた三人は、いずれも〈天霊会〉に所属し、東大駒場キャンパスで勧誘活動を行なっている女子大生である。田中と奥元は他大学生だが、墨田は東大生だから、現時点までの被害者の共通点としては、いずれも女子大学生の勧誘員という要素もあげられる。

この点については、想亜羅に問いただす必要を強く感じた。彼女は、〈天霊会〉の勧誘員になる前に、〈アール・メディテーション〉の勧誘員をやっていた。しかし、実際は、〈アール・メディテーション〉という団体は、〈天霊会〉の一部会員が興《おこ》した、分派的団体だったわけだ。このことを彼女は知った上で勧誘活動をしていたのか、どうか。

そして——

（想亜羅……）

彼女のことを思い出すと、息が苦しくなり、胸がどきどきした。

想亜羅もまた、勧誘員として、これまで襲われた三人の女性と共通した属性をもっている。つまり彼女もまた、襲撃の対象になりうるということを、あらためてぼくは意識した。

でも、この息苦しくなる思いは、彼女が狙われるかもしれないという心配からのみくるものだろうか？　いつの間にか、ぼくの心の中に彼女の存在の占める割合は、ずっと大きくなっていたようだ。

（会いたい）

（今すぐ彼女に会いたい……）

感情を表に出さないようつとめながら、ぼくは野中に、

「今日は、想亜羅はどうしてる？」と訊いた。

「うん、ああ？　彼女は、部会には来てへんかったが――」

「今日は、駒場キャンパスで見かけた？」

「そう言えば、駒場で勧誘活動をしとるんは、見た気ィするな――」

「駒場キャンパスに戻るか――図書館も調べないといけないし……」

「図書館？」と野中が訊いてきたので、〈アール・メディテーション〉の名簿が駒場の図書館にあるかもしれないという事情を彼に説明した。

「そうか……そういうことやったら、早よ調べた方がええな……」

墨田に暇乞《いとまご》いをして、ぼくと野中は急いで駒場キャンパスに戻ることにした。

第五の迷宮

1

駒場キャンパスの二号館前に着いたときは、ちょうど五時二十分で、授業を終えた学生たちが、ちょうど二号館の建物から続々と退出しているところだった。

大勢の中にいても、なぜか想亜羅は、ぼくにとって非常に見つけやすい。別に目立つ服装をしているわけではないのに、どこか立ち居振る舞いが異彩を放っているせいだろうか、人ごみの中でも彼女が浮き上がっているように見えることがよくある。その日も、しばらく、銀杏並木の角に立って、人の流れを観測していると、じきに、想亜羅の姿を見つけることができた。

（想亜羅！）

彼女の姿を見るだけで、ぼくの心臓はどくんと跳ね上がった。どうやらぼくの心は、すっかり彼女に絡《から》めとられてしまったようだ。

（落ちつけ……）

（平常心、平常心）

自分にそう言い聞かせながら、急いでぼくと野中は彼女のところに駆け寄った。

「想亜羅！」

「あら」彼女は、ぼくに気づいて振り返って、微笑んだ。「葛城さん。どうしたの？」

「今日、またぼくらの勧誘員が襲われたんだ――その話は聞いてる？」

「えっ。本当⁉」その話を聞いて、さすがの想亜羅も顔色を変えた。「昨日の田中さんに続いて、また⁉」

「そうなんだ。それで、ちょっと君に訊きたいことがあるんだ――」

「なに？」

「君は、前は〈アール・メディテーション〉の勧誘員をやっていたんだよね？」

「ええ、そうだけど――」

「その〈アール・メディテーション〉が、うちの〈天霊会〉と密接な関係にあったことを君は知っていたの？」

「えっ？　何よそれ？　どうして〈アール・メディテーション〉と〈天霊会〉が密接な関係になるの？」

「知らないのか？」

「全然」

　ぼくは、そう言って首を振る想亜羅の表情を観察したが、特に嘘を言っている様子は見受けられなかった。ただ、ぼくにとって、彼女は、まったくとらえどころのない存在だから、嘘を言っていたとしても、表情からそのことを読み取れそうもない。

「ぼくも今になってようやくつながりがあることを知らされたんだ――」

「どういうことなの？　それ、詳しく話して――」

　請われるままにぼくは、〈アール・メディテーション〉と〈天霊会〉の関わりについて、長谷川らから知らされたことを彼女に話して聞かせた。

「ふうん――そういうことがあったの。でも、私、あそこが正式に解散するより早くぬけてたから、その長谷川って人が出てきたときの事情はまったく知らなかったわ――」

「何か気づいたりすることはなかったの？」

「そうねえ、いわれてみれば、〈アール・メディテーション〉の集会に何回か参加したときに、〈天霊会〉と同じ顔ぶれを見たような覚えはあるわ。ただ、宗教を掛け持ちする人って別に珍しくもないから、大して気にもとめなかったのだけど――」

「牧島の妹さんが、〈アール・メディテーション〉に入信してから、親しくしていた、信者に、知り合いの人とか、いないか？」

「知らないわね――あの子が通っていたのは、調布の支部で、私は渋谷の本部の方に通っていたから、渋谷の方に出入りしていた人なら、何人か顔見知りだけど、調布の方は、ほとんど知らないわ」

「じゃあ、牧島の妹さんが付き合っていた、ボーイフレンドのことは知ってる？」

「いや、それは全然。会ったこともないし、ボーイフレンドがいたこと自体知らなかったわ」

それからぼくは、墨田が奪い取ったという、〈アール・メディテーション〉のバッジを取り出して想亜羅に見せた。

「これが犯人がもっていたらしいバッジなんだが、見憶え、ある？」

想亜羅は、その八角形のバッジを受け取って、しばらくためつすがめつ眺めていた。

「たしかにこんなバッジ、私も入信していたときには渡されてもっていたわ」

「今そのバッジは？」

「あそこをぬけたときに捨てたわ」

「そうか。この後ろに書かれている数字は、読み方、わかる？」

「どれどれ。８４１０３０９８？」

「この数字の最初の四桁は、年月じゃないかと思うんだが——。つまり、一九八四年十月」

「そうでしょうね」

「とすると、これはバッジをもらった時期のことではないかな」

「ええ、たぶんそうでしょうね」

「あとの四桁は？」

「これはたぶん、信者の通し番号ね。私のもってたバッジにもこういう番号が入っていたのは、覚えているわ。自分のが何番だったかすっかり忘れちゃったけど――」

「この数字から、この持ち主を割り出すこと、できないかな?」

「それは、あの教団の会員番号つきの名簿があれば可能だと思うけれど――」

「そうか……それで、さっき渋谷支部の長谷川さんから、その存在を教えられたんだけど、〈アール・メディテーション〉には名簿の載った本があるそうだね? 君はその名簿の存在は知っていた?」

「ええと……あまりあたし、あの団体は、浅くしか関わらなかったから、詳しくは知らないんだけど……。でも、ほんのちょっとだけ、どこかで見た覚えがあるわ」

「それが駒場の図書館にあるかもしれないというので、来たところなんだが――」

「そないな名簿、たとえ寄贈されたとしても、駒場の図書館は保管しとるか?」と野中が口を挟んだ。

「あそこは、寄贈本に関する限りは、原則的に何でも受け入れるからな」とぼくは応えた。「そのせいで、へんな教団の教義を書いた本も、いっぱいあそこの書庫には溜まっているようだよ。ただ、分類番号をもらって、正規の登録図書になるかどうかは、図書館側の判断があるだろうが――」

「とすると、〈アール・メディテーション〉の本が保存されとったとしても、登録されているかどうかはわからへんちゅうことやろ。もし登録されてへんとすると、未登録本の中から探し出すのは、ごつい難しいんちゃうか」

「まずは目録を当たってみよう」

「もし目録で見つからへんかったら？」

「そのときは、どうするかな……」と言ってからぼくは想亜羅の方を振り向き、「想亜羅、君は、〈アール・メディテーション〉に属していたとき、その名簿を自分用にもらったことはなかったんだね？」と訊ねた。

「ええ。自分にはそんなものは渡されていないから持っていないけれど、ただ、渋谷の本部に行ったときには、幹部の部屋には置いてあったような覚えはあるわ……」

「その名簿、今、どこかで入手できる心当たりとか、ない？」

「うーん、渋谷本部で幹部だった人は、音信不通で連絡先わからないし、あと誰か持っていそうな人、といわれても心当たりはないわねえ。その情報が調べられる可能性があるとしたら、うちの大学のコンピュータのデータベースかしら」

「コンピュータのデータベース？」

「そう。私、ちょうど今、教養の授業で、『コンピュータ数学』っていう科目をとっているの。それで、大学にあるコンピュータ端末を使えるパスワードもらっているのよ」

「それはわかるけれど、その端末で、そんな情報が調べられるのかい？」

「ええ、それらしい情報があるの、私、見たことあるんだ」

「どうやってそんな情報にアクセスを？」

「もちろん、普通のパスワード使ってただけじゃ調べられないわよ。でもこないだたまたまね、セキュリティ・システムを一つ破って、一段奥の情報網にアクセスできたのよ。そしたらね、いろいろ面白いことが載ってたわよ。教職員、学生の名簿が住所氏名だけでなく、家族調査、親族の犯罪歴の有無、入信している宗教の情報、学生なら入学時の試験点数、左翼活動との関連性のチェック……」

想亜羅の口からぽんぽんと驚くべき情報が飛びだしたので、ぼくも野中も驚いて、あんぐりと口を開けた。

「想亜羅、君、どうやって、そんなところに入れたの」

「あそこのコンピュータルームの管理者がずさんなせいね。こないだ夜に、そこのコンピュータルームに行ったときに、ゴミ箱に、無意味な英数字の羅列が、八桁ずつ何組かならんでいたの。それがもしかして、一段奥のパスワードかもしれないと思って、試しにその文字列をパスワードとして入力してみたら、大当たり《ビンゴ》!ってやつで……」

「想亜羅、君って人は……」

その話を聞いてぼくは半ば感心し、半ば呆れてしまった。しかし、そういった情報を入手すれば、それだけのアクセスができるということは、彼女は、コンピュータに関しては相当精通しているのだろう。まだこの頃は、後のコンピュータ技術が大発展する時代のことは想像の範囲外だった。

「そやけど、大学当局は、そないな情報まで管理しとったんか……」野中が言った。「大学って、自由な学問の場とちゃうんか。表ではそう装って、その実態は、管理統制された場ゆうことやないか」

「しかし、それで調べられるのは、東大に所属している〈アール・メディテーション〉の信者の名簿ってことじゃないの？　でも、〈アール・メディテーション〉の信者は、東大生だけじゃないだろう……」

「いえ、たしか〈アール・メディテーション〉の名簿は、教団全体のがあったような覚えがあるわ」

「でもなんでそんなものが？」

「たしかこの大学の情報関係の部課に、あの〈アール・メディテーション〉の信者が一人いたはずね。その彼が、教団での名簿運営係を任されていて、それで、自分でアクセスできるコンピュータ内に名簿をつくっていたと聞いたことがあるわ」

「それで、コンピュータのデータベースに……。そう言えば、長谷川さんからも、図書館の情報課か何かに、信者が一人いた、というようなことを聞いた覚えがある」

「たぶんその人ね。その人が、名簿をデータ化して、コンピュータの中に入力していたみたい」

などと話しているうちに、ぼくたちは、駒場の図書館の前にまで来た。図書館の出入りは、入館証を機械でチェックするシステムを構築する予定であると図書館報に書いてあったが、現在のところ、まだそういう設備は完成していない。ぼくたち学生は、図書館に入館するときは、学生証を見せて入ることになる。図書館員が入口にいて、入館資格を確認するというシステムである。

ぼくと野中と想亜羅の三人は、新聞閲覧室の脇を通り、学生証のチェックを経て、図書館の中に入った。そこの右手には、縦六段、横十数段の引き出しがある、木製のカード目録の棚が、八つほど並んでいる。

夕方のこの時間は、勉強や時間潰しにやってくる学生が増えて、一階の勉強机は、ほぼ満杯になっていた。ほとんどの学生は静かに本を読んだり勉強したりしているが、中には持参したヘッドホンをつけて音楽を聞いている者もいる。

ぼくは、手帳に控えてきたメモを取り出し、カード目録で、その題名を検索してみた。

「どう、ある？」と肩ごしに想亜羅が訊いてくる。

彼女が至近距離にくるだけで、頰が火照り、喉の奥が熱くなるのを感じた。それでもつとめて平静を装いながら、

「いや、こっちにはないなあ」とこたえた。

題名順の目録カードでは見つからなかったので、教養学部の目録と、古い図書が中心の遡及目録、書庫目録も調べてみたが、やはり目指す題名の本は見当たらない。

ぼくは、入口そばの図書貸出カウンターのところに行って、その横の壁に張ってある注意書をよく見た。

そこには、受け入れ図書が、カード目録に掲載されるのは、原則的に半年ほどかかる

と書いてある。ひょっとすると、新しい図書なので、まだカードが作られていないのかもしれないと思って、カウンターにいる係の一人に、質問してみることにした。

「あの、本を探しているんですが――」

「はい？」

「そこのカード目録では見つからなかったんですけれど、新しい受け入れ図書かもしれないので、その図書が収納されていないか、調べられませんか？」

「新しい受け入れ図書でしたら、オンライン目録で検索できます」

　そう係の人は答えて、カウンターに置いてある、コンピュータの端末で、てきぱきと、ぼくがメモした題名を入力して、検索してくれた。

　リターンキーを押して一分ほど待機していると、端末の画面に、「検索結果＝０」という表記が現れるのが見えた。

「オンライン目録の方にもないようですねえ」

「受け入れたのに、まだ未整理の本だと、どうなっていますか？」とぼくは訊いた。

「そういう本は、書庫の二階に『未整理』という札が張られて積まれています」

「その本の中にあるかもしれないので、その中を調べさせてもらえませんか？」

「えっと、あなたは、学生さんですよね？」

「そうですが……」

「未整理本を調べられるのは、原則としては、教職員以上の方ないし、大学院生なんです――」

「そこを何とかお願いします。寄贈者がこの図書館に寄贈したと言っているので、ここにあることは確実なんです」

「研究とかに、どうしても要り用な本なんですか？」

「ええ、必要なんです」

「でも、かなり厖大な量があって、三室にわたって保管されています。全部見ようとしたら、かなり時間も手間もかかりますよ」

「それでも構いません――」

「そうですねえ」係の男は、しばらく思案顔をして、「少々お待ちいただけますか。収書課の者に聞いてまいります」と言って、席を立った。

横で、ぼくとカウンターの係の者とのやりとりを見守っていた想亜羅が、

「なんかハードル高そうねえ」と言う。

「そうだね。たとえ書庫に入れてもらえたとしても、その本が見つけられるかどうかはわからないし」

「じゃあ、私、今から、コンピュータ室の方に行って、そのアクセスができないか試してみようかな？」

「アクセスできる？」

「いえ、できるという保証はないけれど――。ああいうところって、保安のために、定

期的にパスワードを変更したりするでしょう。だからもう、前にアクセスしたときとパスワードが変わっているかもしれないし……」

「もしパスワードが変更されていたら、アクセスは無理ということか」

「いいえ、必ずしもそうとも限らないけど。パスワードのメモが見つかるかもしれないし、パスワードが変更されてても、もしかしてまた探せば、前のパスワードから文字を一つずつずらしただけとか、乱数とかを使わず、たとえば、そういう一定のパターンでなされていたら、簡単に見つけられるかもしれない。まあ要するに、行って試してみないとわからないってことね」

「そうか……」

ぼくがそうこたえたとき、後ろのカウンターから「葛城様」と呼ぶ声がした。

「はい」と言って振り向くと、さきほどの係員が戻ってきていた。

「一応許可がとれました。荷物と学生証を預からせてもらえば、中に入ってお調べになれます」

つまり、荷物を持って中に入ると、本を盗むことが可能になるので、手ぶらでなら、書庫に入ってよいということなのだろう。

「そうですか、どうもありがとうございます」とぼくはこたえた。

「どないする、葛城？」と野中がぼくの方を向いて言った。「彼女に頼んで、そのアクセスに挑戦してもらうか？　いま話を聞いたところやと、そこを調べられれば、目的の情報が見つかる可能性があるみたいやが……」

「たしかにな」とぼくは頷いた。「じゃあ、野中、想亜羅と一緒に、そのコンピュータルームの方について行ってくれないか。乗りかかった船だから、ぼくはここの書庫で名簿を探してみる。いま彼女を一人で歩かせるのは危険だ。護衛がいた方がいいからね」

内心、想亜羅と一緒にいられる方に回りたかったが、そういう気持ちをここで気取られたくもなかったので、ぼくは、平静を装い、想亜羅の護衛役を野中に頼んだ。

「あら。あたしは、一人で平気よ」

「そうだとしても、用心だけはした方がいいんだって。既に三人もうちの勧誘員が襲われているんだから——。じゃあ、ぼくは、ここで、その本を探しているから、行ってきてもらえるかな?」

「わかった」と野中は頷き、想亜羅の背中に手を回して、「行こか」と言った。

「え、ええ」と想亜羅は頷いた。

二人が図書館から出て行ったのを確認してから、ぼくは、荷物と学生証をカウンターに預け、書庫の中に入って行った。

2

駒場の図書館の書庫に入るのは、そのときが初めてだった。中は広くてわかりにくいから、と言って、カウンターの係の人が、簡単な手書きの地図を渡してくれた。駒場の図書館の建物は、四階まであるが、書庫は五層構造になっているという。

渡された地図を見ながら、カウンターの後ろにある戸をくぐり、薄暗い書庫へと足を踏み入れた。戸をくぐると、そこは、天井までぎっしりと本の並んだ広大な書庫だった。開架の図書室より、ずっと書架の間の幅は狭く、人がやっと一人通れるほどの幅しかない。空気はひんやりとして、人の気配はなく、天井まで届く高い書棚にはどれも本がびっしりと積まれていた。天井の書架の隙間には、一定間隔で蛍光灯がついていたが、大半が点灯していなかった。足下が暗くてこのままでは進みにくいため、書庫の間にある電灯をつけながらゆっくりと前に進んだ。何箇所か敷居めいた壁があって、一応部屋が区切られていることがわかるが、それ以外は、ずっと一続きの書庫が広がっている。

入ってすぐ手前のところは、何十巻にもわたる判例集、大事典、アメリカ議会図書館所蔵目録の旧版などがぎっしりと並んでいた。そこを越えると、外の開架図書室と同じく項目順に本が置かれる場所にきた。そこはかなり古びた本が多く、時折古本屋に似た饐《す》えた匂いがし、同時に、消臭剤か防腐剤だろうか、かすかに化学薬品めいた匂いも感じられた。

しばらく歩き進んで行くと、この広い書庫にも何人か人が入っていることがわかった。暗い書庫の中で、人がいるところだけ、灯りがついて、白く浮かび上がっている。五メートルおきくらいに一つずつ木のテーブルが据えつけられていて、机には時折、灯りをつけて本を調べている、学生か院生の姿が見られた。しばらく進んだ右手のところに扉があったので、押し開けてみると、そこは、教職員用の出入口で、その向こうには、図書館員用の控室があった。

その室内の事務員に変な顔をされたので、ぼくは急いで「すみません」と謝り、部屋の戸を閉めた。

書棚の陰に隠れた一画に、小さなエレベーターがあった。二階に行くだけなので、わざわざエレベーターを使わなくてもよいような気がするが、階段を探していると、自分の現在位置を見失ってしまうおそれがあったので、それに乗り込むことにした。

二階（書庫の中では正確には二階とは言わず第二層と呼ぶようだが）にきて、書庫の並びとは少し隔離された一室に入ると、そこは、本が格納されたダンボール箱が山積みになっていた。ダンボール箱の数は正確にはわからないが、軽く目算したところでも、少なくとも五十箱以上はありそうだ。

カウンターの係から、前もって、その量の多さを警告されてはいたものの、こうして目の当たりにするまでは、その量の多さは実感されなかった。

（こんなにあるのか……）

これだけの量の本の中から、目指す一冊を探すとなると、相当大変な作業だ。

腕時計を見ると、既に時刻は午後六時に近い。図書館が閉館になる午後七時まであと一時間ほどしかなく、到底それだけの時間で、全部調べられるとは思えなかった。

（どうしよう？）

（明日にするかな……）

迷ったが、ここまで来て引き返しては、わざわざ来た甲斐がない。覚悟を決め、調べられるだけ調べようと意を決して、ぼくは本の山へと分け入っていった。

ダンボールをざっと観察したところでは、内容別の整理はあまりなされていないが、本の判型で大雑把に分けられていることがわかった。とすると、まず画集などの大型本と、文庫・新書サイズの本は除外されるとみてよかった。それでも、除外される箱は全体の一割ほどにすぎず、探すべき対象の多さは相変わらずだった。

ダンボールの箱から本を順に取り出して、題名を調べることにした。

『五行易活断』『断易の占い方』『奥免許　天眼流家相深秘伝』『卜筮軍法利解　全』『新本　家相と住む者の病気関係及び直し方』『訓点陰陽五要奇書　郭氏元経　三白宝海』『大気現象　実占講義録』『大気現象　霊的に関する九星』『大気現象　干支九星鑑定実録』『大気現象　干支九星　家相学』『真気学方位便覧』……。

（このあたりは、似たテーマの本が固まっているようだが、占い関係というところだろうか？）

『教育委員会発足三〇年記念史　長崎県教育委員会』『長商群像』『長商卒業生の生活と意見』『熊本大学三十年史』『東陽工業五十年史』『帝國生命保険株式會社五十年史』『全

日本漁港建設協会史』……。

（こちらの箱は、上の方の本は、九州方面の歴史関係と思われるが、下は地方を問わず、社史とか資料集関係が多いようだ……）

『生誕の時を求めて』『赤ん坊の生まれない日』『我が生ひ立ち』『幼き日のこと』『幼き日々へ』『幼き者は驢馬に乗って』『幼児狩り』『童女入水』『子供の領分』『稚児のメルヘン』『吹雪の星の子どもたち』『天井裏の子供たち』『随筆　山の手の子』『死児の齢』『夕映少年』……。

（この箱は、子ども……少年関係の書物が固まっているようだ）

『さくらさん、おばあさんになる』『老いらくの記』『老いたるシンデレラ』『おてんば七十歳』『蜂と老人』『閑な老人』『六つの晩年』『瘋癲老人日記』『ある老歌人の思ひ出』『盆栽老人とその周辺』『同行百歳』……。

（……と思ったら、今度は老年関係の書物群のようだ）

三十分ほどかけて四箱ほど調べたところで、溜め息をつき、額に流れる汗を拭った。本当にこの中に目指す本がある保証があるわけでもないのに、何百冊もの本を順に調べていく作業の不毛さと単調さにうんざりしてしまった。

古書の埃《ほこり》のせいで手が黒ずみ、部屋の空気が埃っぽくなったので、換気をしようと思って窓のところに行った。窓を開けると、そこから、駒場図書館の裏手の林が見えた。矢内原門に通じる一画は、木が生い茂り、落ち葉が堆積している。校舎はなく、ここに立ち入る学生も少なく、まるで静かな森の中にいるような感じがする一帯で、時折ぼくもそのあたりを散歩したことがあった。

いまその林を、二階の窓から見下ろすと、二つの黒い人影がそこを走っているのが、見えた。

（……？）

どこかその姿に見覚えがあると思って、目を凝らすと、その前を走る人影は、想亜羅であることがわかった。セミロングのウェーブがかった髪をたなびかせて、必死に走って逃げている様子だ。その光景を見て、ぼくははっと息を呑んだ。

彼女を追っている人物の方を見ると、顔をマスクと帽子で覆っている。手袋をして、手には——遠目にははっきり何か判別はつかなかったが——金属製らしい武器のようなものをもっているのが見えた。

（……想亜羅！）

（想亜羅があぶない！）

咄嗟《とっさ》にぼくは、自分がいる建物の下側を見下ろした。ぼくのいる部屋のほぼ真下にあたる部屋は、ここと同じような窓がついていて、裏手の林側に通じている。そこの窓からなら、この書庫の中に彼女を招き入れることができるのではなかろうか。

それだけを判断するのに一秒もかからなかった。ぼくは、即座に部屋を出て、駆け足で、一階への階段を下りた。そして、今まで自分がいた部屋の真下の部屋に、大急ぎで駆け込んだ。

その部屋も、二階の部屋と大差なく、本がいっぱい詰まったダンボールがぎっしりと山積みされていた。

その部屋の林に面した窓を開けようとするが、古い鉄鍵が、錆《さ》びついているせいか、なかなか開いてくれない。

「開け！」

そう声を出して、渾身の力でなんとか窓をこじ開けた。

「！」

ようやく開いた窓から顔を出し、ぼくは叫んだ。

「こっちだ！」

その声は、外にいた想亜羅に、すぐに届いたようだ。髪を振り乱して林の中を逃げまどっていた想亜羅は、すぐにぼくの声に気づき、こちらを向いた。

「ここ！」と再びぼくは叫び、外に両腕をのばした。

ぼくの姿に気づくと、想亜羅の二十メートルほど後ろにいた、顔を隠した男——たぶん女性ではないと思われた——は、走るのをやめて立ち止まった。どうやら、よそ者の存在に気づいて、追跡をあきらめたように見えた。ぼくのいるところからは、その曲者の身体は半分木の陰に隠れ、距離もかなりあったので、その外見や容貌はほとんど見てとれなかった。

ぼくのところに走ってきた想亜羅は、髪飾りがとれ、上衣のブラウスの袖が破け、ボタンもとれ、かなりひどいありさまをしていた。

彼女が窓の真下にくると、「さあつかまれ」と言って、ぼくは彼女をかかえあげた。彼女はそのままぼくの身体にしがみつき、図書館の書庫の中の部屋へ、倒れ込むように転がり込んだ。彼女と抱き合う状態になったときの、柔らかく甘美な感覚は、ぼくを一瞬うっとりとさせた。

「はあっはあっ」

ときどき咳き込みながら、彼女は、部屋に倒れ込んでもしばらく荒い息を続けていた。ぼくは急いで立ち上がり、外からの侵入を防ぐため窓を閉め施錠をした。

「大丈夫か？」

苦しそうにしている想亜羅の背中をさすりながら、ぼくは訊ねた。数分じっとしていると、だんだんと呼吸が落ちつき、胸の動悸も収まってきたようだ。

「水……ある？」

そう訊かれて周りを見回すと、部屋の外に出たところに、洗面台があるのを見つけた。彼女を抱き起こして、そこに連れていき、想亜羅は、土埃で汚れた顔と腕を洗った。

顔色はまだ蒼《あお》ざめているが、彼女がようやく人心地ついたようなのを見計らって、ぼくは質問した。

「あいつは誰だ？　君を襲おうとしていたやつ？」

その問いに彼女は首を振った。

「全然わからない。顔を隠して、いきなり襲ってきたんですもの」

「野中は一緒じゃなかったの？」

「それが、はぐれちゃったのよ」

「はぐれた？」

「そこの林の、矢内原門の近くに、四阿《あずまや》みたいなトイレの建物があるでしょう？」

「ああ」そこはぼくも利用したことがあるので、よく知っていた。

「あのあたりではぐれたの……」

「どうしてあんなところに行ってたんだ？」

「コンピュータを使うために八号館に行って、そこの端末は空いてたからすぐに使えたんだけど、パスワードは変えられてたみたいで、アクセスはできなかったわ。ただ、もう少し情報があると、別のアプローチ法もあるかと思って、葛城くんのところに戻って相談しようと思って引き返していた途中だったの。

そこの矢内原門のそばのお手洗いをちょっと使うことにしたのよ。それで、私の荷物を、野中くんに持ってもらって、私が中に入って、出てきたら、野中くんの姿がいなくなって、かわりに、あいつが……」

「いきなり襲ってきたのか？」

その問いに、想亜羅はこくりと頷いた。

「そのとき、ここを切られたの」

そう言って彼女は、後ろを向いて、ロングスカートの後ろ側の下の方を指差した。紺色のスカートのその部分は、鈍い刃物で切り裂かれたように、びりびりに破けていた。

「刃物か？　そいつは、もっていた刃物で襲ってきたのか？」

「ええ……。間一髪でかわしたから、怪我をせずにすんだけど、スカートに刺さって、それで引き裂かれて……」

「本気で殺す気か……。今までの襲撃は、木槌のようなもので頭部を殴っていたから、致命傷にはならない程度の怪我でまだ済んでいたが……刃物となると……凶悪さがワンランクアップしたのか……」

「それで、相手の刃物が木に刺さって、抜けにくくなっている隙に、逃げだして、林の方に逃げ込んだんだけど、そっちは、人もいないし、もう少しで追いつかれそうになってて……葛城さんに気づいてもらって助かったわ……」

「たまたま窓を開けて下を見て気づいたからよかったものの……。とにかく、怪我を負わずに済んだのは、幸いだった……」

「でも、これからどうすればいい？　また外に出たら、あいつに襲われるかも……」

「君は、警察が来るまでここにじっとしていた方がいい。これでやはり君も標的になっていることがわかった。警察に暴行を受けた被害届けを出して、見回ってもらおう……。しかし、とにかくあいつを突き止めなくては……」

「もう私も許せない。絶対、あんなことしたやつ、つかまえて突き止めて、復讐してやる……。よくもよくも……」

「今からぼくが、電話して、この暴行事件を警察に知らせてくるよ」

「私は？」

「書庫の中でとりあえずじっとしていた方がいい。まだ、君を狙っているやつが、このあたりをうろうろしているかもしれないし……。書庫の中なら、やつも入ってこられないから、安全だろう」

「どうして？　もし東大生なら、図書館にも書庫にも入れるでしょう？」

「それはそうだが、あいつはまず学内生ではないはずだ。もし、沙緒里さんの付き合っていた相手だとすれば……」

「え？」

「それに、相手が覆面をしたり武器をもっていたりしたら、絶対カウンターの係に止められるはずだ。とにかく、しばらくこの中にいてくれ。ぼくは、入口のところで警察に電話してくる」

「あっ、私、荷物を、置いてきて……」

「どこに？」

「野中くんに預けてきたんだけど……」

「わかった。それも取りにいってくるから」

そう言い残して、ぼくは、書庫の出口のある明るいカウンターの方へ駆けて行った。

3

カウンターで学生証を取り戻し、図書館を出てすぐ左手のところにある緑色の公衆電話のところに行って、ぼくは手早く一一〇番につないだ。

手短に事情を話すと、駒場近くの駐在所に電話をまわしてくれたので、ぼくは、再び事情を説明し、警官を至急駒場キャンパスに派遣してくれるよう要請した。

そのとき、キャンパス内道路の向こうから、野中がとぼとぼとこちらに歩んでくるのを見つけた。ぼくは、用件を急いで伝え終えて電話を切り、「野中」と声をかけた。

その声で野中はぼくに気づいて、小走りに駆け寄ってきた。手には彼自身の荷物の他に、想亜羅がもっていた桃色のバッグがある。

「葛城、想亜羅が荷物残して、おらんようなってしもた――」

少し青ざめた表情をして野中がそう言った。

「もしかしてまた、襲われとるんちゃうか思て、いま探しとったんやが、おまえ、彼女の姿を見いひんかったか？」

「見たともさ。さっき、危ないところを助けたばかりなんだ――」

「どういうこっちゃ？」

そう質問されて、ぼくは、想亜羅を救って、書庫の中に引き入れた状況を説明した。

「そうか、そないなことが――」

「それで、今警察に電話していたんだ。ところで、野中、おまえはどうしてたんだ？ 彼女を守るために、ずっとそばについているはずじゃなかったのか？」

「それが、変やねん。そいつにしてやられたんかもしれん――」

「というと？」

「その矢内原門の近くのトイレに行ったとき、俺は彼女の荷物を預かり、近くのベンチにそれを置いて待っとったんや。ところが、ちょお目ェ離した隙に、その荷物が、なくなっとったんや――」

「なくなってた？」

「そう。それで、おかしい思うて、そのあたりをずっと探し回っとったら、あそこの金網の張られた向こう側に、梅林になっているところがあるやろ、そこに俺の荷物ともども放り投げられとるんをようやく見つけたんや。どこのいたずら小僧の仕業だと腹立てて、とにかく取りに行かんわけにはいかんので、金網をよじのぼって、向こう側に荷物を取りにいってたんや。あの梅林の線路際にお墓があるんや」

そう言われてぼくは頷いた。渋谷側から駒場東大前駅に電車で着く直前、駒場キャンパス側をよく見ていると、矢内原門を越えて正門が見える中間に、ひっそりとした墓があるのが見える。なんでもそこは、江戸時代にこのあたりを所有していた一家の墓で、今も一族の人に供養されているようだ。

「あの墓の近くに、俺らの荷物が放り捨てられとって。それを取り戻してから、トイレの前に戻ったら、彼女の姿が見えへんようになっとったんや。こわごわ女子トイレの中を覗いたが、中には誰もおらへん。それで、あの林の近くを探しとったんやが――そうか、俺が荷物を取りにいっている間に、やって来とったとは――」

「その、荷物を動かしたのも、おそらくそいつの仕業だな」

「たぶんそやな。俺もちょっと油断しとった。ずっとつきっきりで見張っとりゃええのに、林の中をぶらぶらして、ちょっとうっかり荷物のあるとこから目ェ離してもうたからな――」

「犯人《やっ》はやはり女性の勧誘員を狙っていると考えるべきなのだろうか？」

「そやな――想亜羅も一応うちの勧誘員で、かつ〈アール・メディテーション〉に所属したことがある女性ゆう話やからな……」

　そのとき、ぼくは、図書館の方から、かすかに、女性の悲鳴のような音が聞こえてきたような気がした。

　訝《いぶか》しく思ってぼくがそちらの方を振り向くと、野中が「どないした、葛城？」と訊いてきた。

「いや、いま女性の悲鳴みたいな声がしたような気がして……」

「え？　俺には聞こえへんぞ」

「まさか、想亜羅……？　書庫の中にいるはずなのに……？」

不安な予感がもたげてきて、ぼくは、急いで図書館に駆け戻った。

「お、おい！」

野中も、ぼくの後に走り従ってきた。

4

学生証を見せる入口から中に入り、カウンターのところに行き、「書庫に入れてください」と息せき切って頼むと、眼鏡をかけた中年の女性が、

「もう閉館時刻です」と冷たい声で言った。「午後七時でこの図書館は閉館になります。書庫に今から入ることはできません」

「それどころじゃないんだ」

ぼくは、その女性を押し退けて、強引にカウンターの中に押し入った。

「何をするんです！　規則違反ですよ！」

「中で人が襲われているかもしれないんだ！」

「えっ？」

「今しがたこの書庫の中から、変な声が聞こえたりしませんでしたか？」

「何です？」

その女性は、ぼくと野中についてカウンターの奥の戸を越えて、書庫の方に立ち入った。さっきぼくが来たときと違い、閉館する態勢にあるためだろう、天井の明かりはほとんど消えていた。

ぼくたちは、電灯のスイッチを見つける度にそれをいれ、書庫の中を次々と明るくしていった。

「そう言えば、さっきたしかに、書庫の方から、何か呼んでいるような声が聞こえてきました……」とその眼鏡の女性が、ぼくと共に書庫の中に入りながら言った。

「書庫って、えらい広いんやな」野中が、左右を見回しながら、感心したように言った。

「広いだけ、居場所を見つけるのは厄介だぞ……」

「手分けして探そか……」

「そうだな」とぼくは頷いた。「ぼくは二階の方を見てみる。野中は、一階のこの奥を調べてくれないか？　この突き当たりの左手の部屋が、ぼくが想亜羅を引き入れた部屋のあるところだ」

「わかった」

野中は、カウンターの女性とともに、書庫の一階のさらに奥の方へと進んだ。

ぼくは、さらに奥に進んで書庫の第二層への階段をのぼった。

薄暗かった一階よりさらに暗い二層にきて、身体がひんやりした闇に包まれ、冷たい汗が背中をはい下りるのを感じた。どこから敵が襲ってくるかわからない恐怖に息苦しさを感じ、急いで書架の脇にある電灯のスイッチを入れた。天井の蛍光灯がついて、周りは明るくなったが、白々しい光は、深い闇を少しも追い払ってくれない気がした。

その白々しい闇の中で、遠くで、かすかに喘ぐような、女性の声がするのをぼくの耳は聞きつけた。耳を澄ますと、たしかに同じ層の、かなり向こう側から、くぐもった悲鳴のような声が聞こえる。

顔を左右に振って、どちら側からその声が聞こえてくるのかを確かめた。どうやら左手の奥から聞こえてきたらしいと見当がつき、ぼくは、ライトのスイッチを入れながらその方角へと進んだ。心がはやる一方で、慎重にならなければならないと自分に言い聞かせ、周囲に曲者がいないか気を配りながら、できるかぎりの早足で進んだ。暗くスペースの狭いこの書庫の中では、不意打ちをするためには恰好の隠れ場所がふんだんにあるし、通り道も狭いので、早足で進むのさえなかなか難しかった。書棚の陰から曲者が現れたりしないか、用心しながらそろりそろりと進んだ。

仕切り壁を一つ越えたところで、三層へのぼるための階段がある一角に出た。その部屋の天井は第三層まで吹き抜けになっていた。階段の上の第三層は、中二階のように、手すりがついて、直接二層が覗き下ろせるようになっていた。

そこに、想亜羅がいた。

最初見たときは、上方の第三層で、彼女が奇妙に身体を折り曲げて、何か変な踊りか体操でもしているように見えた。もう少し近づいてみると、彼女の首に縄のようなものがかかっているのがわかった。彼女は、その首にかかる縄を解き放そうと、両手で必死に縄を前方に引っ張っている。その縄は、想亜羅の首周りで、輪状になって、彼女の背後に水平にぴんと伸びていた。その後ろには、その縄を操っている人物がいるはずだったが、下の第二層のぼくのいるところからは、書棚の陰に隠れて、その姿は見えない。

「想亜羅――！」

大声をあげて、ぼくは、そっちの方に駆け寄った。

両目を閉じて苦悶していた想亜羅は、その声を聞いて、小さく片目を開けた。

その声を聞いて、曲者の方でも怯んだらしい。

縄の張りが急に緩み、その途端、縄を必死に前方に引っ張っていた想亜羅は、前方につんのめった。低い手すり越しに彼女は転げ落ち、一瞬後には、縄で首を吊るされたような姿勢になってしまった。

想亜羅が吊るされる……！

その光景にぼくは一瞬肝を潰しかけたが、首周りにかかった縄には、かろうじて彼女の両手がかかり、首が縄で絞められるのを懸命に防いでいた。両足が床から一メートルほど上のところで、バタバタともがいて空を蹴っている。このまま縄に首がかかれば、首吊りまであと紙一重しかない。

ぼくは、三層への階段を登るのをやめ、急いで、想亜羅の吊るされた真下へと駆け寄った。手を伸ばせば、ぶら下がった彼女の腰の位置のあたりにまで手が届いた。

ぼくは、彼女を吊るす縄に一生懸命手をのばしたが、どうしてもそこまで手が届かない。彼女の身体を片手で支えながら、近くの書棚に足をかけて、そこから反動をつけて跳躍すると、伸ばした手がなんとか上方の縄に届いた。届いた縄をつかんでぶら下がると、その途端、縄は、ぼくの体重を支えきれず、ぷつりと切れてしまった。

ぼくと想亜羅はもんどり打って、もつれ合いながら二層の床に転げ落ちた。が、さほど高度差はなかったので、大したダメージは受けなかった。先に下に落ちたぼくの上に落ちてきた想亜羅も、落下による打撃は大したことがないだろうと思われた。上の層では、カンカンという足音が遠ざかっていくのが聞こえた。曲者が逃げていった音のようだ。ぼくの頭部に、彼女の栗色の髪がかかり、ものうげでどことなく甘酸っぱい想亜羅の髪の香りを味わって、ぼくはほんの少しの間陶然とした。どくんどくんと、ぼくの心臓は早鐘のように打ち続けている。いつまでもその鼓動が収まらないのは、想亜羅の危機に直面して驚いたせいばかりではないようだ。

「あ、ありがとう……葛城さん。助かったわ」

ぼくの上に馬乗りになっていることに気づいた想亜羅は、慌ててぼくの上から飛びのいた。

「ごめんなさい！」

「いや、いいよ……。それより、無事か？」

「想亜羅……待ってろ……」

落下したときにぶつけた腰のあたりをさすりながら、ぼくも立ち上がった。まだ、ぼくの心臓は収まらず、どくんどくんと激しく鼓動を続けていた。

「ええ、おかげさまで……何とか。ちょっと手が痛むけど……」

彼女の両方の掌は、食い込んだ縄の跡が赤い筋を描いているのが見えた。

「大丈夫か、その手？」

「平気平気。これくらい、すぐ直るわ」

「あいつは？」

ぼくと想亜羅が、ともに三層の方に視線をむけると、既に曲者の姿はなかった。

ぼくは、三層への階段を昇り、さきほど曲者がいたと思われる書棚の間を覗いたが、そこには誰もいなかった。ただ、端がちぎれた、さきほどまで彼女の首にかかっていた縄が床に落ちていた。その縄のもう一方の端は、スチール製の書棚の一隅に結びつけられていた。その縄の他には、何も不審なものは残されていない。

ぼくは、その場所から、左右の書庫内廊下を見回した。左右両側とも、先に進めば、別の階段があり、一層に下りることも、三層にのぼることもできる。今ぼくたちのいる位置から見える、たった今ぼくが昇ってきた階段だけが、唯一のルートというわけではないのだ。

「いないな」ぼくは手すり越しに、下の想亜羅に報告した。

「そう……また逃げられたわね」

「ええ、外で私を襲ったのと、同じ覆面の男よ」

「また、同じやつか？」

「襲われたのは、この場所でか？　あそこの一階の部屋から出歩いてたの？」

「そうね。書庫の中を少し散歩していたの。そしたら、いきなり後ろから首に縄をかけられて……うかつにも気づかなかったけど、ずっと私のこと、つけてたみたいね……」

「そいつが、どうしてこの書庫の中にまで……ここは、東大生か関係者以外は入れないはず……。あいつは、入館資格をもっているのか？」

沙緒里と付き合っていた男性が、この連続暴行事件の犯人ではないかというぼくの推測は、犯人がこの書庫に入れたという事実とは少々折り合いが悪い。

「でも、どこか開いている窓から侵入してきた可能性だってあるんじゃない？」

「その可能性は薄いような気がするが……。何か人物特定できるようなもの、見なかった？」

「顔は覆面していたから見られなかったけど、でも、今度という今度はもう絶対逃さないわ。このまま捕まえて警察に引き渡すだけじゃ、私の気が収まらない。たとえ逮捕されても、せいぜい暴行罪で、禁固か懲役か、ごく軽い刑罰しか下されないわけでしょう。その前に」そう言って想亜羅は、パシッと両手を叩いた。「こちらの方で仕返しさせてもらわないとね」

「仕返し……？」

「さっきは八号館でアクセスを試みたけど、あれは学生が使うための端末だから、職員用コンピュータなら、もっとアクセスはしやすいはず。そちらに行って、そのバッジの情報から犯人を割り出しましょう」

「でも、さっきアクセスを試みたけど、できなかったんだろう。今からどうやって……？」

「まだいろいろ試せる方策があるわ。時間さえあれば、絶対アクセスはしてみせるわ。私、前に一号館のコンピュータ室に忍び込んで、自分が所属したことのある宗教情報が載っているかどうか片っ端から調べあげたことがあるのよ。要領はそのときと同じよ。さっ、一号館に行きましょう。今から、そのコンピュータで、名前を割り出しに――」

そう言って想亜羅は、ぼくの手を引っ張った。

「ちょ、ちょっと待ってくれ。そろそろ警察が、外に来ている頃だ。まず、君が襲われた事件を、警察に届け出ることの方が先だろう」

「それもそうね」ふうっと彼女は、気が重そうに溜め息をついた。「ちょっと面倒くさいけど、仕方ないわね。でも、その後、コンピュータ室には付き合ってくれるわよね？パスワード割り出しには、協力者がいた方が、作業が分担できて楽だから――」

「今晩？」

「そう」

「でも、もう午後七時過ぎて、遅い時間になるよ。第一、そんな時間に、コンピュータ室に入れるの？　夜は施錠されて入れないだろ？」

「それは大丈夫。人目を避けるためには、夜の方がいいのよ。前に侵入したときだって、深夜近くに忍び込んでやったんだし。そのために合鍵をつくってあるのよ」

ぼくは、想亜羅の用意周到さと、情報網侵入に傾けた情熱と執念に、圧倒されると同時に呆れた。しかし、同時にふと疑問が湧いた。

（一体……？）

（彼女は何者なんだ？　なぜそうまでして情報を集めたがる――？）

そんなことを感じたとき、ちょうど野中と、カウンターの係の女性が、並んでぼくたちの方にやって来て、声をかけた。

「おったおった、こないなとこに――」

「門のところにパトカーが止まって、警官がきてますよ」

「じゃあ、行かなくっちゃ。な、想亜羅？」

「え、ええ」

野中は、想亜羅の乱れた衣服をまじまじと眺めて、「またこの中で、襲われたんか？」

と訊いた。

「え、ええ――」

「そうなんだ」とぼくも横からこたえた。

出口の方に戻りながら、今しがた想亜羅が危機に襲われていたときの顛末《てんまつ》を、ぼくはかいつまんで野中に説明した。

「そうか、そないなことが——」

「誰か逃げていく不審な男とか、見かけなかったか？」とぼくは質問した。

「いや、見いひんかったな。けど、この書庫ん中はえらい広いし、階段がいくつもあるやん。そやから、俺たちと鉢合わせせんでも不思議はないわな——」

「今までずっと一階にいたの？」

「そや。葛城に教えてもろた、最初に想亜羅さんがいたっちゅう部屋をまず最初に探して、そこに誰もおらんかったから、次は一階の書庫の中を順に調べてたんやが、なんせ広うて迷路みたいなところやから、なかなか全部は見て回れへんで——それで、上の層で物音がしたんで、昇ってきたんやが、この層も広いんで、なかなか葛城らの居場所が見つけられへんかったわ」

「そうか——」ぼくは、野中と一緒にいた、眼鏡の女性の方を向いて、

「あの、一つ質問させてもらってよろしいですか——？」と訊いた。

「はい？」

「ぼくがここの書庫に最初に入った時間は、午後六時くらいでした。そこから一旦外に電話をかけに出ていったのが、六時四十分くらいで、また六時五十分くらいに戻ってきました。さっきこの書庫の中で、彼女を襲った人物は、この一時間ほどの間に、書庫に入庫したと思われます。その時間、カウンターでずっと番をしておられましたか？」

「ええ、私は午後四時からはずっとあのカウンターにいました」

「では、誰か不審な人物が書庫に入るのを目撃しませんでしたか？　午後六時以降の一時間ほどの間に――覆面をつけているような人物とか」

「そんな変な人が入ってきたら見咎めます」

「その間、書庫に新たに入った人は、何人くらいいましたか？」

「ええと、六時以降も、新しく書庫に入った方は、数名はいたはずです。入るときに学生証か院生証を預かり、出るときにそれをお戻ししています。ですから、名前の控えなどは残っておりませんが、出入りしたのは、皆そういう入庫資格のある方たちばかりでした――」

「そうですか――ありがとうございます」

「そのとき入った中に、犯人がおったんか？」と野中が訊いた。「もし犯人がカウンターから書庫に入ったんやとしたら、覆面は外して、普通の学生の恰好をして入ったんとちゃうか？」

「そうだとすると、とにかく、犯人は入庫資格をもっていたことになるよな」

「それはそやが、その資格証が犯人のもんとは限らんやろ。誰かのものを借りているとか、盗んだとか、偽造してたちゅうことも考えられるやろ」

「一応学生証や院生証には、本人の写真が貼ってあるから、入館のチェック時に、学生証に貼ってある写真と別人が持っていたら、チェックされるはずだが――」

「そんなん、どうとでも誤魔化《ごまか》せるやん。入口の係員かて、いちいち細かく顔写真なんか調べてへんやろ。それに、学生証を偽造して、自分の顔写真を、もっともらしくそこに貼りつけておくことかてたやすいで」

「それはそうだが、もしそんな手間を犯人がかけていたとすると、前もって、偽造学生証を用意しておかないといけなくなる。犯人が学外者だとすると、なぜそんな手間をかける必要があったのだろうという疑問が生じる。今日の襲撃には、図書館に入る必要があるなんてことを、前もって予測していたとは思えないぜ——」

「まあ、それもそやな——。そうすると、やっぱ犯人は学内生で、入庫資格をもっていたちゅうことになるんやろか？」

「何ともわからないが」と言ってぼくは首を振った。「でも、バッジという、犯人特定のための有力な物証がこちらにはあるからね。これで、どういう人物かはじきに突き止められるだろう」

　カウンターのところに戻ってみると、既に午後七時をまわった時間なので、入口には「図書館は閉館しました」との札がたてられ、閲覧室や開架図書室の電気も消されていた。カウンターの周りだけ電気がついていて、ぼくたちが戸を開けて入ってくると、そこにいた数人が一斉に不安そうな顔つきでぼくたちを見つめた。

「あの、警官の方がお見えですけど……」

「はい」とぼくは返事をして、想亜羅の背中に手を回して、「行こうか」と言った。

第六の迷宮

1

警察の訊問や調査に応対するのは予想以上に長引き、ぼくが解放されたのは、午後八時半過ぎだった。被害者である想亜羅の取り調べはさらに長引き、九時半近くまでかかった。ぼくは、一旦駒場寮の自室に戻り、夕食代わりに、蓄えてあるパンの耳をかじった。それから想亜羅から持ってくるように頼まれた、懐中電灯を用意した。九時半頃にそろそろ想亜羅が解放される時間かと見計らって、彼女が質問をうけている駒場駐在所へと赴いた。

その近くをぶらぶらしていると、ようやく警察から解放された想亜羅が、出てきた。彼女はすぐにぼくを認めて駆け寄ってきた。

「ありがとう、来てくれて――。被害届けを書かされて、署名とハンコ押しさせられたんだけど、いろいろしつこく訊かれちゃって、思ったより時間がかかったわ――」

　想亜羅は、友人に届けてもらった新しい服に着替え、髪の毛も、簡単ながら整え直されていたので、襲われた直後のひどい恰好は直っていた。しかし、暴行の被害を受けた跡は、肌があらわれたところに何箇所も刻み込まれていた。顔のあちこちに擦り傷がつけられ、手の甲には、赤い痕が筋を描き、その周りが少し腫れ上がっていた。

「身体の怪我は大丈夫かい？　病院に行った方がいいんじゃないの？」

「平気よ、みなかすり傷だから――それより、行きましょう、コンピュータ室に」

「本当に今から行くのかい？」

「さっき言ったとおりよ。あたしは本気だから。それに、こちらにはこういう強力な証拠があるんだから。墨田さんが奪ったバッジは持ってきてくれたよね？」

「ああ、持ってきたよ。でも、これ、早く警察に渡した方がよくないか？」

「まずこちらの手で犯人を突き止めたいの。大事なカードを警察に渡して、先に警察に捕まえられたら、何にもならないじゃない」

「先に警察って言っても、ぼくたちの側で犯人をつかまえて、私刑《リンチ》にかけるわけにもいかないだろう」

「おじけづいてちゃいけないわ」

　そう言い放って、彼女はつかつかと駒場キャンパスの方に歩きはじめた。

「危ないよ、こんな夜に堂々と出歩いては――まだ、犯人はこの辺に潜んでいるかもしれないんだよ」

「だから、あなたにボディーガードを頼んでいるのよ。ちょっと心もとない護衛かもしれないけれどね……」

そんなことを言いながら、彼女は、駒場の正門を通りぬけ、光の消えた駒場一号館へと向かっていく。とっくに夜の帳が下り、いくつかあるライトが、闇に包まれた駒場キャンパスを白々と照らしていた。駒場商店街方面よりもキャンパス内の街灯の数は少ないため、大学の構内に足を踏み入れると、闇の濃さが一段と増したように思える。

「一号館って、ぼくらが授業に使う部屋があるけれど、あそこに、コンピュータ室なんてあるの?」

「学生が立ち入らない領域にあるのよ」

そう言って彼女は、一号館への十段ほどの石段をのぼり、暗い建物の入口へと近づいていった。

「この時間じゃもう鍵が掛かって入れないんじゃない?」前を行く想亜羅に、ぼくがそう声をかけると、

「おそらくね。念のため、確認よ」と彼女は素っ気なくこたえた。

想亜羅は、閉まっている鉄扉の円環状の把手を引き、そこが開かないのを確認した。

「じゃあこっちね」

「どこか入れる経路があるの?」

「こういうときのために確保しておいたのよ」

彼女はのぼってきた段をおり、キャンパスの道路に戻り、その通りを、一号館の東側にそって北向きに歩き始めた。

どこに向かっているのだろうと訝しく思いながら、ついていくと、彼女は、一号館の東面を越えて、銀杏並木に入って右に折れ、どんどんと東にある駒場寮の方に進んでいく。

「どこ行くの？　そっちは駒場寮だよ」

「あちらに入口があるのよ」

「えっ？」

駒場寮前の南北に続く通りに出て、彼女は、四棟ある寮の中では、そこから一番近い中寮の方へと歩んでいった。その中寮の前には、寮とひと続きの屋根で覆われた、コンクリート敷きの駐輪場があった。認印を受けた寮生の自転車やバイクがぎっしりと並べられている。

「ここよ」彼女は、その駐輪場に入り、ぼくにそこに来るように合図した。

「そこは、寮の駐輪場だよ」

「ほら、ここ」

見ると、その駐輪場の一画に、ぽっかりと穴があいて、地下へ通じる階段があった。

駒場寮に住んでいたにもかかわらず、そんな穴の存在を知らなかったぼくは、その場所を見て、驚いた。

「何、これは――？」

「一号館へと通じるトンネルよ」

「トンネル？」

「戦前の一高時代につくられたトンネルよ」

「防空壕《ぼうくうごう》としてつくられたの？」

「いえ、戦争前からあったそうよ。なんでも、貧乏で傘ももっていない駒場寮生のために、雨の日でも傘を使わずに、一号館に授業を受けにいけるようにつくった地下通路なんですって」

「こんなのがあったなんて――」駒場に住んでいる自分よりも、想亜羅の方が駒場キャンパスの地理に通じていることに、ぼくは率直に感嘆した。「でも、ここ、今通れるの？」

「鍵が掛かっているところがあるけれど、ここの扉は、合鍵を持っているのよ」

どうしてそんなに想亜羅が、駒場キャンパスの鍵を収集しているのかは、一つの大きな謎だったが、ぼくは素直に、想亜羅について、地下への階段を下りていった。

「ここから懐中電灯が要るようになるのよ。つけてくれる？」

「ああ」

地下通路は、光がまったく差し込まない真っ暗闇である。ぼくが携えてきた懐中電灯を点灯すると、階段を下りてすぐのところに、重い鉄の扉が通路全体を塞いでいるのが見えた。

想亜羅は手早く、自分のバッグから鍵を取り出して、その扉の鍵穴に、鍵を差し込んだ。ガチャガチャと何回か金属の軋む音が聞こえて、やがて扉がギギーッと重たい音をたてて、後方へと開いていった。

扉を越えて、中を照らすと、床も天井も白いコンクリートで固められた、古びた通路が、ずっと闇の奥まで続いていた。ところどころコンクリートは剝げ崩れ、通路の両脇には、かすかな悪臭を放つ水たまりができていた。空気はひんやりとして、どこか澱んでいた。まるで、光の届かない深く静かな湖の底のようだ。

「知らなかったな、こんな秘密通路が、駒場にあったなんて――」

低い声でそう言ったが、トンネルの中に谺《こだま》して、増幅してかえってくる声は、どこか自分のものとは違う、なにか不気味な感じがした。

「駒場キャンパス七大秘境の一つと呼ばれてるわ。存在を知ってる学生は少ないし、まして実際にここに入ったことのある人なんて極少でしょうけれど――」

「七大秘境ってあとは何があるの？」

「ええと、ここの通路、一号館の時計塔、一二浪池、三昧堂、図書館の書庫、レーニン体育館、それと１０４号館ってところかしら。梅林のそばの墓を数える場合もあるけれど――」

「へえ。時計塔は、これから行こうとしているところだし、書庫も今日はじめて入ったし、大体はこれでぼくも訪れたことがあるところばかりだな。君と一緒に――」

「ええ、そうね。その秘境、迷路みたいにわかりづらいつくりになっているところが多いから、別名『駒場の七つの迷宮』というあだ名もついてるわ」

「『駒場の七つの迷宮』ねえ。何か小説の題名にしてもよさそうな響きだねえ」

「そんな無駄口はいいから、早く行きましょう」

「そうだね」

ぼくと想亜羅が、中に進み出すと、地下通路内に、足音が反響して増幅した。その反響が、まるで巨人の足音のように、大音響に聞こえたので、ぼくはびくっと身体を震わせた。想亜羅と身体を密着させて、おそるおそるその通路を先へと進んでいった。天井にはところどころはげ落ちたり、土が見えているところがあった。

「ここ、早く修繕工事をしないと、崩壊の危険性が大きいんじゃない？」

想亜羅の耳元で囁くようにそう言うと、彼女は頷いた。

「ええ、ここの通路、今の建築基準法では、安全性を満たさないでしょうから、使用は到底認可されないでしょうね。でも、まともに修繕しようとしたら、かなりの金額が必要でしょう。だから、学部当局も、ここは閉鎖したままにしているのよ」

「よくそんな通路の鍵をもってるな」

「まあ、いろいろツテがあってね……」

中寮と一号館の間には、ぼくたち駒場生が、学費を収めに行く収納課がある建物がある。ぼくは上を見上げ、たぶん今その真下を通っているのだろうと想像した。

百メートルほど進んだところで、通路にまた、入ったときと同じような鉄扉が閉ざされているのが見えた。

「ここも同じ鍵で開くのよ」

そう言って彼女は、さきほどと同じ鍵を取り出して、鍵穴に差し込んだ。

ガチャンと錠が開いた音がして、今度は鉄の扉を内側に引き開けて、ぼくたちは、扉の向こう側に出た。そこは、二方を白いコンクリートに囲まれた狭い一角で、上にのぼる茶色い階段があった。

「行くわよ」

想亜羅に続いてその階段をのぼると、見慣れた一号館の一階の廊下に出た。

一号館の建物は、北を上にして、凹の字型をしている。一階と二階をつなぐ階段は、北東の角と北西の角と、南側の正面玄関を入ってすぐのところの三箇所にある。ぼくたちが出たのは、一号館の北東の角の階段のところで、そこは駒場生なら誰でもよく知っているお馴染みの場所だった。目の前の南北にのびる廊下の北側の端には、銀杏並木へ出られる扉があり、今は施錠されていた。ここは、ぼく自身も普段よく通る場所なのに、ここの階段が二階にのぼるものだけでなく、地下へも下りる階段があったことには、まったく気づいてさえいなかった。

暗闇の中で電灯のスイッチを見つけて、「ライト、点ける？」とぼくが訊くと、

「いえ、警備員に怪しまれるといけないから——ここでは、懐中電灯も消して」と想亜羅は指示した。

指示通りぼくは懐中電灯の光を消したが、そこは、地下通路と違って、教室や廊下の窓から、外の光が差し込むので、目を凝らせば、電灯がついていなくてもなんとか視界は効いた。

想亜羅は、そこの階段をさらに二階へと昇った。そして階上に出ると、南向きに廊下を進み、南東の角を右に曲がり、南棟の真ん中の正面階段のところにまで行き、その階段をさらに三階の方へとのぼった。

時計塔のある一号館は、一階と二階は凹の字型をして、授業に使われる教室がある。その南側の棟の真ん中に、時計塔が上に乗っかる形でそびえ立っているから、二階よりさらに上に昇る階段は、南棟の中央の一箇所だけである。そこの二階より上は、一部の教職員しか出入りを許されず、関係者以外には立入禁止の区域である。

その階段をのぼってすぐのところにある三階の一室の扉に、想亜羅は慣れた足取りでつかつかと近づいていった。またバッグから鍵を取り出し、そこの部屋の扉を難なく押し開けた。

「さ、入って」

その部屋に足を踏み入れた途端、ぼくはぎょっとした。

2

そこの暗い部屋の中に、ぼうっといくつもの光が浮かび上がっていたからだ。一瞬驚いたが、よく見ると、その光は、室内にある十数台のコンピュータのモニター画面から発せられているものだとわかった。

「どうして、電源が入っているんだ？」

「システムを常時稼働させておくために、二十四時間動かしておかないといけないマシンがいくつも必要なんですって。私も同じことをコンピュータ数学の教官に質問したら、そう答えてくれたわ」

「そうなのか――」

想亜羅はさっそく椅子の一つに腰を下ろし、端末のキーボードを叩き始めた。

「ログインしてみるわね――」

彼女がキーボードを操作すると、画面には、黒い背景に緑色の文字が浮かび上がってきた。何やら長々しい英文が次々に流れてくるので、到底読み取ることができない。彼女はすばやく、キーボードの右端のRETURNキーを何度か叩き、画面の文字列の末尾にY／N?という文字が出てくると、手慣れた仕種でYのキーを押した。

LOGINというメッセージが出て、USER：とPASSWORD：という文字が出てきた。彼女が何やら英数字を素早く打ち込むと、「ＷＥＬＣＯＭＥ（ようこそ）」というメッセージが出てきた。ぼくは英文字を入力するときに、キーボード上で一生懸命文字を探さないと入力できないが、彼女は、キーボードは使い慣れていると見えて、ぼくの目で追えない速さで、次々と文字を入力して行った。

英字ばかりの画面が次々と切り替わり、やがてＰＡＳＳＷＯＲＤ？というメッセージが画面に現れた。そこで彼女は用意したメモを取り出し、八文字ほど英文字を打ち込んだが、それに対して、「パスワードが違います（ＷＲＯＮＧ　ＰＡＳＳＷＯＲＤ）」というメッセージが返ってきた。

「だめね」と彼女は溜め息をついた。「ここでも、前に私が侵入したときと、パスワードが切り換えられてる――」

「入れないのか？」

「いえ、手はあるわ」

彼女は、また何か画面を操作し、長文の英文のメッセージ画面を出し、そこでＰＲＩＮＴ《プリント》というコマンドを打ち込んだ。すると、横のプリンターがガガガと唸り声をあげ、印字された紙を吐きだし始めた。

それから彼女は、椅子から立ち上がり、部屋の隅にあるゴミ箱の中を覗き込んだ。

「前は、このゴミ箱に、パスワードの手掛かりになる紙が捨てられてあったんだけど、今日はないみたいね」と言って想亜羅は苦笑いした。「どこか他に手掛かりはないかしら？」

そう言って彼女は、各テーブルの横の備品や、モニターの裏側などを順に調べて回り始めた。

「私の観測ではね、ここの部屋の責任者の事務局長が、毎週パスワードを更新しているようなの。で、そのパスワードは、まったくランダムな文字列でなく、一定の規則的な文字列を順番に使用しているようなの。だから、たぶん、今度の新パスワードも、その法則で割り出せるはずなんだけど——」

などとぼくに説明しながら、想亜羅は部屋中を隈なく調べて回った。じっとしているのも手持ち無沙汰なので、ぼくも室内の調査に協力したが、何も手掛かりになりそうなものは見つけられなかった。

「ないか」

一通り調査が済むと、彼女はあきらめたように溜め息をついた。プリントアウトされた連続紙の紙をプリンターから切り離して、ぼくに渡した。その紙に目を落とすとそこに印字されていたのは——。

fje45eykd3fl28kfldsk3qsahejzhshhue38ld39hs62njsj30sllswkw27jsjm29je9dj3dksbnwdtgo
grjjn32hsjkw7mzjslkwlws922kaqq2ecewmjkkgfdehuijs8hdmvlwdkq2rpur2jelkdlmd2pjsl
kl……

ぼくには無意味な文字列のつながりとしか思えない。想亜羅はその文字列に、ペンで八文字おきに印をつけて、順に区切っていった。

「何だこれは？」

「これがパスワードの候補文字よ」

「え？」

「パスワード割り出しは、ちょっと時間がかかりそうなの。作業を分担してくれると、割り出しにかかる時間が半減されるわ。葛城くん、手伝ってくれるでしょ？」

「どうすればいいんだい？」

「こっちに来て」

彼女は、ぼくを手招いて、さきほどまで自分が坐っていた椅子に坐らせた。横から立ったままで彼女は、その端末のキーボードを叩き、またさきほどの「ＰＡＳＳＷＯＲＤ？」という、パスワードを訊ねてくる画面を表示させた。

「この画面で、この文字列を順に試してみて。どれかがパスワードとして、ヒットするかもしれないから」

「この八文字ごとの文字列を順番に？」

「そう。私もこっちでやってるから――」

そう言って彼女は、隣りの端末の前に坐り、そちらのキーボードで、さきほどアクセスしたときと同じような操作をやり始めた。

「わかった。この文字列を順番に打てばいいんだな?」

「そういうこと」

ぼくは、たどたどしい手つきでキーボードを叩き始めた。カチャ、カチャとぼくがキーボードを一回叩く間に、横の想亜羅はタタタタッと段違いの速さで、キーボードを叩いていく。画面に文字列が積み重なっていく。

PASSWORD?——fje45eyk
WRONG　PASSWORD
PASSWORD?——d3fl28kf
WRONG　PASSWORD
PASSWORD?——ldsk3qsa
WRONG　PASSWORD
PASSWORD?——hejzhshh
WRONG　PASSWORD
PASSWORD?——ue38ld39
WRONG　PASSWORD
PASSWORD?——hs62njsj
WRONG　PASSWORD

PASSWORD?――30sllswk
WRONG PASSWORD
PASSWORD?――w27jsjm2
WRONG PASSWORD
PASSWORD?――9je9dj3d
WRONG PASSWORD
PASSWORD?――ksbnwdtg
WRONG PASSWORD

十分くらいその作業を繰り返したが、何度やっても出てくるのは「WRONG PASSWORD（パスワード違い）」ばかり。いささかうんざりして、隣りの想亜羅に、「何回やっても同じみたいだよ」と言うと、彼女は、モニター画面に向けた首を回そうともせず、リズミカルなキーボード打鍵を続けながら、

「一つ当たればいいんだから、我慢して続けてみて」と言う。

「なんだかなあ……」とぼやきながら、ぼくはまた単調な打鍵作業に入った。

それから三十組くらいのパスワード候補を打ち込んだが、やはり芳しい答えは返ってこない。そのとき、彼女がふとキーボードを打つ手を休めて、ぼくの方を見た。

「どうした？」

「今、なんか、音、しなかった?」

「え、どこで?」

「下の方で、何か物音がしたような気がしたんだけど……」

「もしかして、ぼくたちが侵入したことがバレたかな。警備員が鍵開けて入ってきてるんじゃ……」

「だとすると、まずいわよ。外に懐中電灯とかの明かりが洩れたかしら? それとも、コンピュータが稼働している情報が、どこかに洩れ伝わっているのかな? もし、こうしてこんなところに、夜中に入り込んで勝手にコンピュータ使ってることが見つかったら、あたしたち、停学処分くらいは食らうことになるかもしれない……」

「確かに大いにまずいだろうね。どうすればいいだろう?」

「私たちがここに入ったという痕跡は残してないわよね? もし見回りが来るんだったら、どこか塔の上の方にでも隠れましょう。この部屋は画面を戻しておけば大丈夫でしょう……」

「そうだな、でも、うまく隠れるためには、前もって準備しておかないと、この作業中に不意をついて来られたら、どうしようもないからな……」

「ちょっと、下を覗いて確かめてきてくれる?」

「そうだな……」と言いながら、何気なく、そのとき打ち込んだ八文字の後にRETURNキーを叩くと、それまでとは違った反応が出たことに気づいた。

画面には、

＊＊＊＊＊WELCOME＊＊＊＊＊

という表記が出ていた。

「想亜羅、これ！」

「やったわ！」想亜羅が、バンとテーブルを手で叩いて、立ち上がり、ぼくのいた席に駆けてきた。

「これで入れる！」

ところが、次の瞬間、画面の上で、次のような文字が点滅し始めた。

WARNING!

UNAUTHORIZED ACCESS

日本語に訳せば、「警告！ 不正なアクセス」というような意味である。

「まずい！」と言いながら、想亜羅はぼくの坐っていた席を占拠し、猛烈な勢いでキーボードを叩き始めた。「間に合って！」

彼女は目にも留まらぬ速さで文字を打ってはRETURN、打ってはRETURNを繰り返していき、その度に画面は驚くべき速度で次々と切り替わっていく。そのさまは、まるで猛烈なスピードでチェックポイントを通過していく高速マシンのレーサーか、時代劇なら、眼にも留まらぬ速度で敵城の本丸へと突進していく忍者の姿を彷彿《ほうふつ》とさせた。

「よし！〈アール・メディテーション〉発見！　あと二枚脱がす！」

などと叫んでいる。「あと二枚脱がす」とは、なんともうら若い女性には、ふさわしからぬ台詞だとぼくは内心苦笑した。

しかし、次の瞬間、画面はパッと切り替わって、次のような文字で埋め尽くされた。

FORBIDDENFORBIDDENFORBIDDENFORBIDDENFORBIDDENFOR
BIDDENFORBIDDENFORBIDDENFORBIDDENFORBIDDENFORBID
DENFORBIDDENFORBIDDENFORBIDDENFORBIDDENFORBIDDE
NFORBIDDENFORBIDDENFORBIDDENFORBIDDENFORBIDDENF
ORBIDDENFORBIDDENFORBIDDENFORBIDDENFORBIDDENF……

日本語に直せば――

禁止禁止禁止禁止禁止禁止禁止禁止禁止禁止禁止禁
止禁止禁止禁止禁止禁止禁止禁止禁止禁止禁止禁止

禁止……

「しまった！」想亜羅は、ドンとテーブルを叩いた。「やられた！」

「想亜羅！　あまり大声を出すと、見つかっちゃうよ——もし、見回りが来ているとすれば」

「そ、そうね、悪いんだけど、葛城くん、誰か来ているかどうか、外の様子を見に行ってくれる？」

「ああ、そうだな」

「さっきアクセスに成功したパスワードは、これ？」

そう彼女が訊いてきたので、ぼくは鉛筆で印をつけて、「これを入力していたら、こうなった」とこたえた。

「オーケー。もう一度チャレンジしてみるわ」

そう言って彼女は、またキーボードを叩き始めた。

ぼくは、部屋を出て、そっと左右を見回した。

光を放つ、まぶしいモニターと今まで睨めっこしていたので、廊下の暗闇には目が慣れるまでしばらく時間がかかった。

3

人の気配はない。

静寂が息づく暗闇へ、そっと耳を澄ましてみるが、聞こえるのは、ぼくらのいた室内の音だけだ。想亜羅がキーボードを叩く音と、コンピュータ機器類のウーンといううなり。その音が大きいため、ここでは、遠くのかすかな物音を聞き取ることは難しい。

しばらくして、なんとか闇に目が慣れてきたので、ぼくはそっと下への階段を下りることにした。

二階に到着すると、また耳を澄ました。

どんな音が空気中を伝わっているか確かめようと、夜の闇に静かに耳を傾ける。

三階のコンピュータの音の他に、羽虫の音、窓の外の虫の啼き声、街灯のブーンというなり声もかすかに聞こえるような気がする。静かな夜でも、耳を澄ませば、いくつもの音が混じり合っていることがよくわかる。

その中のかすかな音の一つに、人の足音のようなものが、ぼくの耳に聞こえた。それは、あまり近くはないが、この建物の中をゆっくりと手探りしながら進んでいるように聞こえた。

(いる……?)

(別の人が、この建物に……?)

(警備員だろうか……?)

(あるいは……!?)

その音は、一階から聞こえてきたような気がしたので、ぼくは、下の一階に下りてみることにした。そして、一階に着くと、ガラスの張られた、駒場正門の方を向いた教室の、南向きの窓の並びを観測した。

その教室の中のある部分が、窓の外から差し込む月の光を反射して、きらきらと光っていることがぼくの目を引きつけた。

(何だろう……?)

よくよく目を凝らすと、それは、割れたガラスの破片であることがわかった。

それに気づいた瞬間、ぼくは、全身に冷水を浴びせられたようなショックを感じた。

それは、何者かが、建物の外から、この一号館の窓ガラスを割った証拠である。

実際、その破片が飛び散っているところの窓ガラスは、一枚が滅茶苦茶に壊れていた。

さっきこの建物に入ってきたときは、こんなことにはなっていなかったはずだ。

誰かが、ぼくたちがここに入った後、ガラスを割って、この建物の中に侵入してきたのだ。

警備員や見回りが、そんな不法な侵入をするはずがない。

とすると――

入ってきたのは――

「想亜羅！」

思わず、ぼくは、そう声を上げた。

想亜羅が危ない。

今入ってきたのは、警備員や見回りではない――正規の警備員がここに入ろうとするなら、ちゃんと建物の鍵を開けて入るはずだ。

犯人だ。

想亜羅を付け狙っている暴行魔に違いない。さっき想亜羅が、何か聞こえたと言っていたのは、ここの窓ガラスを割る音だったに違いない。

ぼくは、すかさず踵を返し、想亜羅のいる三階の部屋へと急いで駆け戻った。

4

すぐに想亜羅のところに行かなくては――心は逸《はや》ったが、ぼくの方でも、いきなり曲者と闇の中で遭遇したときの危険性を考慮しないわけにもいかない。

階段をのぼって二階に戻り、闇の中に続く廊下の左右を、慎重に見回した。人の気配はなかった。しかし、耳を澄ますと、階段をのぼっている足音のようなものがかすかに響いてくる。それは、この階ではなく、上から聞こえてくるようだった。上というと——時計塔の方面だろうか。塔にのぼっている者がいるとすると、侵入者が既に上に入り込んでいるのだろうか。それとも、想亜羅が上に行ったのだろうか。

不安な気持ちに駆られて、ぼくは、三階への階段を駆け昇った。そして、さっきまで想亜羅とともにいた、コンピュータ室の扉を、力をこめて押し開けた。

中に、想亜羅の姿はなかった。

すべてのコンピュータの画面が光を放っていたのはさきほどと同じだが、そのモニターが、さきほどとは様子が違う。

室内のすべての端末のモニターには、次のような文字が浮かび上がり、次々と流れていた。

FORBIDDENFORBIDDENFORBIDDENFORBIDDENFOR
BIDDENFORBIDDENFORBIDDENFORBIDDENFORBID
DENFORBIDDENFORBIDDENFORBIDDENFORBIDDE
NFORBIDDENFORBIDDENFORBIDDENFORBIDDENF
ORBIDDENFORBIDDENFORBIDDENFORBIDDENF……

禁止禁止禁止禁止禁止禁止禁止禁止禁止禁止禁止禁止禁止禁止禁止禁止

……

何台ものコンピュータが突然生命をもち、立入禁止のところに侵入してきたぼくの罪状を一斉に告発しているかのようだった。グイーンというコンピュータのうなりは、まるでこれからぼくを襲おうとする用意をしているかのようだ。ぼくは、突然氷水の中にたたき込まれたような恐怖を覚えた。

しかし――

ここに想亜羅がいないということは、彼女はどこに行ったのだろう？

上か、下か――

外に出て進む方角は、その二つしかない。しかし、下へと下りて行ったのなら、ぼくと会った可能性が大きいはずだ。もっとも、もし彼女が、ぼくが一階に下りている間に、二階に下りて、そこから、廊下づたいに東側か西側に向かったとしたら、ぼくの目につかないで下に下りている可能性もあるのだが――

足音が上から聞こえたことからしても、彼女は、上の時計塔の方へ向かった可能性が高い。

そして曲者は――？

そいつが、想亜羅を狙っている暴行魔だとすると、明かりが洩れているこの部屋にまで、ぼくが部屋を離れた短い間にのぼってきたのだろうか。危険を感じた想亜羅が、逃れようとして、この部屋の外に出て、下への退路が塞がれていたので、上に昇ったのだろうか。

しかし、上に行っても、塔の最上階に出て行き止まりである。このまま上に行っても逃げ場を失って追い詰められてしまう。

そうだとすると、早く助けに行かなければ、想亜羅が危ない――。

何か武器になるものはないか、とぼくは辺りを見回した。

その部屋から出たすぐ横の、階段の踊り場に灰色のロッカーがあったので、それを開けてみると、掃除用具が入っていた。そこのモップを取り出して、持っていくことにした。武器というには心もとないが、ないよりはましというものだ。

想亜羅の名前を叫びたくなったが、もし曲者がいるなら、ぼくの居所を察知されるのは望ましくないので、なるべく足音をたてないよう注意しながら、塔への階段をのぼっていくようにした。わずかな光が小さな窓から差し込むだけで、これまで足を踏み入れたことのない、暗闇に閉ざされた階段を進むものだから、いきおい昇る速度はあまり速くならない。時計塔の中は、各階ごとに一つずつ部屋があり、三階より上は螺旋階段になっている。

四階へのぼり、五階へときたところで、そろそろ最上階が近づいてきたのがわかって、ぼくは緊張して身構えた。

そのとき、上方から、想亜羅の声が響いた。

「葛城くん！　葛城くん、来てる⁉」

少し距離は離れていたが、細長く狭い塔の中で発せられた声だけに、その内容ははっきりとぼくの耳に届いた。

そう呼びかけられては、答えないわけにはいかない。

「想亜羅！　ここにいる！　大丈夫か⁉」

そうぼくは声を張り上げた。

「いま下に犯人がいる。一番上の、あたしがいる部屋に近づいてる！　早く来て！」

「わかった！　いま行く！」

ぼくはそう叫び、もはや足音をたてない気遣いが無用と化したので、モップを握りしめ、ダダダッと螺旋階段を昇り始めた。

ぼくの足音が、あまり広くはない時計塔内の階段の空間に反響して、谺《こだま》した。

「はさみ打ちにしましょう！」という想亜羅の声が上から聞こえてきた。

その声を聞いてぼくは思わず「え？」とつぶやいた。

「一本道の階段しかないから、他に逃げ場はないはずよ！」

恐怖に怯えちぢみあがっているのかと思いきや、勇ましい想亜羅の言葉に内心ちょっと驚くと同時に気押《けお》された。ぼくとしては、モップ以外に武器はないし、腕っぷしにも自信はないし、相手が刃物か飛び道具をもっていたら、一体どうするのかという不安の方が先行した。未知の相手に勝てるという自信など持てるはずもないのに、どうして想亜羅は、あんなに勇ましくしていられるのだろう。今すぐ逃げだして、外に助けを呼びに行きたいという気持ちが、ぼくの心の中には強くある。膝のあたりに震えが走るのは、武者震いというよりは、恐怖心のためだろう――しかし、想亜羅の危機を前にして、逃げだすわけにもいかない。

ええい、ままよ――と何とか勇気を奮い、階段を駆け登っていく。

五階を過ぎてそろそろ曲者に遭遇するかと身構えたが、その姿はなく、どんどん昇っていくと、最上階の部屋に出てしまった。そこは、階でいえば六階にあたる時計塔の頂上だ。

そこには、幽霊のように、ぼうっとした表情の想亜羅がたたずんでいた。

この部屋は、途中の階段や部屋と違って、広めの窓が四方についているので、今まで通ってきたところよりはずっと明るかった。窓から差し込む月光を浴びて、スレンダーな想亜羅の姿が、青白く浮かび上がっていた。彼女の眼、手の爪、足のバックルが、月光を浴びて鈍く白い光を反射させていた。

「葛城……くん？」

ぼくの顔を認めて、想亜羅は人間らしい顔つきに復した。

「想亜羅、無事だったか⁉」

「え、ええ……途中で、誰かに会わなかった？」

「いや」とぼくは首を振った。「ここに来るまで誰にも会わなかった」

「おかしいわ。曲者が迫ってきていたのは、たしかよ」

「相手の姿は見た?」

「存在は確認したわ。また覆面をしていたので、顔や姿はわからなかったけど——あなたが出て行ってすぐ、なにか近づいてくる音が聞こえたので、あのコンピュータ室から外に出て下を見ると、二階の廊下に、覆面をした曲者が、歩いてくるのが見えたの。そいつは、塔の方の私の存在に気づいて、階段を昇り始めるのが見えたの。あそこって、下への退路を塞がれたら、逃げ場がないじゃない。それで、上に逃げたんだけど、あなたが戻ってきてくれると信じていたから、塔の上に誘いだせれば、首尾よくはさみ打ちにできるだろうという計算もあったの」

「相手がどんなやつかもわからないんだ。はさみ打ちにしたからと言って、こっちが勝てるという保証は全然ないんだぜ。君ときたら、まったく、勇ましいというか無謀というか……。襲われて怪我するのが怖くないの?」

「別に、全然——だって、私、からっぽだもん」

「からっぽ?」

「怖がる人って何かを守りたいから怖いんでしょう。私、守りたいものなんて全然なにもないんだもの——」

その想亜羅の発言をどう受け止めればよいのか、ぼくは理解に苦しんだ。

「でも、おかしいわ。あいつは、こっちに昇ってきていたはずよ。あなたが、ここに来る途中で出会わないはずはないんだけど……」

「変だな。どこかに別の抜け道があったかな?」

そう言いながら、ぼくは窓に近づき、外の光景を眺めた。

駒場キャンパスを眼下に見下ろし、渋谷方面から目黒区の住宅街にかけての美しい夜景を、はるかに眺望することができた。東側の渋谷駅付近は、いかにもにぎやかな町らしくきらびやかな光がたくさん明滅している。南側は住宅街なので、明かりはたくさん見えるが、渋谷側よりはずっと静かで穏やかだ。北側から西側にかけてもやはり住宅街が中心だが、ここからほぼ北の方角に位置する代々木の森のあたりは、まったく光が見えず、そこだけ黒く沈んで見えた。

駒場キャンパス全体で一番高度が高い、時計塔のてっぺんに来たのは、そのときが初めてだったので、ぼくはその窓から望める光景にしばし目を奪われた。

「ぐずぐずしている時間はないわ。下りましょう」

そう想亜羅に言われてぼくも我に返って「そうだな。戻ろう」と頷いた。

ぼくと想亜羅は手をつないで、下への階段を下り始めた。

五階を過ぎて、四階への階段を下りていた途中、不意に想亜羅が「あっ!」と声をあげて、そこの窓に近づいた。

「ここの窓、開いてる!」

想亜羅の言うとおり、そこの窓が開けっ放しになっていた。そこから下を見下ろすと、ザイルのようなものが下方に向けてかかっていた。その下には、昔は使われていたらしい廃貯水槽があった。

「ここだわ！　ここから逃げたんだわ！　あなたが来たのを知って！」

たしかに想亜羅の言うとおり、曲者は、ここの窓を開け、用意したザイルをかけて、下におろし、壁づたいに下へと逃げ下りていったようだ。突き出た二階の屋根まで、この窓から数メートルほどだ。何もなしにこの窓から飛び下りれば、軽業師でもないかぎり怪我をするのは免れないだろう。しかし、縄を張り下ろして、その縄づたいに下りれば、すぐに下りられる高度である。二階の屋根にたどり着けば、また縄を下ろして、下まですぐに下りることができるだろう。

この階段を上にのぼってきたときは、ぼくは無我夢中で、ここの窓が開いているかどうかは、気づかず通り過ぎていた――今窓が開いているのを見て、さきほどここを通り過ぎたときのことを振り返ると、今と様子は変わっていなかったように思う。ということは、ぼくが最初にここを通り過ぎたときに、既にここの窓は開いていたことになる――しかし、そうだと断言できるほど、その記憶は確かなものではなかった。

突然、想亜羅がガバッと身を乗り出して、窓から首を出した。

何をするつもりなのかと呆気にとられていると、彼女はこう叫んだ。

「あなた！　もうあなたの正体は突き止めたわ！　警察につかまる前に、私と話がしたければ、明日、飛田給の駅に来なさい！　沙緒里さんのなくなった場所に！」

「想亜羅、君は何を……⁉」

驚いてぼくは彼女のそばに寄ったが、彼女は自信ありげにぼくの方を向いて、こう言った。

「まだ逃げて間もないでしょう。声が聞こえる距離にあいつはいると思うわ」

「正体を突き止めたって……？　さっきのコンピュータ室での探索では、探す名前にはたどりつけなかったんじゃないのかい？　さっきコンピュータ室で端末画面を見たときは、どれもＦＯＲＢＩＤＤＥＮ（禁止）という表示が出ていたけれど？」

「ええ、残念ながら、あそこでは、アクセスの試みはうまくいかなかったわ。でも、コンピュータの情報に頼らなくても、もう大体、相手が何者か見当はつくでしょう？」

「えっ？」

「あいつは、あなたも顔見知りのはずよ」

「えっ、ぼくの顔見知り⁉」

「相手が誰か、特定できる手掛かりはもう充分あるはずでしょう」

「そんなこと言われても……」

そのとき、ぼくたちのいる窓に向かって、照明が投げかけられた。

見下ろすと、その光を発しているのは、明かりを携えた警備員らしい。

「そこに誰かいるのか⁉」などと叫んでいるのが聞こえる。

「まずいわ。逃げましょう、早く！」

「ああっ！」

この場で警備員に見つかってしまっては、勝手にコンピュータ室に侵入したことへの言い逃れができない。

「急いで、逃げよう！」

ぼくと想亜羅は、急いで下への階段を駆け降りた。二階にまで来て、そのまま勢いづいて、一階への階段を下りようとしたところを、想亜羅がぼくの腕をつかんで引き止めた。

「そこの下は、正面玄関よ。あの人たちがそこから入ってくるわ」

「そうか……」

「あの地下通路まで先にたどり着けば、逃げおおせるはず」

「よし、急ごう！」

たしかに想亜羅の言うとおり、中央階段の下の玄関では、警備員が鍵を使って、扉を開け始めていた。

ぼくたちは塔の階段を駆け下りて南棟二階のほぼ中央におりた後、左に折れて、廊下を東向きに走った。突き当たった角を直角に左折して北進し、北の端にある階段を駆け足で下へと下りた。

一階には既に、何人かの警備員が、校舎の中に入ったことを示す、足音と明かりが見聞できた。

一階に下りてためらうことなく、ぼくたちは、一号館にくるときに通った、地下への階段を駆け下りた。そして、開いたままになっている地下通路の鉄扉を抜けて、地下道の中に入った時点でホッと息をついた。

想亜羅がバッグから鍵を取り出して、鉄扉の鍵を閉めた。

「ここを出入りに使ったとは、まさか思わないでしょう」

「とりあえず脱出成功、かな」

「この地下道には、まさか誰もいないと思うけれど、用心して進みましょう」

「そうだね」と頷いて、ぼくは懐中電灯を取り出して、点灯した。

暗い地下通路に再び光が灯った。

駒場寮の下の入口まで元きた道を引き返し、想亜羅は、鉄扉の向こう側を、慎重にうかがった。

「どうやら大丈夫みたい。上の方にも人の気配はないわ」

「よし」

鉄扉の鍵を想亜羅が閉め、上がってみると、そこは、入ってきたときと変わりのない、駒場寮の駐輪場だった。ただ、ここから入ったときには、光を放っていた寮の側のライトが消され、周りの闇はより深くなっていた。

「さすがにこっち側には警備員も来ないわね。ここは、盲点になっているみたいね」

「しかし、明日はどうする気だい？　本当に、その飛田給の駅に行くのか？」

「ええ。そのつもりよ」

「だけど、来るかな？　あんな呼びかけで」

「来るわよ。絶対」

「でも、君は狙われてるんだ。危険だよ」

「葛城くん、私の護衛、してくれるんでしょ？」

「え？　うむ、まあ……」

「じゃあ、今日は帰ろうかしら」

「いま駅の方に行くのは、危険だよ。暴行魔か警備員に見つかるおそれがある」

「じゃあどうすればいい？」

「裏門から出れば、山手通りでタクシーが捕まえられるだろう。安全を期してそちらから帰った方がいいよ」

「わかった。じゃあそうする」

　ぼくは、裏門までのキャンパス内道路に怪しい人影がいないのを偵察して確認し、急いで彼女を、裏門にまで送った。そこから出ると山手通りがあって、多くの車が流れている。すぐにタクシーが捕まえられたので、想亜羅を急いでその車に乗せた。

「ありがとう。また明日ね」

　そう言って微笑んで、想亜羅は、タクシーに乗って帰って行った。

ぼくは、駒場寮に戻りながら、半分脱力したような気分だった。なんと多くのことが今日一日に起こったことだろう。こんなにも危険にさらされ、こんなにも波瀾万丈の日を過ごしたのは、生まれて初めてだ。

しかし、さきほど彼女がぼくに言った言葉がひっかかる。

(……顔見知りのはずよ)

(特定できる手掛かりはもう充分あるはず)

彼女は本当にもう犯人を突き止めているのだろうか?

ぼくには、まだ彼女が言うようには、あの人物が誰か、この連続事件の裏に何があるのか、さっぱりわからない。わからないが、何か頭の中にもぞもぞとひっかかるものはある。喉の奥まで正解の言葉がこみあげてきているのに、それを見つけられない、もどかしい感じだ。

そもそも、今回の事件は、どこから、一連につながっているのだろう。

あの衝撃的な牧島の死も、今日にいたる、うちのサークル員の襲撃事件とつながっているのだろうか。

つながっている、と見る方が自然だろう。

牧島の死がこの事件にかかわっているとすれば、それより前に起きた、彼の妹の死亡事件もまた、この事件になんらかの役割をもって、影を投げているに違いない。

もう一度、この事件のことを最初から考えてみよう。

そう決心したぼくは、いま一度牧島の死亡現場となった駒場寮の部屋を訪ねてみることにした。

あそこに行って考えれば、何か今まで見えていないものが見えるかもしれない。

そう思って、ぼくは、駒場寮に戻ると、南寮の三階へと駆け昇った。

既に午後十一時近い遅い時間だが、駒場寮は夜行性の住人が多いため、今の時間は、むしろ昼間よりも活気づいてくる印象がある。

三階の、牧島の死亡現場となった部屋は、今は綺麗に片づけられ、中の荷物もすっかり片づけられ、ガランとしていた。鍵は掛かっていないので、寮生は自由に立ち入れるが、あの事件以降、この部屋はずっと使われないまま放置されているようだ。

うっすらと埃が堆積した、何もない部屋に入って、ぼくは、牧島が死んだ日のことを思い浮かべた。

あの日のあの光景――。

あの日この部屋にあったもの――。

そして、牧島が残した、謎めいた未完成の漫画の下書き原稿――。

牧島とかわした会話、彼が残したもの――。

さっきの想亜羅の謎めかした仄《ほの》めかし――。

牧島の妹が寮のノートに残した記録、Kという頭文字の人物――。

〈アール・メディテーション〉のバッジと竜崎の動向――。

渋谷支部で父と長谷川が伝えてくれた情報――。

不意に、ぼくの中で、ある解釈の可能性が思い浮かんだ。

今まで断片的でしかなかった情報が、ある一つの形に組みあげられ、画像のように頭の中に浮かび上がってきた。

(まさか……)

(まさか……でも、そんなことは……)

ぐらり、と地面が揺れたような気がした。

裏付ける証拠は、ここにはもうなかった。

眩惑感を伴う不安に駆られて、ぼくは大声で叫び声をあげたくなった。

第七の迷宮

1

　翌日は、朝からしのつく雨が降っていた。平日の通勤時間なら、かなりの乗降客でにぎわうのだろうが、今は土曜日の日中なので、駅のホームは閑散としていた。

　新宿からの各駅停車に乗って、ぼくが飛田給の駅についたのは、午後二時過ぎであった。ホームに下りてみると、想亜羅が、改札とは反対側のホームの端の席に坐っているのが見えた。

「想亜羅」

「遅かったわね。ずいぶん待ったわよ」

「はっきり時間を決めていたわけじゃないからな。しかし、あの犯人も、ここに来ると思うか？」

「来るわよ」素っ気ない声で想亜羅はそう答えたが、彼女なりの確信は抱いている様子だった。「もうここに来ているかもしれない」

「え？」

そう言われて、ぼくは周囲を見回した。ホームには数人の客がいて、列車がくるのを待っていたが、みな一般の乗客にしか見えなかった。

「そうだな……。まあ来るまでここで待つとするか」

そう言ってぼくは、想亜羅の隣りの席に腰を下ろした。

しばらく黙ったままぼくたちは、雨模様の五月の空を眺めた。

「昨日、君に、もう手掛かりは与えられている、ぼくの顔見知りの誰かが下手人なのは、見当がつくだろうと言われたときには、ぎょっとしたよ。正直、そのときまで、そんな可能性など、まったく予想していなかったからね」

「そうなの？　あなたはもっと明敏な人だと思っていたわ。駒場寮での事件のときは、私の疑いを晴らす推理をしてくれたんですもの」

「あの事件、ね。実はぼくもそのことで新しく考えたことがあるんだ」

「牧島さんの事件のこと？」

「そう。君の言に触発されて、あの事件に関して、あらためて考え直してみると、いくつか気づいたことがあるんだ」

「どんなこと？」

「そうだね、まず、あの、牧島が残した、あの描きかけのコンテ漫画の意味……。あれは、妹さんを死に追いやった人物を告発するために、牧島が残した、一種の遺書だったんじゃないだろうか？」

「遺書？　とすると、牧島さんは自殺だということ？」

「牧島は、自分の死を覚悟していたのではないかと、考えられる節がある。しかし、あの描きかけのコンテ漫画は、不幸なことに、肝心のことが描かれた絵の部分が、コピーの写りが悪かったために失われてしまっていた。その絵が残っていたら、たぶん牧島の告発は、もっとわかりやすいものになっていたのかもしれない。犯人と目される人物の似顔絵が、そこに描かれていたと思えるからね……」

「でも、牧島さんが告発したいのなら、どうして警察に訴えないの？　もしその人物が、妹さんを死に追いやったことがわかっていたなら？」

「牧島沙緒里さんの死因は、この駅のホームで線路に転落して電車に轢かれたことによるものだろう――その点については疑いがない。もしその彼女の死が、殺人として告発されるものだとしたら、犯人は同じ時刻にここのホームにいて、突き落とした当事者でしかありえないはずだ――しかし、そんな人物はいなかった」

「そうらしいわね」

「牧島も、その調査結果が事実に反するという疑いを抱いていた様子はない。それでも牧島は、警察が突き止められなかった沙緒里さんを突き落とした犯人を、独力で調べようとしていたのだろうか？」

「個人の調査で警察の捜査結果を覆すのは、まず難しいでしょうね。なにか特別な事情でもないかぎりは――」

「そうだね。たとえば、たまたまそのときホームにいた目撃者から、警察が把握していない情報を得られた、とかなら別だが――。

しかし、牧島は、妹さんが死んだときの状況説明は受け入れた上で、それでも、彼女を死に追いやった原因を探そうとしていた。とすると、彼が突き止めようとしていたのは、直接手を下した人物ではなく、彼女を間接的あるいは心理的に死に追いやった人物ではないだろうか？」

「でも、間接的な死の原因になったかどうかなんて、どうやって見分けられるのかしら？」

「牧島は、妹が入信していた宗教団体――〈アール・メディテーション〉を憎んでいたからね。自分の妹が自殺したのは、〈アール・メディテーション〉のせいだと思い込んでいたのだろう。しかし、君も言うとおり、間接的な死の原因になったかどうかなんて、客観的に判定することは、とても難しい。ほとんど不可能だろう。特に、法律的にはそうだろう。沙緒里さんを突き落とすのに直接手を下した人物なら追及されるだろうが、自殺に心理的に追い込んだ人物を、法的に罰することは、ほとんど不可能だからね――。

でも、牧島は、心情的にそれでは納得がいかなかった。どうしても、自分の妹が死んだ責任を誰かに負わせたかったんだ」

「だから、その責任対象を、〈アール・メディテーション〉にしたというわけ？」

「見かたによっては、そう言えるかもしれない。しかし、何人もの信者から構成された団体では、責任対象としてはまだ明確ではない。彼は、自分で、その中のさらに特定の人物を告発しようとしていたんだ――。それは、彼が残した漫画に描かれていたはずだ。だが、あの漫画では、肝心の犯人の顔が判別できなくなってしまった。それでも、あの漫画の内容から、彼が告発しようとしていたのが、どういう人物だったか、ある程度は推測することは可能だ」

「どうやって？」

「まず、あの漫画が、雪が降った不可能状況の犯行だということを思い出してほしい。しかし、あの漫画で描かれた家までは、間に縄をわたせば、それをつたって足跡を残さずに行けるわけだ」

「でも、縄なんて描かれていなかったんでしょう？」

「それが、〈見えないもの〉として、あの漫画の中に存在していたとしたら？」

「どういうこと？」

「あの漫画で、殺された被害者の血もまた描かれていなかったことを思い出してほしい。血も存在したはずなのに、あそこでは、見えないものとなっていたんだ。何故だかわからないかい？」

そう問いかけたが、彼女は首を振った。「わからないわ」

「それは、牧島が描いていたのが、十八歳未満に禁止されている、いわゆる成年漫画だったからさ。末木さんが話してくれたんだ。そういう漫画は、条例でいくつもの禁止事項があるって」

そう言いながらぼくは、末木に聞いた、次のような言葉を思い出していた。

血が出てくるのはだめ、ロープや蠟燭などSMを連想させるのもだめ、小学生以下の年齢と思われる幼女への猥褻行為を描くのもだめ、セーラー服や学生服姿の少女もだめ、といろいろうるさい規制がたくさん加わりまして――

「つまり、規制のせいで、そこにあるはずのものが描かれなくなっているってこと?」

「そうだね」

「少々私にはついていきかねる論理ね」

「だから、そこにいた犯人もまた、存在したのに〈見えない人〉になっていたと考えられるんだ」

「どういうことよ?」

「つまり、作中の犯人は、セーラー服を着ていた人物なんだ」

「えっ?」

「セーラー服の少女もまた規制によって消される存在だ。だから、あの漫画では、セーラー服を着た人物だけは、〈見えない人〉になっていたんだ」

「私も、この三月の高校のときまでは、セーラー服を着ていたんだけど」

「そうだね。ぼくも、牧島が告発したセーラー服の犯人は、君を指していたと信じているよ」

2

想亜羅は、ぼくのその言葉にぷっと吹きだした。

「どうしてよ？　たとえあなたの推測どおり、セーラー服を着た人間が犯人だと告発したかったのだとしても、セーラー服を着た女子学生なんて、何万といるでしょう。なんで、その中で、私が告発されていると言えるのよ？」

「あの漫画の失われた、犯人の似顔絵は、ぼくの推測では、君の顔が描かれていたのではないかと思っているが、それは所詮推測でしかない。たしかに残されたあの漫画だけからは、彼が誰を告発しようとしていたのかは、特定することができない。でも、彼が自殺したときに仕掛けたことからすれば、彼が告発しようとしていたのは、君としか考えられない」

「自殺？　牧島さんの死は、他殺じゃないの？　葛城くんは、あれが自殺だと言えるの？」

「みな、兇器が部屋になかったことに目をくらまされていたんだ。もし自殺だとしたら、死亡した人間が、兇器を窓の外に投げることなんてできない。だから、あの死は、自殺ではありえないと、そういう風に推測していたわけだ。しかし、あの部屋に残されたものからすれば、牧島が自殺した後で、兇器を窓の外に飛ばすことが可能だったんだ」

「どうやって？」

「あの部屋にあった三つの物を組み合わせれば、それが可能だった」

「三つの物？」

「そう。一つは、タイマーつきの扇風機。もう一つは、窓枠の止め釘。そしてもう一つは、扇風機にからみついていたゴム紐。あのゴム紐のもう一方の先端には、裁縫に使う指貫の形に似た、小さな碗状のゴム袋がついていたことを思い出してくれるかな」

「私は、あなたほど詳しく現場を見たわけじゃないから、そんなものがあったことは、いちいち覚えてはいないけど――話は面白そうだから、続きを聞かせてちょうだい」

「準備する手順は、こうだ。

用意したゴム紐の一端を、扇風機の羽根の回転座にくりつける。このゴム紐はかなり長めのもので、十メートル近くあったかもしれない。もう一方のゴム紐の先端には、碗状のきつめのゴム袋をつけて、それを兇器となった刃物の把手にかぶせて装着する」

「何ですって？」

「いま手元に実物がないので、実地で検証できないのが残念だが、あそこについていたのは、裁縫で使う指貫か、あるいはコンドームにも似た、きつめのゴム袋だった。ちょうど用意した兇器の把手を入れるのに合うサイズのものだったはずだ。

さらにその紐をのばした真ん中あたりを、窓際の止め釘にひっかけて、折れ曲がらせて、兇器に接続した先端は自分の手元に置く。これでほぼ準備完了だ。あとは、扇風機のタイマーをセットしてからスイッチを入れて送風状態にし、ゴム紐がのびきらないうちに、自分の首を切って自殺を敢行すればいい」

「それでどうなるの？」

「自殺に使った兇器は、牧島の身体のそばに残されるが、その後、回り続ける扇風機が、だんだんとゴム紐を羽根の方にからめとっていく。そうして、ゴム紐はだんだん扇風機の方に強く引っ張られるようになる。ただし、兇器が動いたときに、血の跡が残ってしまっては、この仕掛けはすぐに発覚してしまう。だから、兇器には、血が付着しにくいステンレス製の軽い刃物が選ばれたんだ。

そうして、兇器をつけたゴム紐がどんどん引かれて、やがて元の位置から、ひきずられて動きだすはずだ。ゴム紐と接続している兇器は、窓の方に引っ張られ、釘のところにまで来たところで、一旦立ち往生してしまう。あの釘の角のところは、兇器が通れるほど大きくないから、そこでひっかかるはずだ。兇器が釘の角にひっかかっている間にも、扇風機は回り続けて、どんどんゴム紐を引っ張るから、やがて、その釘のところで、兇器を包んだゴム袋は、扇風機の力が加えられることによって、引き剝がされてしまう。そうして、窓のところから、問題の血塗られた兇器は、外に落ちていくというわけだ。そして、ゴム紐は、回転している扇風機の羽根の方にみな回収されて、からめとられることになるはずだが、やがて、設定したタイマーの予約時間が切れると、扇風機は止まる。

これで、死体が発見されたときと合致する状況ができあがるという寸法さ」

「でも、そんなにうまくいくかしら。刃物はかなり軽くないと扇風機の力では動かせないだろうし、タイマーの時間が早く終わったら、刃物が途中で室内に残ったまま立ち往生することになるし――。窓の釘のところで、その袋が脱げるようにうまく引っ掛かってくれるかどうかも、よほどうまく調整しないと――」

「だから、それは、前もって何回も実験したのだろう。牧島のやったことは、その場の思いつきとは考えられない。明らかに何日もかけて、周到に計画を練った上で決行したものだ。だから、うまいように兇器が窓の外に落ちるように仕掛けるよう、扇風機の位置とタイマーの設定時間、ゴム紐の強度と長さの調節、釘の設置なども、何度も実験を重ねて、これが一番うまくいくという最適な設定を見つけ出したのだろうと思う」

「なるほど、仮説としては面白いわ。警察には、そのことを言いに行っていないの?」

「なにせ昨日思いついたばかりの仮説だからね。警察に行く前に、まず誰よりも君に聞いてもらいたかった」

「警察も、そのことを知ったら、牧島さんの死が、他殺であるとは思わなくなるでしょう。警察は、今でも、牧島さんの死を、殺人の疑いが濃厚であるとして捜査しているんでしょう。はやく、警察を、無駄な労力から解放してあげるべきよ」

「そうだね。それは、ぼくも警察には伝えようとは思っている。でも、この話は、まだ続きがある。

問題は、なぜ牧島が、そんな面倒くさいやりかたで自殺をしなければならなかったか、だ。彼が自殺をするにいたった動機は理解できる。生きがいだった妹の沙緒里さんの死が、その引きがねになったのだろう。でも、自殺するにあたって、なぜわざわざ、自分が他殺に見える状況を作りださねばならなかったのか。

それは、彼が、自分の死を他殺に見せかけることによって、何者かを自分の殺害犯にしたてたかったからではなかろうか。そして彼が、殺人犯にしたてたいと願った人間は、彼が自分の死をもって復讐したいと願った人物ではないか。彼がそれほど復讐心を燃やした相手というのは、最愛の妹の死の原因になったと彼が信じた人物ではないのか――」

「それが、私というわけ？」

「そのとおりだよ」

3

「たしかに、私が、牧島さんからそう見られていた理由はあるかもしれないわね。牧島さんが、妹さんの死の原因が、彼女が入信していた〈アール・メディテーション〉にあると信じていたとするなら、その教団に誘い入れたのは、この私なわけだから――

でも、それは要するに、誰かに妹さんの死の責任を負わせたい彼の妄念なんじゃないの？　私は、たしかに沙緒里さんを、〈アール・メディテーション〉に誘ったけれども、彼女が死んだときこの駅のホームにいたわけではないし、自殺を勧めた覚えもないわ」

「そう、ぼくは、今、君が沙緒里さんを殺した犯人だと告発しているわけじゃない。あくまで、牧島が何をやろうとしていたかを、明らかにしようとしているだけなんだ」

「わかったわ。続けてちょうだい」

「彼の計画は、かなりの程度は、うまくいった。君は、一旦は、牧島の殺人犯として、疑われるところにまで追い詰められたわけだから。

あのとき、ぼくは、BとSの誤解などがあったことを証明して、君だけが犯行可能な立場にいたわけではないことを論証した。それは、あのとき同じ階を『雅楽研究会』が使っていたからこそ、ああいう論証が可能になったのだ。もし、あのとき、あのサークルの部会使用がなかったら、BとSの取り違えの論法を持ち出したとしても、殺人の容疑者は君一人にしぼられただろう。そのときは、牧島の自殺のトリックを暴かないかぎりは、君が牧島殺しの殺人犯に擬されるところだったんだ」

「たしかにそうかもしれないわね。あのとき、『雅楽研究会』が同じ階を使用するのは、牧島さんにとっては、予期せぬ出来事だったのね」

「そういうことだ」

「でも、もし、そのことがなかったとして、どうして私だけが、その殺人の容疑者にさせられるということが、彼に計算できたの？　たしかにあの日、私は早めにあの階の奥の部屋に行ったけれども、そんなことまで、彼に計算できたというの？」

「彼がぼくの部屋のごく近くの住人で、君が、ぼくらのサークル員として活動するときは、毎朝早く、ぼくの部屋の前に張り出された紙を読みにくるという習慣を知っていたから、彼にはこの計画をたてることが可能だったんだ。つまり、あの紙をぼくが張り出した後、ぼくの目を盗んで紙をすばやく入れ換えて——入れ換え、というより、実際は、下半分を切ることで、誤った時間を伝えたわけだが——、君があの紙を読みにくる時間だけは、部会開始を一時間早い時間に告知しておく。その後他のサークル員が見にくる時間までには、その紙を入れ換えておくつもりだったのだろう。実際は、ぼくの方が先に、その紙の下側が切れていることに気づいて、貼りなおしたわけだが、それでも、彼の意図通りのことはできた。つまり、君だけに一時間早い部会の時間を伝え、他の部員には正規の時間を伝えるという目論見《もくろみ》は、うまくいったわけだ。

　彼は駒場寮生だから、ぼくたちの部会の開催予定は、駒場寮の部屋を借りるものであれば、寮務室に行けば知ることができた。だから、その時間を前もって調べておいた牧島は、その時間に合わせて計画を練ったのだろう。しかしあの日『雅楽研究会』が南寮の三階を部会に借りるのは予定には書かれていなかったはずだから、牧島の計画では、あのサークルの存在は計算外だったはずだ。

また、君がその部室にいる間、誰も現れないので、ぼくの部屋などに様子を見に室外に出て行かれると牧島の計画にとっては好ましくないので、彼は壊れた傘立てを用意して、先に部屋に入った者にその修理をするよう指示する書き置きを残しておいた。それを見ると、機械いじりや修理が好きな君は、たぶん専心して取り組むだろうから、その間ずっと、よその部屋に行ったりしないだろうという計算が牧島にはあったに違いない。実際、それがあったせいで、君は一時間以上もの間ずっとその部屋にいて、傘立ての修理に取り組んでいたわけだから、その点では牧島の目論見通りになったと言える。

彼はまた、駒場寮に本拠がある『宗教から駒場を守る会』が、ぼくらのサークルの部会を阻止しに来るだろうことも、計算していた。ただし、そのサークル員がくるのは、ぼくらの部会が始まる直前だろうから、一時間も前に部会の予定場所に行った君だけは、すんなり部屋に入れると予測していたに違いない。実際は、『宗教から駒場を守る会』のサークル員の中に、大幅に早くついてあの三階で待機していたのが二人いたわけだが、彼らは、君の顔を知らなかったので、君が部屋に行くのは妨げられなかった。

そして、牧島は、『宗教から駒場を守る会』の監視者が来る頃合を見計らって、君のいた奥の部屋と自分の部屋で、人の行き来があったように、証人に印象づけるために、二度ほど自分で、あの部屋の扉を開閉したりした。時刻は三時前、牧島が自殺を遂行する直前の時間だ。それらすべては、君を殺人容疑者にしたてようとする牧島の仕組んだことだった。実際、牧島の目論見はもう少しで成功しかけるところだった」

「奥の部屋にいた私以外の人間に犯行ができないと論証するために、他の人間があの階に立ち入らないよう、三階の入口の階段を『宗教から駒場を守る会』のサークル員に塞いでもらう必要があったというわけ？」

「そうだね、そういうことだ」

「やれやれ。『宗教から駒場を守る会』のサークル員も、そんな計画に自分たちが利用されたと知ったら、どう思うかしらね」

「それで、ぼくが知りたいのは、だ。牧島がそうまでして告発したかった君のことだ。君は本当に、沙緒里さんの死の原因に責任はないのか？　生命を賭けて君を告発しようとした牧島の執念は、すべて彼の妄想にすぎないのか？　ぼくが知りたいのは、そのことなんだ」

「そんなこときかれても」想亜羅は、平然とした口調でこたえた。「それはすべて彼の妄想だったとしか言えないわ。だって、私が、沙緒里さんの死になんの責任があるというのよ？」

「こうまで牧島に思いつめさせたものが何かあるんじゃないのか、ということが聞きたいんだ――」

　そのとき、ホームに電車が入ってきた。轟音がして、想亜羅との会話は一時中断せざるをえなかった。

電車に乗っていた客が数人ホームに下りて、改札口の方に向かっていった。ホームで列車を待っていた客は、ぼくたちを除いて、みな列車に乗り込んでいった。一分ほどして、止まっていた列車の戸が閉まり、新宿方面に向けて発車していった。列車が行ったのち、ホームに残っていたのは、ぼくたち二人と、もう一人――黒い服を着た男が、ホームに残っていた。その男は、いつからか、ホームに来て、ぼくたちの話に耳を傾けていたようだ。ぼくは自分が話すのに夢中になっていたせいで、その覆面の男がこんなにそばに寄ってきたことに、不注意ながら、そのときまで気づかずにいた。

「その問いには、私の方から答えよう――」

マスクの下から、その男はゆっくりと言った。

4

想亜羅は、はっとして、険しい顔つきで、その覆面の男を睨んだ。ぼくも、その男をまじまじと睨みつけた。全身から、殺気とも敵意とも言うべき、憎悪をたぎらせた空気を発散させている。目の前にいるのは、昨日ぼくたちを襲撃した当の本人に違いないと、ぼくの直観は告げていた。

「もう覆面は外したらどうですか?」ぼくは冷たく言った。「あなたが誰なのか、もうぼくらには見当がついている」

「どうしてわかりました？」

「学生ではなく勤め人なのに、図書館の書庫に入れた人物。定期部会ではないのに、ぼくたちの部会の開催を知ることができた人物。それはあなた一人しかいないのです」

「ご要望にお答えして、この暑苦しい仮面は外させてもらいますよ」

そう言って、男は、顔につけた覆面を外した。中から現れたのは、ぼくが予想したとおりの人物だったので、ぼくは少しも驚かなかった。

「一つ聞かせてください。あなたが持っていた、〈アール・メディテーション〉のバッジは、沙緒里さんのものだったんですか？」

「ご想像のとおりです。あれは、沙緒里さんが残した遺品の一つです。元は牧島が持っていたものを、彼があの計画を遂行する直前に、他の遺品ともども、沙緒里さんの恋人だった自分に委ねてくれたものの中にありました」

「そうか――」

そのとおりだとすると、ぼくが墨田から入手したバッジと、牧島が死ぬ直前に、ぼくに見せてくれたバッジは同一だったことになる。

「あのバッジをこちらが気づかないうちに、あの女性にとられてしまったのは、一生の不覚でしたよ」

「あれが警察の手にわたれば、容易に犯人があなただということは割り出されたでしょうね」想亜羅が嘲笑的に言った。

「そうかもしれません――」

「どうしてあんな連続暴行をしたのか、そのわけを聞かせてください」

「この駅で、最近女子高生が相次いで自殺したのはご存じですか？」

そうきかれてぼくは頷いた。

「〈アール・メディテーション〉が閉鎖に追い込まれたのは、信者の自殺が相次いだことが一因だというのもご存じですよね？」

そう聞かれてぼくは、またも頷いた。

「この駅で死んだ何人かの女子高生が、みな〈アール・メディテーション〉の信者だったのはご存じですか？」

長谷川から、それに近い内容のことを聞いたおぼえがある。しかし、ぼくは頷かず、

「そうだったんですか？」と訊き返した。

「信者だったんですよ、みな。そして調べさせてもらいましたよ、鈴葦さん。その自殺した信者の女子高生は、みなあなたが教団に勧誘した人たちばかりでした――」

その言を聞いて、ぼくはちょっとぎょっとして想亜羅の顔を見た。

「本当なのか、想亜羅？」

想亜羅はそう聞かれても眉一つ動かさなかった。「さて、そういうこともあったかしら――」

「私と牧島は、協力して調査していたのですよ。沙緒里さんも含めた、この相次ぐ自殺の原因と背景をね。

あなたが、どうやって彼女たちを自殺に追い込んだのか、それはわからなかった。でも、この事実の連鎖を見てぼくたちは確信したのですよ。あなたが、彼女たちの自殺を引き起こしたのだとね」

「勝手な想像ね」想亜羅は、冷たい声で言った。

「牧島が、あなたを殺人犯にしたてる偽装自殺をするつもりでいたことは、私も知っていました。知っていて私は止めようとはしなかった。沙緒里さんを失って彼が生きがいをなくしていることはわかっていたし、そんな彼に生き続けるよう諭《さと》すのは欺瞞的だと思えました。それに、あなたが沙緒里さんの死の原因だと、ぼくたち二人には確信できても、どんな証拠もない。法律であなたを罰するいかなる術《すべ》も、ぼくたちは見いだすことはできなかった。だから、私は、あなたを殺人犯に仕立てようとする、牧島の計画が実行されるのを是認したのです。もしその計画がうまくいかなければ、私がその遺志を継ぐつもりで――

そしてご存じのように、その計画はうまくいきませんでした。もし計画通りにあなたが牧島殺しの実行犯になっていれば、それで万事まるく収まったものを。葛城さん、あなたが余計なことをしてくれましたね」

「ぼくは、ただ――」

「もちろん、あなたの過ちは許せるものです。あなたは、そこにいる女性の犯している深い罪を知らなかったのだから」

「それで、私たちのサークル員を襲い始めたわけ？」

「私は、あなた以外は、殺す気はなかった。しかし、〈アール・メディテーション〉の勧誘員をやっておきながら、教団が解散するや、さっさと別の団体に鞍替えし、またその勧誘員をやっている女性たちを許すことができなかった。私の最愛の女性――沙緒里を死に追いやりながら、のうのうと生き延びて、別の教団に移って勧誘員をやっている彼女たちにも、だから、私は鉄槌を下してまわったのだ」

「襲われた奥元と田中は、たしかに〈アール・メディテーション〉に所属していたことがあるようだが、三人目の墨田は、あそこの信者だったことはないのに、襲ったのはなぜだ？」

「おや、そうでしたか。あの女性たちが仲良く一緒にいたので、てっきり同じ教団にいた勧誘員仲間だと思っておりました」

「三昧堂で田中を襲ったとき、あそこを密閉状況にしておいたのは何か理由があった？」

とぼくは訊ねた。

「あのときは、他の教団勧誘員の名前と情報を得ようと、あの女性の持ち物を漁っていましてね――誰かに来られるとまずいから、中を全部閉めて、窓を一つだけ開けて、足音や人の気配がしたときは、すぐに逃げられるようにしておいたのですよ。調べている途中で、足音がしたような気がして、調査の途中であの建物から出ましたが、そのときの足音は、あの建物に来たものではなかったようです。窓をそのままにしておくと、発見されるのが早まるかもしれないので、少しでも発見を遅らせた方がいいと思って、外した窓は元のところに立てかけておいたのですよ」

「私が狙いなら、どうして最初から私を狙わなかったの？」と想亜羅が言った。

「まず周りから間接的に攻めたかったもので。あのサークルに属するあなたにも、じわじわと追い詰められるような恐怖を味わわせたいという目論見でした。しかし、その期待に反して、あなたには、その恐怖を伝えることは、あまり功を奏さなかったようですね」

「ご期待に添えず、お生憎《あいにく》さまだったわね」

皮肉っぽく想亜羅がこたえた。

「まだ鉄槌を下すべき勧誘員は何人かいましたが、もうあまりぐずぐずもしていられなくなりました。重要な証拠となる沙緒里のバッジを失ったので、これ以上、他の勧誘員を襲ってまわる余裕がこちらになくなりました。あなたにたどりつく前に、こちらが暴行罪で逮捕されたら、元も子もないですからね」

「それで昨日、あんなにしつこく私をつけ狙ったのね」

「私から一つ聞きたい。自殺した少女たちに、あなたは何をしたのです。あなたが自殺者すべての少女とかかわっていたことは、把握しています。彼女たちをあの教団に勧誘したのはあなただし、その人生相談に乗ってやったりしていたのもあなただ。あの教団が解散して以降も、あなたが相談に乗ってやったりすることがあったとも聞いています。しかし、我々の調査では、あなたが彼女たちに何をしたのかは、どうしてもわからなかった。私はそれが知りたい」

「知れば、私への復讐はやめてくれるのかしら？」

「いいえ。しかし、ずっとあなたのよき騎士《ナイト》だった、そこの葛城さんも、あなたへの認識をすっかりあらためてくれることでしょう」

「あの子たちは、皆人生のことで悩んでいた。『生きる意味ってなにかしら？』というようなことを訊かれたことも何度かある」

「そう訊かれたときには、なんと答えていたんです？」

「なんて答えていたかしら。その場の思いつきで喋っていただけのような気がするけれど。第一、そんな深刻な疑問に、一介の女子高生が答えられるわけ、ないじゃない。覚えているのは、そうね、『生きる意味なんてないわ。意味があるとしたら、それは宗教だけよ。宗教しか意味は見いだせない』というような答えをした覚えはあるわ」

「意味が見つからなくて悩んでいた彼女たちにとって、〈アール・メディテーション〉がその意味を与えてくれる存在だったわけですね」

「そう。だから、その団体が、今年の初めに急につぶれたとき、あの子たちは、人生の支えを失って次々と――」

「いいえ、それだけでは説明がつきません。自殺者の連鎖は、まだ〈アール・メディテーション〉が活動していた最中から始まっています」

「沙緒里さんが死んだのは、〈アール・メディテーション〉が解散した後でしょう」

「それはそうです。しかし、〈アール・メディテーション〉が活動していた頃から、少女たちが連続して自殺しています。あなたは、彼女たちに何を吹き込んだんですか？」

「〈アール・メディテーション〉の教えの一つに、必要な予言や啓示が、周囲の口から語られる、というのがあったのをご存じない？　アウグスティヌスが『告白』に書いているでしょう。神の道に反した放蕩生活から、突如として改心して敬虔な神の僕になったときのことを。

〈アール・メディテーション〉では、これに由来して、『トリテヨメ』の行というのがあるの。歩いたり何かの活動をしているとき、自分でやむをえなくなるまで、ずっと目も耳も閉ざしている。そして、閉ざされた感覚を解《と》いた瞬間に入ってきた情報を、自分にとっての啓示として受け取るの。

あそこの信者は、そうやって、自分にとって深遠な啓示を受け取ったという人が何人もいたわ。たとえば、こんなのね。

〈ないないと思ったら、すぐ近くにあったよ、探しものが〉

〈時間がないと焦ってたら、本当に時間がなくなってきたんだよね〉

〈なくして初めて、その大切さがわかったんだよ〉

〈そんなの自分じゃないと思ったら、自分の方の間違いでね――〉」

「それが、どうしたっていうんだ？　そんな、おまじないみたいな遊び、そこらの中高生だってやっているだろう⁉」

「〈アール・メディテーション〉の人たちにとっては、この行は、おまじないみたいな遊びじゃないわ。信者にとっては、真剣な啓示と受け取られていたわ」

「それがどう自殺と結びつくというんだ？」

「だから、この駅でその啓示を得ようとした信者がいたのよ。どうしてその人たちが、ホームから飛び込んだか、わからないかしら？」

想亜羅にそう言われても、ぼくはまだ理解できず、隣りの男も、理解できないという様子で首を振っていた。

「まだおわかりにならないかしら。

私はあの子たちに、重箱《じゅうばこ》読みと湯桶《ゆとう》読みの話をして駅名を話題にしたことは何回かあるわ。たとえば、山の手線に、湯桶読みになっている駅名があるわね、とかクイズを出したりしたわ。どこの駅のことを言っているかわかる？　原宿のことよ。『はら』は訓読みで『じゅく』は音読みでしょう。そしたら、他の駅名でも、重箱読みや湯桶読みをしているのがいろいろ見つかるって話題になって――。で、調布に住んでいた、私たちの最寄りの駅『飛田給』のことも彼女たちは連想したんだと思うわ。『とびたきゅう』という読みは、湯桶読みになっていて、音訓読みの規則からすると不統一でしょう。音読みで統一するなら、『ひでんきゅう』とでもいうべき駅名ね。そういう話をした彼女たちには、あの駅名が、訓読みで読めたとしても、不思議はないわ――」

「ん？」

「えっ⁉」

相手の男は、ぼくと同時に何かに気づいたようだった。

ぼくと彼は、同時に、首を向けて、目の前の駅の名前が書かれた看板を見た。

飛田給

「とびたまえ――」

「それが、啓示と読めた、ということか――」

「そうね。このホームにいたとき、そういう啓示が読めた、ということは、そのとき、飛ぶことが、神のメッセージに思えたのよ、彼女たちにとっては」

一瞬、冷たい風が、ぼくたちの間をよぎっていった。

ぼくはしばらくの間、駅の名前をかいた看板から眼を離すことができなかった。「トビタキュウ」という音になじんだぼくには、他の読みかたの可能性など、意識に浮かんだことはこれまでなかった。

覆面をつけていた男は、やがて叫んだ。

「誤魔化されるものか。そんな詭弁に――。そんなことだけで、人が簡単に死んだりするものか」

「するものよ。あなたは、信仰というものがわかっていないから、そう思えるだけで」

わずかの間、凍りついたような沈黙が流れた。想亜羅と男は、互いに見つめ合ったまま、硬直したように動かない。ぼくは、二人をかわるがわる見比べた。想亜羅の顔には、余裕ありげな笑みが浮かんでいる。男は、真っ青な顔をして、唇をわななかせ始めた。

「たわごとをおっしゃる。あなたの弁明はそれだけですか――」

「これ以下でもこれ以上でもないわ。事実は事実ですもの」

「やかましい。貴様だ、貴様が俺の沙緒里を死に追いやったのだ。そんな詭弁を信じるものか――！」

そう叫んで男は、想亜羅に飛びかかってきた。のばした男の手が、想亜羅の首にかかろうとしていた。

「よせ！」

ぼくは、男の攻撃を防ごうと、間に割って入ろうとした。

その瞬間、制服姿の警官が二人、こちらに駆けてきた。

「おい！」

「暴行の現行犯で逮捕する！」

ぼくはびっくりして目をしばたたいた。今まで警官がそばに配備されていることなど、まったく気づいていなかった。

「想亜羅――」ぼくは彼女の顔を見つめた。「君が呼んでおいたの？」

「当たり前でしょう。連続暴行犯を近くにおいて、無防備に話せるわけ、ないでしょう」

そうこうするうちに、男は、両手を二人の警官に取り押さえられ、手錠をかけられてしまった。

「貴様！　貴様！　絶対！　絶対、貴様だけは、許さない――。地の果てまで追いかけても、復讐してやるからなあ――」

想亜羅は、冷たく見下す視線を男に一瞬投げかけて、

「ふっ。負け犬の遠吠えね」とつぶやいた。

「許さん！　許さんぞォ！」

彼――ぼくが何度も三昧堂の鍵を借りた駒場の学生課の係員――は、そう絶叫したが、警官に取り押さえられて、ホームから連れだされていった。

5

逮捕された彼が連れだされ、ホームにいるのは、再びぼくたち二人になった。

湿った風が線路から吹き上げて、捨てられた新聞紙が宙に舞っていた。

「想亜羅――」ぼくは、ぽつりと言った。「君は――君は一体何者なんだ？」

「私？　私は実験台なの」

「実験台？」

「そう。新しい人種を生み出す先駆け。私は、新しい人類の先駆けとなるミュータントなの」

「どういうことだ？」

「私の父は、表は医学部の教授を勤めているけれど、裏ではずっと人体実験を繰り返していたの。父の研究テーマはただ一つ——他の人間に強い支配力を及ぼせる人間をいかにしてつくりだすか、ということだった。ヒットラーやムッソリーニのような歴史上の独裁者、あるいは、キリストや釈迦といった大宗教の教祖たち。そういった人たちは、多数の人々を支配下における特異体質を有する人たちだと父は考えた。そして、その要素をもつ人間を、人工的に創《つく》りだせないか、ということを目指して、ずっと裏で実験を繰り返していたの。

　その実験過程で、ある種のホルモンの組み合わせによって、人が発するかすかな体臭が、支配力を与えるらしいと気づいた父は、多くの赤ん坊にそのホルモンを投与して実験を繰り返し、何人もの子どもを殺したり、障害を負わせたりしているわ。自分の子どもにもその実験を繰り返し、私の三人の兄は死に、姉は廃人と化して、ずっと入院したままよ。

　五番目に生まれた私だけが、どういうわけか、その実験をくぐり抜けてこの年まで生き永らえることができた。

父は、その能力を政治に使うことを望んでいたわ。自分の子どもを、ゆくゆくは、日本のそして世界の独裁者にしたてることが、父の夢だったから。でも、私は政治に興味はない。人を本当に支配できるのは、政治じゃない。それは宗教よ」

「だから、君は宗教の勧誘員になったのか」

「そうよ。これが私の才能を一番生かせる場なんですもの。私は、その実験のせいか、ある種の人並み外れた才能が賦与されたけれど、それは父が望んだものとは少し違っていた。私は、人を勧誘することはできるけれど、自ら教祖になれるわけではない。あくまで私に与えられたのは、何にせよ、勧誘できる能力なのよ。

それに、私の能力は誰にでも通用するわけではない。どういう仕組みかは知らないけれど、私が影響力を存分に行使することができるのは、ごく一部の者にだけよ。まったく通じない者の方が断然多い。全員に効かせられるなら、さっきの男だって、私の足下に屈伏させていたわ。

父は、最初はすごく私に期待をかけていたけれど、私の能力が政治家や指導者に向いていないことを悟って失望し、また別の実験にのめりこんでいるわ。

でも、私はこれからもこの能力を最大限活用するつもりよ。活用して活用して、この世を、カルトの、カルトによる、カルトのための社会にするつもり」

「カルトの社会を実現して、どうするつもりなんだ？」

「今の世界の秩序をすべて壊すの。イエス・キリストはこう言っているでしょう。

『わたしがきたのは、人をその父と、娘をその母と、嫁をその姑と仲たがいさせるためである。そして家の者が、その人の敵となるであろう』（『マタイによる福音書』10、35—36）。イエスの言うとおりよ。一つのカルトは、他のカルトとは決して相いれない。カルトは、カルトと戦い合う宿命にある。そして、血で血を洗う、カルトとカルトが互いを相食む状態をもたらすの。その福音をもたらすのが私の役目。あらゆる人にカルトを。この世の隅々にまで死の福音をつたえるの」

「カルトは、本物の宗教じゃない。カルトは不幸をもたらすだろうが、宗教は、人間に平和を、幸福をもたらすはずだ」

「あなた、宗教のことが全然わかっていないようね。宗教とは、カルトなのよ。そして、カルトは、死と破滅をもたらすためのもの」

「信者たちに自殺をふきこんだのも、そのせいか？」

「死への願望をもつ者には、その後押しをするのも私の役目。死を欲する者には死を。闘争を欲する者には闘争を。そのためには、皆がカルトにならなければならない。安逸な日常に安住する者にはカルトの死の鉄槌を下らせる。それが私の望む世界の姿よ」

「君は呼吸を読む達人のようだが、人を死に追いやる呼吸のタイミングも心得ているというわけか」

「もちろんよ」

「許せない……」ぼくは拳をバンと近くの壁にぶつけて言った。「そんな君の考えは断じて認めることはできない」

「許せないなら、どうするというの？　あいつのように、私を襲って倒そうというの？」

そう言われて、ぼくはちょっと言葉に詰まった。

「今はどうすればいいかわからないが……しかし、君のその思想だけは許せない！」

「いつでもお相手するわ。好きなときに挑んでいらっしゃい」

想亜羅は、ゆっくりとベンチから腰をあげた。

「今度一度本郷キャンパスにおいでなさい。そこで、父がやっている実験場をお見せしてさしあげるわ。私と対決したいなら、あのキャンパスでやりましょう」

彼女は、一人でつかつかと改札の方に去って行った。

「倒す！　君のその思想と行ないは、断じて認めるわけにはいかない！」

もう一度ぼくはそう叫んだが、その叫びはどこか虚しく、ふりしきる雨音にかき消されていった。

何とも言えない敗北感を感じて、ぼくは唇を嚙みしめた。

命を賭けた彼女との闘争が、そのとき幕を切って落とされたことを、ぼくは心の奥底で確信していた。


――『本郷の九つの聖域』につづく――

1980年代のスピリチュアル運動と新宗教運動について
——あとがきに代えて——

小森健太朗

1960年代から1970年代にかけて、大学では学園闘争、左翼運動が吹き荒れた時代である。そのあたりの学生運動の話は、これまでかなりの評論で論じられてきたし、小説作品としても柴田翔『されどわれらが日々——』をはじめ、大江健三郎や高橋和巳や笠井潔の作品として描かれてきたところでもある。ところで私が大学生活を過ごした1980年代は、左翼運動や学生運動はあったものの、前面に出てきていたのは宗教の勧誘活動の方であった。それは1990年代になって、オウム真理教事件という禍々しい形で世間に具現化していくことになるが、ある意味でこれはひと世代前の学生運動が浅間山荘事件やよど号ハイジャック事件に行き着いた左翼運動の経緯と相似形をなしているのではないか。そのようなことを、オウム真理教事件の派手な報道をみながら私は考えたことがある。

実際に私の生活圏においては、オウム真理教はそんなに離れた出来事ではなく、今でも覚えているのは、大学に入学した1984年の秋に東大の駒場キャンパスで開かれていた学園祭に、オウム真理教がデモンストレーションをしに来ていて、学内サークルと連携して講演会を開催していたことである。その学園祭で浅田彰と中沢新一という、当時ニューアカデミズムのスターとしてもてはやされていた二人の著名人の対談イベントがあり、両者の思想に興味をもっていた私は聴衆の一人としてこの対談を聴いた。浅田彰は後に、チベット密教などに由来する東洋の神秘思想などを頭ごなしに否定するようになるが、この対談の時点で中沢となごやかに語っていた内容では、中沢が『チベットのモーツァルト』や『虹の階梯』で提唱している神秘主義思想への深い共感と讃歌が基調になっていて、私は感銘をうけた。その講演が終わった後、その当時からオウム真理教の存在に関心をもっていた私は、そちらも聴きに行こうか迷ったが、そちらに誘ってくれる友人はいなかったので行かずじまいだった。もしそのときに私の背中を押す知人か友人がいたら、私はオウム真理教の講演を聴きに行った可能性は充分にあったし、その後の分岐する人生ルートとして、オウム真理教の信者になっていたルートは、自分の中では無視できないほどにリアリティがある人生行路として可能性はあった。

当時の若者は、中沢新一のチベット密教を讃える本を読んで関心をもち、オウム真理教に入信していたものが少なからずいたらしいと聞く。そして1980年代後半の時点では、ニューアカデミズムの旗手とうたわれた浅田彰も、中沢新一の盟友として、間接的にその流れを後押ししていたという印象がある。浅田は、この時代の自分の言説については、今はどう考えているのだろう。

実際のところ、直接の知り合いとして、オウム真理教の信者だった人と出会ったのは、地下鉄サリン事件が起きて、教団が強制捜査を受けて解散命令をくらっていた後の年代だったので、リアルタイムで80年代から90年代前半にかけての同教団の動向を詳らかに知っているわけではないものの、信者だった知人を介して、その生活様式や信仰形態について、相当程度に詳しい知見を得ることができた。

また、昨今話題になっている統一教会の布教は、私が大学生だった時代には、とにかく盛んで、大学に行くと、ビラを配る勧誘員が大勢いて、しょっちゅう勧誘を受けていた。同じクラスには統一教会の信者になったのがいて、その教団から連れ戻そうと家族が奔走している話などを目の当たりにして、それもまた身近に感じていた教団である。私が東大にいた時代に、東大生で切れ者の統一教会信者がいるという噂を聞いたことがあったが、これが私とほぼ同年代で東大に入学していた仲正昌樹であったのは、後でわかったことである。その後一度仲正昌樹と対談する機会があったが、これもまた妙な運命の巡り合わせであると感じた。

ここにあげた二つの教団だけでなく、80年代の東大キャンパスは雨後の筍《たけのこ》のように湧いた、さまざまな新興宗教の教団が百花繚乱となり、信者獲得競争に血道をあげていた時代である。この時代に宗教全般に興味関心をいだいていた私は、そのいくつかの教団の勧誘に乗って、その教義内容や入信後の生活のありようなどを実地に教わってきた。というわけで、この1980年代の大学キャンパスにおける宗教勧誘の実態については、実地の知見や経験がある分、他の人よりは詳しく通じている面がある。そして、文学作品を見回した場合、学生運動や左翼活動を小説化した作品がいくつもあるのに比して、その後に勃興した新興宗教活動を文学として描いた作品はほとんど見当たらない。ルポルタージュやノンフィクションで信者の告白や手記を書籍化したものはあるが、小説にしたてられたものは少なく、それならば私がこのテーマを書くのに適任であるだろうと考えた面がある。

そのテーマで書いた私の小説は、これが初めてというわけではなく、『マヤ終末予言「夢見」の密室』（祥伝社文庫）という作品が、やはり新興宗教に入信する若者たちの物語を主題として描いている。こちらの作品は、私が東大で学んだ見田宗介先生の社会学ゼミでの交遊や交流が素材となっていて、当時流行っていたカルロス・カスタネダのスピリチュアリズムやヤマギシズムなどのコミューン運動をモデルとして主題的に描いている。

スピリチュアリズム運動は私にとって、それだけ身近な世界だったし、それと近接して、新宗教運動もまた、自分にとってなじみ深い、よく知っている世界である。しかし、特にオウム事件以降、その時代以前のスピリチュアル運動が全否定されたような観があり、知識伝達も断絶している。今ではカスタネダを繙くものは少なくなり、80年代に栄えた新宗教の多くも姿を消していった。だとすると、その時代の記憶を伝える意味でも、当時を知るものが、その経験を小説の形で伝えておくのが肝要ではないか。それが、私がこういうテーマを選んで書くことにした大きな理由である。

そういうわけで、ある意味ではこの作品は『マヤ終末予言「夢見」の密室』と姉妹作である面があるが、こちらの方は、宗教の勧誘員に焦点をあてたものである。オウム事件が発生して以降、日本のミステリでも、新宗教を作品内で扱うものが増えたが、私の見るところでは、実地の経験の観点でいうと、どれもこれもリアリティが足りない印象が拭えない。ある意味でそれは無理もないところで、巨大な組織犯罪をするにいたったオウム教団の内部などを外部のものがリアルに地に足のついたものとして捉えるのはほぼ不可能である。私自身、あの教団の内部については、想像力の及ばない闇の世界が広がっていたのだろうと考えているが、一方で、当時たくさんあった新宗教の団体が全部そんなものだったわけではない。それは日常生活と地続きで、学生生活や社会生活に密着したものとしてあった。これまでの日本で書かれた新宗教を描く小説の多くは、もっぱら外部の視点にとどまり、新宗教の内部からの視点が得られないのが、内部のものからみてのリアリティが感じられない大きな原因であろうと私は考える。それと比べて、この作品で描かれている新宗教の教団の内部の話は、戯画的に書かれてはいるものの、他作品と比べて格段にリアリティがあるものになっていると思う。なぜなら、この作品は、新宗教を外側の視点でみるのではなく、内側の視点から描かれているからだ。

文庫化にあたって、この作品を久しぶりに読み返してみて、現時点でホットになっている話題――旧統一教会問題と表現規制問題といった最前線の話題が、この作品では主題として扱われていて、まさに予見的な作品であったと自負できるところがある。

続編の『本郷の九つの聖域』は、後半の200枚は書き上げたものが手もとのファイルにあるが、前半がいまだに満足のいくものになっていないので、上梓される日を気長に待っていただきたいと思う。

2023年2月

単行本　二〇〇〇年八月　光文社カッパ・ノベルス刊
DTP制作　エヴリ・シンク

文春文庫

駒場《こまば》の七《なな》つの迷宮《めいきゅう》

定価はカバーに
表示してあります

2023年4月10日　第1刷

著　者　小森健太朗《こもりけんたろう》
発行者　大沼貴之
発行所　株式会社　文藝春秋

東京都千代田区紀尾井町 3-23　〒102-8008
TEL　03・3265・1211㈹
文藝春秋ホームページ　http://www.bunshun.co.jp
落丁、乱丁本は、お手数ですが小社製作部宛お送り下さい。送料小社負担でお取替致します。

印刷・大日本印刷　製本・加藤製本

Printed in Japan
ISBN978-4-16-792030-2